Jochen Rinner

Umba

Roman

© 2020 Jochen Rinner

Verlag & Druck: tredition GmbH, Halenreie 40-44, 22359 Hamburg

ISBN
Paperback: 978-3-347-34510-2
Hardcover: 978-3-347-34511-9
e-Book: 978-3-347-34512-6

Jochen Rinner

Umba

Dieser Roman ist ein stiller Dank des Großvaters an seinen Enkel für den Namen, den der Zweijährige ihm gab. Der kleine Junge schenkte ihm damals Wärme und Lebensmut.

Der verdreckte Pick-up stoppt quietschend am Terminal des Saint Paul International Airport. Es war knapp, aber ich, Luca Berend, beuge mich zu Ava hinters Steuer und kralle mich sanft in die Locken ihrer schwarzen Mähne - der Augenblick wird zur Ewigkeit -, löse mich von ihren Lippen und neige mich hinab, wo es sich über dem locker hängenden Gürtel ihrer Jeans schon merklich wölbt. Nun muss ich laufen, wenn der Flieger mit mir abheben soll. Sonst wäre auch der Anschluss in Toronto nach Frankfurt weg.

Ich wollte Ava bei mir haben, aber sie schüttelte energisch den Kopf: Nein, zwei Tage im Flugzeug, seine Familie kenne sie nicht, die Beerdigung. Jetzt kommt das Baby, es wäre wirklich zu viel. Aber sie wisse, dass er seinen Großvater immer sehr mochte.

„Bis bald ihr zwei."
Ich reiße die hintere Tür auf, zerre meinen Koffer und die Tasche heraus und eile davon, halte im Eingang inne und sehe zurück. Sie winkt mir mit ernstem Blick zu. *Ist das jetzt wirklich richtig?* Ich will schon umkehren, aber das große Auto zieht an und ist im nächsten Moment verschwunden.
Ich bin der Letzte am Schalter, dann wird der Flug geschlossen. Sicherheitskontrolle, Boarding, und ich war auch der Letzte, der von der Flugbegleitung und dem Copiloten begrüßt wurde. Mein Platz ist Last Minut ganz hinten am Mittelgang neben einer Frau mit grauem Haar und einem halbwüchsigen Mädchen. Es sitzt am Fenster und sieht dem Einfahren des Gates zu. Ich verstaue meine Tasche und sinke aufatmend in meinen Sitz, weil es heute verrückt war. Wir hatten hundertzwanzig Meilen zum Flughafen von der Farm an einem der zahlreichen Seen mitten in Minnesota, die einst irische Einwanderer vor vielen Generationen der Wildnis abgerungen hatten. Und Avas Ur-Urgroßvater war es, der dieses Mädchen von den Philippinen heiratete, eine exotische

Schönheit, von der das vergilbte Hochzeitsbild im Salon zwischen den Fotos der Bildergalerie Zeugnis gab. Und Ava sieht ihr ähnlich, das volle schwarze Haar, die dunklen Augen. Nur so klein ist sie nicht, sie ist groß und schlank. - Nein, nicht dürr, das Leben auf der Farm ließ sie kräftig werden.

Wir nahmen uns heute Morgen Zeit im Bett, wenn ich schon eine Woche wegwollte, hörten nebenbei das Auto ihrer Eltern, die auf dem Weg in die Stadt vom Hof fuhren, und auch Jon tat das mit dem großen Traktor, der in die Werkstatt musste. Wir zogen uns an und wollten gemütlich zum Frühstück. Ava streckte sich vorm offenen Fenster und erschrak: „Luca, die Rinder sind am See!"

Robin, der neue Stier, den sie bei einem Farmer im Westen tauschten gegen ihren eigenen - wegen frischen Blutes in der Herde - hatte es nicht leicht mit seinen neuen Kühen. Er gebärdete sich wie wild, ist wohl wieder ausgebrochen und seine Kühe sind ihm in die Freiheit gefolgt. Nein, das konnten wir nicht lassen. Ava weckte ihren jüngeren Bruder und sie schwangen sich auf die Pferde, ich auf mein Motorrad, das Geländereifen hatte, seit ich hier wohne. Reiten lernte ich schon, aber für einen Cowboy reichte es noch nicht. Wir trieben die Herde wieder in die Koppel, flickten den Zaun und mein Schwager versprach sich zu kümmern, bis die Eltern zurück sind. Das Frühstück fiel aus, wir sprangen ins Auto und hofften, nicht in den Dunstkreis irgendeines Sheriffs zu geraten.

Jetzt sitze ich hier, mein Gewissen plagt mich und ich vermisse Ava jetzt schon. Vor zwei Tagen kam per Mail die Nachricht vom Tod meines Großvaters und es fuhr mir durch und durch. Mehr als vier Jahre ist es her, als ich ihn zum letzten Mal sah.

Meine Eltern besuchten mich ein einziges Mal, aber ihr Sohn wollte nicht in ihre kleine Firma für Sicherungssysteme und Alarmanlagen einsteigen, immer noch nicht. Die Enttäuschung war groß. Und ihre Arbeit nahm sie wohl sehr in Anspruch. Das sie Großeltern werden, Ava meine Frau ist, wissen sie noch nicht.

Die Maschine steht an der Piste, die Triebwerke fauchen, dann drückt es mich in den Sitz. Das Rollen hört auf und die Erde unter uns verschwindet. Ich mag das nicht, mochte das noch nie, fühle mich eingesperrt, hilflos, ausgeliefert, es war nicht mein Gefühl von Freiheit des Fliegens. Das hatte ich einmal in meinem letzten Schuljahr. Daran war eigentlich auch mein Opa schuld, als er mir erzählte, wie er in den fünfziger Jahren als kleiner Bub seinem Großvater bei der Getreideernte half. Eine Mähmaschine hatten sie schon, die von Muggel, dem alten Wallach, gezogen wurde. Die mähte anderthalb Meter breit die Halme und legte sie sauber gradewegs nach hinten um. Dann folgten die Frauen, rafften einen Armvoll zusammen, so stark, dass sie mit einem Strang zusammengelegter Halme gebunden wurden. Das nannten sie Garbe. Die Kinder halfen je fünf von den Garben aufrecht aneinanderzustellen. Das nannten sie Puppen. Dann stand das Feld voller Puppen. Es beeindruckte mich so, dass ich später davon träumte: Ich flog langsam über dieses Feld voller Puppen, schwebte, konnte steigen nur mit dem Willen die Brust leicht zu strecken. Das Licht war heller, als ich es je mit Augen sah, ohne zu gleißen. Und das Gelb der Stoppeln und der Puppen war stark, tat so wohl und wärmte. - Dann lag ich wach im Bett. Das Gefühl sank in sich zusammen, es blieben ein paar nackte Bilder. Die habe ich immer noch, wenn ich sie nur hervorholen will, aber dieses Gefühl nie wieder. Es bleibt nur eine Art wehmütige Erinnerung.

Jetzt knurrt mir der Magen. Erschrocken sehe ich zu meiner Nachbarin, die es hätte hören müssen. Aber sie schläft. Das Mädchen neben ihr sieht aus dem Fenster und hat Stöpsel in den Ohren. Wann kommt der Snack, falls es die kaum zwei Stunden bis Toronto überhaupt etwas gibt? In Toronto geht es nicht gleich weiter, bis dahin werde ich wohl nicht verhungern.

Jetzt bin ich auf dem Weg zu meinem Großvater, und der wurde mit jeder Meile lebendiger. Ich würde ihn gern noch einmal sehen, bevor der Sarg in die Erde sinkt. Ich muss allerdings mit Wehmut zugeben, die letzten vier Jahre in Minnesota nur selten an ihn gedacht zu haben. Eigentlich ging mir erst in letzter Zeit auf: Ihm verdanke ich dieses Leben, wie es jetzt ist: dieses Leben ausfüllen zu können. Ja, auch Ava. Hätte es wieder vermasselt, wenn ich die Zeit mit meinem Großvater nicht gehabt hätte, auch wenn es schon ziemlich lange her ist. Ja, Ava ist das größte Geschenk, sie lässt mich jetzt fliegen, weil sie es wusste.

Es war die Zeit, als er mir von der Kornernte erzählte. Großvater fragte mich eher scheu, ob ich mich erinnern könne, wie er, Luca, ihn als kleiner Bub, der grad anfing zu sprechen, genannt habe. Ich sah ihn unschlüssig an: „Ja, sicher doch Opa."

„Du kannst dich nicht erinnern? - Nein, du hast nicht Opa zu mir gesagt, du hast Umba gesagt."

„Aber ich weiß es nicht!"

„Ja, einige Zeit sagtest du Umba zu mir. Dann sahen wir uns lange nicht, und dann nanntest du mich Opa. Anscheinend hast du gerade angefangen dich zu erinnern. Ein Kind fängt in diesem Alter an, sich an sein Leben zu erinnern."

Mehr sagte er nicht. Aber mich ließ es nicht los. Umba -, wie anders das klingt, so weich, so hingegeben - Umba. Was ist als kleiner Junge mit mir geschehen, an das ich mich nicht erinnern kann. Seit mir Großvater das sagte, fühlte ich Umba, sagte aber Opa. Warum eigentlich?

Die verteilen vorn tatsächlich Essen! Warum fangen die netten Stewardessen heute nicht ausnahmsweise hinten an. *Wie langsam das geht!* Jetzt hält sie ihm auch noch das Etikett der Flasche vor die Nase. *Man, das ist Cola und kein Sechsundachtziger Bordeaux! Und das hier ist auch nicht Businessclass, du kriegst das Zeug in den Pappbecher.* Die Dame lässt sich nicht aus der Ruhe bringen. Jedenfalls remple ich in meiner hungrigen Unruhe die Nachbarin an, die erschrocken aufwacht und mich entgeistert ansieht. Ich entschuldige mich und weiß nicht in welcher Sprache sie antwortet. Nach dem ewigen Anblick der nach den Seiten wandernden Essen, dem leisen Plätschern der Säfte, Limos und Colas in die Becher, des Kaffees in die Plastiktassen, irgendwann gurgelt auch bei uns der Saft und wir können die Folie vom Einwegtablett mit den Sandwiches reißen.

Nachdem all diese Müllberge zusammen mit den Rollwagen

und den Stewardessen wieder in der Services Kabine verschwanden, meint der Kapitän aus dem Lautsprecher, bereits den Sinkflug eingeleitet zu haben und wünscht einen angenehmen Aufenthalt. Wenn man durch die Fenster sieht, kommt die sonnige Erde langsam näher, zieht zusehends schneller vorüber, bis sie schließlich in irrsinnigem Tempo vorbeirauscht und das Rumpeln der Fahrwerke langsam erlösend verklingt. Dann klatschen die Leute Beifall - wem auch immer - und ich finde, anständigerweise sollten die Leute den Beifall nie weglassen.

Im Restaurant schicke ich Ava eine Nachricht. Seit ich so ein Ding hatte, auf dem man auch mit Stift malen konnte, schrieb ich Ava mit der Hand und die Nachricht auf dem Display sieht tatsächlich so aus wie meine Handschrift. Gestern Abend saßen wir noch zusammen am Laptop und suchten nach Flügen. Und dieser über Toronto passte auf die Schnelle.

Ich habe meine Tasche zwischen den Beinen. In der ist mein Laptop, den brauche ich vor allem, um mit Ava zu telefonieren, denn wir wollten uns sehen. Aber auch das Buch ist in der Tasche, welches ursprünglich weiße Blätter hatte, das ich damals vollschrieb, als ich Umba fast jeden Tag im Krankenhaus besuchte.

Umba lag fest. Niemand wusste, ob es sich bessern würde. Ja, ich war selbst in einem Loch. Er erzählte mir aus seinem Leben, und gleich kaufte ich dieses Buch und schrieb es damit voll in all den Tagen und Nächten. Es half mir heraus aus diesem Loch. Dieses Buch war in meiner Tasche und einmalig, denn die Erinnerung geriet mit der Zeit ins Schwimmen. Mein Großvater wurde wieder gesund, keiner weiß wodurch. Aber jetzt schloss er seine Lippen und ich will dieses Buch niemals aus der Hand geben.

Ich sitze in einem Restaurant des Toronto Pearson International Airport, klappe die Tasche auf und ziehe das Buch mit dem unscheinbaren hellgrauen Pappeinband heraus. Als ich es vor vier Jahren schrieb, tat ich das nicht auf dem Laptop, weil, mit dem brachte ich es nie über das Zweifingersuchsystem hinaus. Es war Yvonne, die mich fertig machte, die mich scheibchenweise wieder verlassen hatte, die ich unsterblich liebte. Ich litt, ich war krank, gestürzt in tiefe Melancholie. So flüssig konnte ich die Sätze nicht in den Computer hacken, dass sie von selbst hinglitten. Zu oft trommelte ich mit meinen zwei Zeigefingern daneben, ich kam so nicht in Fluss. Mit der Feder riss der Gefühlsfaden nicht ab. Mit der Feder ging es, ich konnte schreiben und leiden.

Bei Umba durfte man traurig sein. Das tat ich schon als Kind, wenn ich hingefallen war, oder bei einer Prügelei hart getroffen, dann war ich auf Umbas Schoß, lehnte an seiner Brust mit dem Daumen im Mund. Umba grummelte etwas in mein Haar und dann wurde es besser.

Dann war ich groß, hatte seit dem Ende des Studiums Arbeit als Informatiker in einer Firma für Mess- und Steuerungstechnik in meiner Heimatstadt und litt wegen Yvonne, die mit mir an der Uni war, mit mir schon bald die Bude teilte und jetzt nicht mehr wollte: Wie kann sie nur, das geht nicht. Und Umba musste im Krankenhaus in seinem Bett bleiben und hatte im Liegen wenig Schmerzen. Ich wünschte mir, wieder klein zu sein, auf seinem Schoß zu sitzen, an seine Brust gelehnt mit dem Daumen im Mund. Aber Umba konnte ich nichts vormachen, saß auf der Kante seines Krankenbettes mit hängenden Schultern und erzählte von Yvonne. Das erzählte ich später auch dem Buch.

In Minnesota hatte ich es die ersten Monate einige Male in der Hand, und dann erst wieder, als ich es Ava zeigte. Gestern wollte ich es ins Reisegepäck stecken und konnte mich nicht erinnern. War es wieder in den Umzugskarton für die wichtigen Dinge zurückgelegt? Vor zwei Jahren musste die Dienstwohnung des Tochterunternehmens meiner deutschen Firma in Minneapolis nach meiner Kündigung schleunigst für den Nachfolger frei werden. Ava war schon mit dem Viehtransporter unterwegs, durchs offene Fenster hörte ich Edwards Motorrad. Mein bester Freund Edward wollte beim Umzug helfen.

Ja, und gestern wusste ich nicht mehr, wo das Buch war. Wo stand dieser Karton?

Jetzt, hier in Toronto auf dem Flughafen im Restaurant, schlage ich es auf. Die ersten Seiten waren Yvonne, aber eben verschoben sich die Anzeigen auf dem Schirm. Mein Flug nach Frankfurt wird aufgerufen. Ich stecke es zurück und die Verschlüsse der Tasche schnappen zu.

Ich sitze am Fenster einer Maschine der Air Canada, die Sonne steht tief hinter der Stadt und versinkt rotorange hinter Schleiern ferner Wolken. Unter uns dämmert der große See. Der Flieger dreht auf Kurs und taucht in die Nacht über dem Atlantik.

Was muss das für ein Bild abgegeben haben, als die Krankenschwester in Großvaters Zimmer kam: Der eingesunkene junge Mann auf der Bettkante, vielleicht sah sie die Tränen in den Augen, die erschrocken und beschämt sie anstarrten. Nein ich wollte nicht, niemand sollte mich so sehen. Die erfahrene Schwester merkte wohl nach kurzem aufmerksamen Blick für die Schmerzbehandlung dieses jungen Mannes nicht zuständig zu sein, vergewisserte sich über Großvaters Befinden und sagte, später wiederkommen zu wollen.

„Luca, du liebst sie?"

„Ja doch!"

„Du liebst sie sehr."

„Ja!"

„Aber warum weinst du, geht es ihr schlecht? -- Du weißt nicht, wie es ihr geht? Es kann sich für Yvonne also auch gut anfühlen."

„Aber Opa!"

„Ging sie weg und redete sie mit dir? Hat sie dich ausgelacht?"

„Neiin! - Sie hat geredet und mich nicht ausgelacht."

„Erzähl mir, ich will gar nicht wissen, was sie gesagt hat, sondern wie. Was hast du in ihren Augen gelesen?"

„Opa, ich liebe sie!"

„Ja, eben."

„Ja eben, ja eben!"

Ich sehe zum Bullauge, in dem fern der stählerne Schimmer letzten Dämmerns langsam in die Nacht versinkt.

Dieses *ja eben* hallt mir wieder in den Ohren, als schickt es mir die versunkene Sonne am dunklen Himmel hinterher, schneller, als der Flieger je in die dunkle Nacht entweichen kann.

Dieses *ja eben* schleuderte ich ihm doppelt entgegen, und wischte dazu mit dem Handrücken die Tränen aus dem Gesicht, wurde fast wütend. Ich erinnere mich und brauche dazu nicht das graue Buch aufzuschlagen, in dem das auch alles steht. Umba wartete und sah zu, wie ich mich wand. War er so barbarisch? Was wollte er eigentlich?

„Luca, du liebst sie und siehst sie nicht? Hat deine Liebe das Sehen verlernt?"

Mir war wie aufspringen und davonrennen, wie kann er nur. Er legte mir die Hand auf die Ellenbeuge.

„Luca, sag es mir."

„Opa, was willst du!?"

„Was willst du!" Ich sank wohl eher noch mehr ein. „Du willst sie wieder, weil du sie so sehr liebst. Ist es so?"

„Machst du dich lustig über mich?"

„Oh nein, ganz bestimmt nicht. Ich weiß, wie sich das anfühlt, auch wenn ich alter Knochen jetzt hier festliege. Glaub mir, ich weiß es nur zu gut."

„Ja, aber."

„Was wünscht du ihr! Versteh', nicht dir selbst, sondern ihr."

„Sie hat mich grad verlassen."

„Ja eben, trotzdem will ich wissen, was du ihr wünschst, auch wenn sie nicht wieder zurückkommt."

„Na, nichts Schlechtes."

„Also kehren wir dieses Wort um: Du wünschst ihr nichts Schlechtes, also wünschst du ihr alles Gute, so wie man jemandem alles Gute zum Geburtstag wünscht. Ich nehme an, von ganzem Herzen. Du liebst sie, also ist es dein Herzenswunsch."

„Das ist sehr einfach, aber ja, ich muss wohl ja sagen."

„Ich freu mich für dich, dass du ja dazu sagst, das ist stark, so wie du leidest. Also sind wir schon fertig. Sie hat sich entschlossen, das Leben nicht mit dir teilen zu wollen, also haben wir die

Sache auf den Punkt gebracht."

„Aber ist das gut."

„Sie hat für sich entschieden, dass es gut für sie ist, also wäre eine Liebe, die meint, sie trotzdem als Frau haben zu wollen, eigentlich der blanke Egoismus."

„Es tut trotzdem weh."

„Lass sie laufen und wünsche, ihre Füße mögen dabei nicht erlahmen. Natürlich tut es weh, oh ja, wem sagst du das, aber lass es geschehen, es schmilzt stückchenweise diesen Egoismus um in Wohlwollen, und glaub' mir, du wirst nie damit fertig. Je lockerer, je beweglicher du wirst, erdrückt dich dein Leid nicht. Liebe ist größer, als einen Menschen unbedingt bei sich haben zu wollen. Vielleicht fühlte sich Yvonne nur nicht frei genug, eingeklemmt in dein erbarmungsloses Umklammern."

„Opa, du machst mich rasend."

„Luca, liebe sie endlich, lass ihr ihren Weg, auch wenn dieser wegführt und dir nur die rechte Hand bleibt, ihr Guten Tag zu wünschen."

„Thh, das nennst du Liebe!"

„Lag jetzt eben Spott in deinem Ton, ja? Hab ich Spott gehört? Oder bilde ich mir das nur ein."

„Opa, ich versteh es nicht."

„Deine Tränen sind schon fast trocken, ist das so? Ertränk dein Leid nicht im Spott, lass es zu, sieh dir zu. Spott hat nichts mit Humor zu tun. Spott hat bleckende Zähne, wie ein Wolf. Humor hat Flügel, die sich über alles Treiben breiten, Schwingen, die alle Freuden und Leiden ausbrüten zu frischer Lebendigkeit."

„Jetzt hebst du aber ab, Opa."

„Es stimmt, du hast vollkommen recht. Das tut manchmal gut, besonders, wenn man tagaus und tagein hier liegen muss."

Ich sitze in diesem Flieger: Weit über den Wolken und den höchsten Bergen inmitten der Nacht. Das Tempo hat mein Gefühl verlassen und ist eine nackte Zahl. Draußen ist es kälter als in der Gefriertruhe und in so dünner Luft spränge die Seele aus dem

Leib. Die Sterne sind näher, aber nur um so viel weniger fern wie zwei Stunden zu Fuß auf den Hügel zu wandern und zu bleiben unter der klaren Nacht, voller Verwunderung und Staunen.

Ich staune auch über das Fluggerät - ganz ehrlich -, über das Kunstwerk aus so viel geballter Intelligenz, mit dem ich rechtzeitig zur Beerdigung von Großvater komme, mit nahezu hundertprozentiger Wahrscheinlichkeit. Wobei die Worte: nahezu hundertprozentig zu pessimistisch klingen, viel zu pessimistisch.

Trotzdem ist das Teil eine Konservenbüchse, in dem dreihundert Leute versuchen, so angenehm wie möglich sich fortzubewegen, beziehungsweise hinzubewegen. Wohin will der Herr neben mir, dessen Leselampe den mittleren Teil seines Bodys beleuchtet, mit dem geöffneten Buch auf seine Beine gesunken, dessen Umblättern ins Stocken geraten ist, weil der Herr schläft. Der Kopf im Schatten der Leselampe ist leicht zur Seite in die Lehne gesunken mit schmal geöffnetem Mund, dem ein leises, sanft röchelndes Schnarchen entströmt. Perfekt sitzender dunkelblauer Anzug mit Nadelstreifen, weißes Hemd mit weinrotem Schlips, der gelockert ihm um den Hals hängt, das Hemd steht offen. Kein Fünkchen Dreck unter den perfekt gefeilten Fingernägeln. Ich sehe beschämt auf meine eigenen Fingernägel: Kühe einfangen, Zäune reparieren und kein Frühstück.

Überhaupt ist es merkwürdig ruhig. Selbst die Stewardess, die ab und zu nach ihren Gästen schaut, bewegt sich behutsam, um die Passagiere nicht zu stören, die schlafen oder die Ohren verstopft haben und auf ihre kleinen flimmernden Bildschirme starren. Vielleicht sollte ich das auch tun, Stöpsel in die Ohren und durch die Kanäle zappen, bei irgendwas bleib ich hängen, bestimmt. Dann das Nächste, solange, bis die Augen rechteckig werden. Ich kenne das: Der Sog würde mich festhalten, der Schlaf danach zu kurz kommen und Umba wird blass, und Ava. - *Nein, das will ich nicht; jetzt nicht.* Als ich damals dieses Gespräch mit Umba in mein graues Buch schrieb, kratzte manchmal die Feder ungehalten über das Papier. Wie konnte Umba nur so auf meinem Leid herumtrampeln: Selbstmitleid, Egoismus. Ich sträubte mich dagegen. Dann wieder zu sehen: *Vielleicht hat er doch recht.* Umbas Finger war in der Wunde. Aber so schnell geht das nicht.

Ich sagte ihm damals nach seinem Satz über Humor und dessen Flügel, dass er jetzt aber abhebt mit seinen Worten. Und wir saßen eine Weile einfach nur da. Das heißt, ich saß auf der Bettkante, er musste liegen. Dann redete Umba weiter, die Augen geradeaus, also gegen die Decke des Krankenzimmers. Aber die Zimmerdecke schien es nicht zu geben: „Weißt du Luca, das mag jetzt alles rabiat rübergekommen sein, gewissermaßen mit der Brechstange. Du weißt, ich hatte schon ein paar Jahre auf dem Buckel bevor ich deine Oma kennenlernte und meinte schon übrigzubleiben. Die mehr als zwanzig Jahre zuvor geriet ich mindestens zehn Mal in solche Zustände, wie du jetzt. Das ist im Durchschnitt alle zwei Jahre. Und mit jedem Mal mehr nahm ich mir vor, mich nicht mehr so stark einzulassen, weil es ja dann so weh tut. Aber glaube mir, dieser sogenannte Amor hat in seinem Waffenarsenal nicht nur ein paar läppische Pfeile - oh nein - er ist mit dem Schicksal im Bunde und jedes Mal mehr schien die Waffe von größerem Kaliber, bis er mich endlich wieder soweit hatte, obwohl die heftigsten dieser Vorgänge platonisch blieben. Du weißt schon, wie ich das meine."

„Du nennst das Vorgänge? Opa, bist du ein trockener Stock?"

„Ach Luca, mit den Worten ist es so eine Sache: Ich sage Vorgang, weil mit jedem Nachdenken darüber, mit jeder Erinnerung, das Rätsel immer größer wird. Oder kannst du sagen: ‚Ich weiß, was dahintersteckt bei dem, was mir jetzt passiert.' Du kannst es nicht einfach mit Blöde Kuh abtun. Ich hoffe jedenfalls, deine Suche nach des Rätsels Lösung endet nicht bei Blöde Kuh."

„Ja, und wenn schon."

„Bist du schon bei Blöde Kuh? Dann denk mal nach: Du hast eine blöde Kuh unsterblich geliebt. Man kann ja auch eine blöde Kuh unsterblich lieben, aber du willst mir jetzt nicht erzählen, du hättest das schon immer gewusst. Also, wer wäre in diesem Fall der Dumme Ochse?"

„Wenn du mich schon Dummer Ochse nennst…"

„Hab ich nicht, war ja nur für den Fall, du würdest doch bei Blöde Kuh landen, sozusagen als Vorschuss. Ja, aber ich fuhr dir wohl eben ins Wort."

„Ja, ich weiß nicht -, ob das geht."

„Luca stockt, das verspricht Spannung. Trau dich, sicher darfst du dich trauen, sag mir, was du willst, ich kann mir nach der Rederei heute alles vorstellen. - Was soll nicht gehen?"

„Ich will wissen von den Frauen vor Oma." Umba wurde still und ernst. „Siehst du, davon willst du mir nichts erzählen."

„Na ja."

„Na ja, oder na nein."

„Wie steht es mit deiner Zeit? Meine ist jedenfalls ungewiss. Noch ist der Kopf klar, und die Schmerzen nehmen mich nicht allzu sehr in Anspruch."

„Meine leere Bude ist grausig, nach der Arbeit kann ich zu dir."

„Denk nicht, du kommst mit ein, zwei Tagen davon. Eine Woche reicht auch nicht. Ich werde es in die Länge ziehen, denn es ist reine Selbstsucht. Die Tage sind lang, die Schwestern und Ärzte haben wenig Zeit zum Plaudern. – Was machst du eigentlich auf deiner Arbeit, du hast doch Computer studiert."

„Informatik nennt man das."

„Ja, und was macht ihr da genau?"

„Wir bauen Sensoren und Alarmanlagen. Wie bei dir, es wird Puls, Temperatur, Blutdruck und so weiter rund um die Uhr gemessen, ohne dass dich das sehr stört. Diese Werte müssen in die Computer, wahrscheinlich sehen die alles auch vorn im Arztzimmer. Wir bauen Sensoren für den Maschinenbau, für Fahrzeuge und für Gebäude. Und wir kümmern uns darum, dass die Daten von den Computern verdaut werden können."

„Wer wir?"

„Wir sind in unserer Abteilung zwölf Leute."

„Warum bist du nicht bei deinem Vater in der Firma."

„Vielleicht später."

Damals sagte ich, vielleicht später. Aber daraus ist wohl ein Nie geworden. Und nun werde ich die nächste Woche wohl nicht einmal bei meinen Eltern wohnen, sondern im Hotel.

Er ließ nicht locker: „Warum jetzt nicht?"

„Ach Opa, du sagtest, Yvonne fühlte sich vielleicht nur eingeklemmt durch mich. Mit meinen Eltern geht mir das genauso. Und sie montieren mit fünf Leuten Alarmanlagen hauptsächlich in Einfamilienhäuser und ich will noch was lernen."

„Der Betrieb scheint doch zu brummen? Deine Eltern sorgen dafür, dass ich hier allein dieses Zimmer habe, nachdem ich durch das Schnarchen meiner durchaus netten Mitpatienten nachts kein Auge zubrachte."

„Das stimmt, sie finanzierten mir das Studium, das Auto, meine üppige Bude mit drei Zimmern, locker genug für Yvonne und mich. Sie mussten es sich nicht vom Mund absparen. Zeit für mich hatten sie allerdings nie wirklich."

„Deine Mutter kommt jeden Sonntag für ein Stündchen, manchmal auch mit deinem Vater."

„Jetzt plagt mich das schlechte Gewissen, weil ich nach vier Wochen das erste Mal da bin, und auch nur, um mich auszuheulen."

„Ja, aber die Aussicht, dich jeden Tag da zu haben, neigt mich, dir zu verzeihen."

„Das hört sich an wie ein wenig Erpressung."

„Du hast das Signal deiner unsichtbaren Sensoren durchaus zutreffend verarbeitet. Manchmal denk' ich, dass Schnarchen das kleinere Übel ist, als den ganzen Tag allein zu sein. Aber wenn du jeden Tag kommst, ist ein ruhiger Schlaf mir doch lieber."

„Du kennst den Preis."

„Ich kenne ihn nur zu gut, auch wenn es schon reichlich lange her ist. Es handelt sich bei diesen Geschichten um sensible Daten, bisher geheim gehaltene Daten. Nicht mal deine Oma kannte sie, aber ich hatte das Gefühl, sie wollte es nicht unbedingt wissen."

„Aber die Mädchen damals kennen die Geschichten auch."

„Die kennen ihre eigene Geschichte, und ich weiß nicht, wer ich für sie war. Und sie kennen sich untereinander nicht. Bestenfalls ist es für sie auch ein Rätsel, oder sie haben es vergessen, obwohl es einige bestimmt nicht vergessen."

„Jetzt machst du mich wirklich neugierig."

„Luca, ich erzähle es dir. Du weißt, deine eigene Geschichte bleibt bei mir. Ich bin mir sicher, auch du bist keine Plaudertasche. Behalt es für dich, zumindest bis zu meiner Beerdigung."

„Ok."

„Wenn ich's nicht gewusst hätte. – Wo fangen wir an, vorn oder hinten, kenn ich die Reihenfolge überhaupt selbst noch?"

Dann gähnte Umba, und ich legte ihm meine Hand auf die Seine. „Opa, wir fangen morgen an. Wieder um die gleiche Zeit?"

„Tu das, mein Junge."

Umba kannte die Reihenfolge seiner Mädchen nicht, und das war dann auch wirklich so, bis auf das erste Mal, als es ihn richtig erwischte und das Mädchen vor Oma. Ich denke darüber nach, was übrigbleibt nach so langer Zeit, vor allem, wenn es keine Begegnung mehr gab. Ich sah Yvonne so lange nicht, wie Umba.

Während der Tage mit meinem Großvater wurde klar, er wird zu Hause weiter gepflegt. Zur gleichen Zeit fragte mich meine Firma, ob ich mir Minneapolis vorstellen könnte. Es wäre dort ein Kollege für länger krank geworden, der auch deshalb wieder nach Hause kommt. Es blieben aber nur sieben Tage bis zur Abreise. Ich hatte einen Tag Bedenkzeit und so fuhr ich am gleichen Tag mit dieser Neuigkeit zu Umba.

„Was hält dich?"

„Du hältst mich."

„Ach Quatsch, nächste Woche bringen sie mich nach Hause. Deine Eltern haben schon alles organisiert. Das Pflegebett ist da und Wanda."

„Wer ist Wanda."

„Wanda wird mich pflegen, wenn ich sie will. Deine Mutter kommt morgen mit ihr. Wenn ich mir das vorstellen kann, wird sie im Gästezimmer wohnen und nur für mich da sein. Deine Eltern bezahlen."

„Scheint das Leben wieder mal alles kräftig durchzuschütteln."

„Mich kann nichts mehr so sehr schütteln, aber ich würde gern wieder in unser Häuschen, mit dem Bett an der Terrassentür, solange ich noch in den Garten sehen kann. Wir beide sind sowieso gleich fertig, also lass dich nicht aufhalten. Minneapolis; klingt gut, wo liegt das eigentlich?"

„Nicht sehr weit vom westlichen der großen Seen in den Vereinigten Staaten, Minnesota, grenzt an Kanada."

„Das ist wirklich weit weg."

Das graue Buch blieb unvollendet, denn für Oma war keine Zeit, aber Umba hätte es sowieso nicht getan, es war kein Jahr her, als sie plötzlich starb. Nein, er hätte es mir nicht erzählt, nicht so.

Ich zweifelte schon am ersten Tag, mir alles richtig merken zu können, und fragte, ob ich es aufnehmen dürfte, weil ich es aufschreiben wollte.

„Wie du willst. Und dann löschst du die Aufnahme, versprich mir das."

Mein Versprechen hielt ich, es gibt von den Geschichten nur das graue von mir mit der Hand geschriebene Buch.

~~ 2 ~~

Ich schlief wohl auch ein, wie mein Nachbar, nur ohne Leselampe und ohne Buch, aber mein eigenes Schnarchen könnte ihn geweckt haben, denn als ich wieder aufwache sitzt er da, das Hemd zugeknöpft, den Schlips gerichtet, und liest. Was wohl, was liest ein Herr in dieser Aufmachung im Flieger. Sicher muss er mal die Beine vertreten und legt die Schwarte mit den offenen Seiten auf den Sitz. Ich könnte ja auch fragen, immerhin sitzen wir schon stundenlang nebeneinander. Aber ich hatte schon immer Scheu, wildfremde Leute einfach anzusprechen, einfach so, ohne Grund. Die Neugierde auf das Buch ist ja wohl kein Grund. Aber man wird doch neugierig auf die Menschen, noch dazu, wenn man stundenlang nebeneinandersitzt. Hält man es nicht aus, ihn nicht in eine Schublade stecken zu können? Sein gehobenes Outfit, man könnte ihn locker in der Schublade Manager unterbringen. Die Kommode mit der Schublade Manager müsste ziemlich groß sein, damit alle diese Manager reinpassen. Bis vor zwei Jahren war ich selber einer, nicht gerade in exponierter Stellung, aber ich war einer, besitze allerdings keinen so noblen Anzug. Und jetzt muss der Nachbar nur meine Fingernägel anschauen. In welche Schublade wird er mich stecken? Er weiß ja nichts von der ausgebrochenen Herde und der Eile, die wir hatten. Aber zugegeben, ich sah es erst im Flugzeug und saß lange genug auf dem Beifahrersitz entlang des Highways zum Flugplatz. Irgendwas hätte ich im Auto gefunden, um die Fingernägel auszukratzen.

Die Maschine dreht ein wenig nach rechts. Ich lehne mich mit der Schläfe an das Fenster. Es dämmert, aus einem schmalen gelben Horizont hebt sich ein weiter Bogen unheimlich zarten Blaus, das unerbittlich die Dunkelheit verlöschen lässt. Der weite Ozean schläft in schwarzem Dunst. Was mag die Crew im Cockpit jetzt im Osten für ein Bild erleben.

Umba zeigte mir die Sonne, als ich schon wusste, der Osterhase versteckt nicht die bunten Ostereier, aber diese noch immer gern suchte. Die Großeltern nahmen mich mit auf die Hütte, die am Karsamstag aus dem Winterschlaf geweckt wurde, hörte das Knarren der alten grünen Fensterläden, das Quietschen der rostigen Riegel und das Knistern der Scheite im Kamin, die ich zuvor aus dem Verschlag hinter der Hütte trug. Umba fragte mich, wie schon die Jahre zuvor, nach dem Abendessen, ob ich bereit sei für das Osterwasser, zu dem man sich am Ostermorgen in der Dämmerung zur Quelle aufmachte und Osterwasser schöpfte. Man redete nicht, kein einziger Laut durfte über die Lippen, bis das Werk vollbracht war. Umba erzählte darüber, leise und geheimnisvoll. Dann stellten wir die alte Tonkaraffe auf den Tisch, legten alle Kleidung zurecht, die Stiefel, und dann schliefen wir ein mit dem festen Entschluss, beim Erwachen zu schweigen. Am Morgen stiegen wir hinauf zur Quelle in der Bergwiese, Umba voran.

Die Sterne wurden blass und der Mond war untergegangen, der am Abend noch hell ins Fenster schien. Es war still, alles schien innezuhalten. Mit der vollen Flasche gingen wir hoch zum Waldrand, setzten uns und sahen zu, wie der Waldsaum auf dem fernen Kamm zu glühen begann; und dann ging sie auf -, die Ostersonne. Eine Amsel sang und die Ohren taten sich auf für alles Leben hinter uns im Wald. Still war auch ich nicht auf dem Weg zurück zur Hütte, und ob Oma jetzt die Eier verstecken würde. Sie dürften jetzt zwar wieder reden, meinte Umba, aber wenn ich weiter so laut wäre, würde wohl der Osterhase endgültig vertrieben. Ich suchte eifrig, und brachte alles zum Tisch vor die Hütte und fragte Oma später, ob ich denn alles gefunden hätte. Und wenn schon, der Fuchs hätte vielleicht auch gern ein gekochtes Ei, sagte sie. Dann nahm ich heimlich eines, und versteckte es für den Fuchs. Umba kümmerte sich um das Feuer im Kamin. Dann gab es Frühstück mit Ei. Tags darauf holten mich die Eltern ab, und wir flogen zusammen in den Süden, dorthin, wo es schon wärmer war, bis zum Ende der Osterferien. Darüber schrieb ich in dem Aufsatz für die Deutschlehrerin: Mein schönstes Ferienerlebnis. Über Umba und die Ostersonne schrieb ich nicht, die hätten mich ausgelacht, wie hätte ich es auch schreiben sollen.

Ich sehe versonnen aus dem Bullauge, es ist heller Morgen. Was machen die Piloten bloß, wenn die Sonne ihnen geradewegs ins Gesicht scheint. Den Autopiloten scheint sie nicht zu stören. Unter uns ziehen Wolken, kleine schüttere weiße Häufchen wie eine Herde schneeweißer Schafe über die glitzernden Wellenkämme des endlosen Wassers. Von hier oben steht das Meer still, und wenn ich es nicht schon gesehen hätte vom hohen Achterdeck dieser großen Fähre, der Sturm an meinen Haaren zerrte und die Tränen in die Augen trieb, die Wellen anfingen sich zu überschlagen und die schäumenden Wellenkämme das Licht einfingen, als würde die Sonne glitzernde Streifen ins Meer weben. Wenn ich das nicht schon gesehen hätte, wären hier nur Wolkenschafe.
Ich sitze im Flieger und sehe Wolkenschafe - von oben. Nie hätte

ich in der Schule in Physik, oder auch in Chemie, so etwas hinschreiben dürfen, bestenfalls: winzige Wassertröpfchen, Verdunstung, Aerodynamik, und sowas. Hatte ich ja gemacht, für mein gutes Abitur bekam ich von meinen Eltern die Autoschlüssel. Und die Maschine wird beim Landeanflug die Wolkenschafe zerschneiden und die Wolle in den Triebwerken verbrennen.

Umba erzählte von Wolf, der in der Großstadt lebte, seinem Patenjungen aus Zeiten, bevor er Oma kennenlernte. Mit ihm fuhr er ins Hochgebirge, ging mit Wolf, der noch keine Physik wusste, den Weg auf einen Zweitausender, an dessen Gipfel sich weiße Wolken drängten. Je näher sie mit jedem Schritt nach oben der Wolkendecke kamen, wurde der Junge schweigsamer, bis sie eine dieser Wolken einhüllte, wie dichter Nebel einhüllte. Die wärmende Sonne war weg, der Steig vor ihnen in den Schwaden verschwommen, samt der Felsen, dem Geröll, der niedrigen Büsche, Gräser und Kräuter. Alles versank ein paar Armlängen vor ihnen in milchigem Dunst. Sie kehrten um und als der Blick ins Tal wieder frei wurde, redeten sie.

„Stell dir vor Luca, Wolf hatte Angst, sich an den Wolken den Kopf einzurennen, sich eine Beule zu holen. Ich wollte meine Freude an der rauen Natur, dem schroffen Gebirge, den Bergblumen mit ihm teilen, und der Junge hatte Angst, sich da oben den Kopf einzurennen, ohne dass ich es merkte." Umba wirkte immer noch betroffen, als er mir das erzählte.

Die Wolkenschafe unter uns in der Sonne lassen sich in ihrem gemächlichen Zug nicht stören, und dann schieben sie sich über das Festland. Von oben leuchten Wolkenschafe besonders, wenn die Sonne draufscheint, fast schon grell, als solle man nicht vorbeischauen, hinunter zum Ozean, auf die Felder und dunklen Wälder.

Wie anders neulich mit Ava. Die Wolkenschafe zogen über den See und die Wiese, auf der wir nebeneinanderlagen und die Augen ihnen folgten. Wir sahen an ihnen vorbei in die Weiten des blauen Himmels. Oh, wir hatten zu tun, denn Ava kam tags zuvor mit diesem kleinen Bild vom Frauenarzt, diesem rundlichen Fleck in der Mitte des Papiers. Wir lagen nebeneinander inmitten kleiner gelber Blüten, die sich kräuselten im lauen Wind, der die heiß gelaufenen Köpfe und suchenden Gemüter kühlte, zumindest versuchte er es. Ich lag rechts, Ava links, und ihre Rechte und meine Linke waren verschränkt, nahm dann diese Hände und legte sie auf ihren Bauch, dort, wo es diesen kleinen Knoten gab, so rund wie die Welt, der wachsen wird, eine Schale bekommt, mit Wasser innen, in dem dieses winzige Wesen wie eine Kaulquappe schwimmt, aber der Plan ist schon fertig. Sie werden sagen, ganz der Vater, ganz die Mutter, und sicher stimmt es, oder auch nicht. Bestimmt nicht, und schon gar nicht ganz, denn wir beide sind schon verschieden, sehr verschieden und leben doch schon fast zwei Jahre zusammen, sind miteinander verbunden. Jetzt gibt es eine Verbindlichkeit. Dieses Kind hat einen ziemlich dicken Faden um uns gesponnen. Die Versuchung ist groß, ihn Fessel zu nennen. Wer fühlt sich schon gern gefesselt. Aber der Plan ist fertig, als hätte er sich aus langer Zeit und den blauen Weiten des Weltraumes um uns herum in diesen kleinen runden Klumpen gesenkt, und fängt von vorne an.

Ja, der Weltenraum um uns herum: Sie liegen in weichem Gras über der harten Erde und sehen in die Ferne, nur Blau, ein Blau, das sie gradewegs hinausziehen will. Es ist um sie herum. Was ist schon die Dicke der Erde zur Sonne. Vielleicht liegen gerade eben, ihnen im Rücken, auf einer Farm in Australiens Westen zwei auf der Erde, die vom heißen Tag noch warm ist, und sehen in die Sterne der Nacht und die Hände liegen auf ihrem Bauch. Die beiden suchen vielleicht nach ihrem eigenen Plan, nicht nur den Plan ihres Kindes, genau so, wie sie hier in der Sonne.

Ja, meine eigene Mutter hat mich geliebt: Es lief für die Eltern alles nach Plan, der Junge war gescheit, der Junge machte Abitur, der Junge studierte. Für sie war klar: Der Sohn führt fort, was sie sich mühevoll aufbauten, was sie zu Wohlstand kommen ließ. Nein, ich wollte nicht. Mein Vater war sauer, die Mutter eher wohl ratlos, sie hat so viel zu tun. Was würde mein Vater bloß ohne sie machen. Und dann verschwindet auch noch die geliebte zukünftige Schwiegertochter, zudem noch der Sohn über das große Wasser.

Was ist mit meinem eigenen Plan. Habe ich den? Kenne ich den? Was ist mit solchen Vorgängen, Umba nannte es Vorgang, als ich mit Yvonnes Verschwinden in dieses Loch fiel, was soll das für ein Plan sein. Und unser Kind? Es wächst unter unseren Händen mitten in Avas Bauch, mitten in der Wiese voller gelber Blumen, mitten unter dem Himmel mit den lächelnden Wolkenschafen so vor sich hin, und soll einen Plan haben? Wird es ein Junge? Oder wird es ein Mädchen? Jedenfalls sind es nicht zwei, soviel ist schon klar. Ich weiß nichts. Oder sieht vielleicht Ava schon die Augen vor sich, die sie aus der Wiege ansehen.

Da lagen wir auf dieser Wiese am hellen Tag: Eigentlich gab es wie immer viel zu tun. Ihre Eltern sahen sie gehen und haben nicht gefragt, taten einfach ihre Arbeit. Es war wohl nichts, was sie gleich wissen müssten. Nein, besser lassen, es sah nicht wie Gewitter aus, und ganz bestimmt nicht wie allzu fröhliches Vergnügen. Ava mussten sie schon immer lassen, seit sie erwachsen war, aus der Schule heraus war, sie dann immer öfter Richtung Stadt fuhr, manchmal tagelang nicht nachhause kam, dann plötzlich wieder auftauchte und sich in die Arbeit stürzte. Sie hat nie darüber gesprochen, war einfach wieder da.

Ava hat mir erzählt von dieser Zeit. Ziemlich trocken hat sie erzählt, vielleicht auch nicht unbedingt alles. Aber ihre Eltern beschrieb sie genau, die ich auch schon einige Zeit kannte und jetzt nun schon zwei Jahre und konnte empfinden, wie sie gelitten hatten, versuchten mit ihr zu reden, ohne zu drängen. Nein, die Eltern drängten sie nicht, hätte bei ihr auch nichts genützt, im Gegenteil. Sie wussten, als ihre Nachbarn wegzogen, ihre Ranch verkauften, dass Ava ihre beste Freundin verlor. Kalifornien ist weit, das Telefon kein Ersatz. Und sie hatte niemanden mehr, mit dem sie über alles reden konnte. Lissi zog mit ihren Eltern und ihren vier jüngeren Brüdern weg, und Lissi lies Ava ihre Stute Tara. Die Eltern waren damit einverstanden. Lissi wollte sie nicht verkaufen und wollte Ava besuchen, aber daraus wurde nichts. Tara habe ich jetzt. Ava ritt mit mir manchmal zur dicken Eiche auf halber Strecke. Wenn wir die Pferde laufenließen, war es nicht weit. Und Avas Bo lief gerne, Tara hing sich dran. Es war ein Platz zum Reden und Schweigen, dieser Platz an der Eiche. Bo und Tara grasten auf der Lichtung. Aber bis zu Lissis Ranch ritten wir nicht. Ava war oft dort, auch mal ein oder zwei Tage, aber ohne Lissi wollte sie nicht mehr hin.

Ja, ich konnte Avas Eltern gut verstehen mit der Sorge um ihre Tochter. Aber sie war jung und erwachsen, und sie mussten sie schon lassen, als sie noch nicht erwachsen war. Wo nahmen sie bloß das Vertrauen her. Sorge ohne Vertrauen schafft Trennung, das ahnte ich selbst nur zu gut, wenn ich an meine Eltern dachte. Und als Ava dann wieder da war, freute sich ihr Bruder, offensichtlich, denn die Ranch war nicht sein Ding. Sie ist es auch jetzt nicht, aber er macht's dann schon, wenn es brenzlig wird, wie heute früh, er war ja zum Glück da.

Die Geschichte, wie ich Ava kennenlernte, könnte glatt im grauen Buch landen, sie wäre dort in guter Gesellschaft. Aber Umba hat mir die mit seiner Frau auch nicht erzählt. Und es kann durchaus sein, ich erzähle als alter Mann meinem Enkel nur die Geschichte von Yvonne, weil Ava noch da ist, aber in diesem Fall kann der Enkel gleich das graue Buch lesen. Zumindest hätte ich nichts dagegen, keine Probleme mit der Reihenfolge meiner Geschichten zu haben.

Ava und ich: Es begann mit Edward, der jetzt noch jedes Mal vorbeikommt, wenn er zu seinen Eltern fährt, es ist fast kein Umweg. Von der Ranch bis zu Edwards Eltern sind es fünfundzwanzig Meilen. Er kommt jetzt allerdings auch im Sommer nicht mehr mit dem Motorrad, weil Taylor dabei ist, und neuerdings auch die kleine Jennifer. Aber diese Geschichte begann erst nach meinem Umzug zu Ava. Edward ist Wartungsingenieur in meiner ehemaligen Firma. Klar sind wir uns seit meiner Ankunft in

Minneapolis gelegentlich über den Weg gelaufen, aber dann lief die Probeserie dieses neuen Sensors, der uns richtig ärgerte. Die Fehlerquote war viel zu hoch. Wir beide gehörten zu den Leuten, die das Problem schnell beheben sollten und blieben bald allein übrig. Edward und ich arbeiteten halbe Nächte durch, zwei Wochen lang, bis wir die Schwachstelle im Griff hatten, und dann nochmals Zeit brauchten, um die Fertigungslinie umzustellen. Wir aßen zusammen und wenn es spät wurde, schlief Edward bei mir auf der Couch, denn zu seiner Wohnung hatte er eine Stunde mit der Tram. Meine Wohnung war gleich neben dem Betrieb. Als wir mit der Sache durch waren und die Bosse uns ein paar Tage frei gaben, fragte Edward, ob ich Lust hätte mit zu seinen Eltern zu fahren: Angeln, Lagerfeuer, Blockhütte.

„Haben deine Eltern nichts dagegen?"

„Hab einen Freibrief, erst ab zwei Personen anmeldepflichtig. - Auto oder Motorrad?"

„Motorrad? Du hast ein Motorrad?"

„Kein Koffer, keine Tasche, nur das, was in die Boxen passt!"

„Wie weit?"

„Rund hundertfünfzig Meilen nach Norden."

„Also vier Stunden."

„Ja, je nachdem."

„Wie je nachdem."

„Wenn man sich nicht erwischen lässt, aber mit dir auf dem Sozius kann ich sowieso nicht so schnell."

„Und das Wetter?"

„Soll schön bleiben die nächsten Tage."

„Und die Klamotten? Ich hab nichts für die lange Fahrt auf einem Motorrad."

„Es gibt einen Laden, der hat es auch gebraucht, Bikes und alles dazu, auch zum Ausleihen. Den Helm kannst du von mir haben."

In diesem Geschäft - es war auch eine Werkstatt - gingen wir natürlich erst zu den gebrauchten Maschinen. Diese auf Hochglanz polierten Teile zogen mich magisch an.

„Wenn du dir eine kaufen willst, dann warte, bis wir bei meinem

Vater sind, der hat zwar nicht so große Auswahl, aber sie sind günstiger, und du wirst nicht über den Tisch gezogen, wenn ich dabei bin."

Bei den Anzügen wurden wir fündig, fast der gleiche, den Edward hatte, Handschuhe, Stiefel, alles dabei. Zwei Stunden später hatten wir Minneapolis hinter uns.

Bis dahin sah ich außer Minneapolis und Sankt Paul noch kaum etwas. Die Monate der Einarbeitung hatten es in sich, und mit dieser erfolgreich bewältigten Panne war ich endgültig angekommen. Ich fühlte mich sicher bei Edward und seinem Bike, genoss die zügige Fahrt, vorbei an grünen Feldern, Höfen in der Ferne, dann wieder Siedlungen und einer kleinen Stadt, behäbigen Flüssen, öden Landstrichen mit schütterem Gebüsch und Wald. Es wurde immer mehr Wald. In so einem Wald nahm Edward die Abfahrt und wir landeten an einem kleinen See, etlichen Häusern und einer Kneipe mit Tischen am Wasser. Dort aßen wir riesige Burger und tranken Cola. Edward sagte, hier wäre er schon mit seinen Eltern gewesen, oder seinem Vater, wenn er wegen seiner Geschäfte den gleichen Weg fuhr. Seither wäre hier für diese Reise seine Stammkneipe während seines Studiums in Sankt Paul und danach. Später fuhren wir an diesem großen See entlang mit einem Horizont voll Wasser, sonst nichts. Dann wieder Wald und Wasser und Ödnis, bis wir Edwards Heimatstadt erreichten, am Stadtrand durch einen blechernen Torbogen schwenkten, auf dem Landmaschinen stand und gleich zwischen den verschiedensten dieser Geräte hindurchfuhren, von denen ich nicht wusste, was die wohl können, außer den Traktoren und dem Mähdrescher, vorbei an einer Halle zu dem Flachbau mit großen Schaufenstern. Wir stellten die Maschine zwischen parkende Kundenautos und gingen rein. Hier waren Regale mit Kettensägen, Werkzeugen und und und. Dann kamen sie an einen Tresen: „Hallo, kleiner Bruder, wie bist du bloß dem Leim der Großstadt entkommen?"

„Durch harte Arbeit, großer Bruder."

„Ah, durch die Flucht vor harter Arbeit." Dann fielen sie sich in die Arme.

„Luca, das ist mein absolut größter Bruder Richard. – Ritch, das ist Luca, ist seit einem halben Jahr hier, kommt aus Deutschland, von der Firma."

Wir gaben uns die Hand.

„Ah, ich verstehe, sozusagen die Überwachung von der Stammfirma, dass wir hier keinen Mist bauen."

„Viel schlimmer Ritch, die schnüffeln jetzt im privaten Umfeld der Mitarbeiter, und jetzt bist du dran."

Ich hielt mich lieber zurück, nicht das mir nicht auch ein Quatsch eingefallen wäre, es war einfach zu früh, also grinste ich nur in die Runde.

„Ritch, ist Dad da?", Richard wies mit dem Daumen Richtung Tür neben dem Tresen, „und Jeff?"

„Der ist bei den Bikes."

„Ok, Luca, jetzt mein Dad."

Sie gingen durch die Tür, durch den Flur, wieder durch eine Tür: „Edward! Da wird er sich aber freuen, soll ich dich anmelden?"

„Hallo Nancy, das ist Luca, wir gehen jetzt einfach rein, wenn du nicht dein Colt ziehst."

„Kaffee, wie immer?

„Wird wohl so laufen."

Erst sah ich diesen riesigen alten Schreibtisch aus sattbraunem, kräftig gemasertem Holz, mit gedrechselten, kurzen, dicken Füßen. Der passte nicht zu den steingrauen, glänzenden Bodenfliesen, und schon gar nicht zu dem Mann, der dahinter saß und der grauen Wolle, die aus dem leichten Ausschnitt des weißen T-Shorts herausquoll, dessen greller Aufdruck sich auf die nächstbeste Rugbymannschaft beziehen könnte. Das Gesicht war so, als wäre es ständig zu hohem Blutdruck ausgesetzt. Und er hatte blaue Augen, richtig blaue Augen, aus denen die Freude hervorbrach, als er seinen kleinen Jungen sah. „Hallo, mein Kleiner", schrie er. Und gleich danach: „Nancy! Kaffee! Das Gebäck!", schrie er durch die offene Tür zu seiner Sekretärin. Wir setzten uns an den Tisch nahe der Glasfront, als säßen wir gleich auf der

Terrasse. Draußen ging jemand vorbei, der mit leerem Blick in unsere Richtung sah. Mir war klar, der kann überhaupt nichts sehen, nur sein eigenes Spiegelbild. Als der Kaffee zur Neige ging und die Gebäckschale sich leerte, fragte Edward: „Dad, können wir zur Jagdhütte?"

„Ja, aber erst morgen, deiner Mum kannst du das nicht antun, ich ruf sie gleich an."

„Ich will aber noch zu Jeff."

„Bring dein Bike zu Jeff in die Werkstatt und nimm den Jeep, weil du den neuen Motor für das Boot mitnehmen musst, er liegt bei Jeff. Lass ihn dir zeigen, er ist anders als der alte, nicht stärker, aber kaum zu hören."

„Müssen wir wohl das Auto nehmen."

„Hast du vergessen, deine Angeln hast du auch zu Hause. Wenn ihr jagen wollt, brauchst du die Gewehre."

„Uns reichen das Boot und die Fische. Die Angeln sind zu Hause? Hatte ich vergessen."

„Sag deiner Mum, ich komme heute eher, zur Feier des Tages."

Edward fragte ich im Gang: „Wer ist Jeff?"

„Mein zweitgrößter Bruder, aber lange nicht so absolut, er macht die Bikes, ist eine halbe Meile von hier."

Sie gingen durch die Tür zum Tresen.

„Edward, komm doch nachher wenigstens kurz zu uns rüber. Deine Schwägerin freut sich."

„Dad will extra eher kommen."

„Wenn Dad früher sagt, dann kommt er trotzdem nach sieben, statt um neun."

„Na gut, aber keine Umstände."

„Die Umstände machen dir die Kinder, Onkel Edward kommt so selten."

Als wir am Motorrad waren, fragte ich Edward, wie viele Kinder er denn hätte. Drei, und das vierte sei unterwegs. Und Jeff? Jeff wäre Single, hätte seine Bude gleich über der Werkstatt und bringt seine Wäsche zu Mum.

Jeff war ein angenehmer Kerl und schien etwas aus der Art zu schlagen. Er war kleiner, als die zwei Männer, die er aus der Familie kannte, hatte Sommersprossen und helles halblanges Haar mit etwas rot drin. Er war besessen von Bikes, und nicht nur besessen, er beherrschte sein Handwerk. Die Ausstellung machte mir schließlich Lust auf ein eigenes Motorrad, und ich hatte schon eins im Auge. Nicht so eine schwere schnittige Maschine, eher eine leichtere mit nur einem Zylinder, die vielleicht sogar für bieder gehalten werden könnte, aber trotzdem schnell genug war. Die richtige Maschine für die blauen Wochenenden. Und sie war fast neu. Ich sagte aber noch nichts, die nächsten Tage sagte ich immer noch nichts. Erst, als wir wieder zurück waren und in der Kantine unserer Firma zu Mittag aßen, fragte ich Edward, ob er sich an dieses Bike erinnern könnte.

„Ja, ich weiß, du bist dreimal davor stehen geblieben."

„Die könnte ich mir vorstellen."

„Ja, warum hast du nichts gesagt?"

„Ich war mir nicht sicher, überhaupt ein Motorrad zu wollen. Dann der Trubel bei euch. Deine Mum hat mich beeindruckt. Ritchs Familie und die Zeit in der Hütte, auf dem See, die Fische über dem Feuer, die urigen Betten, ich hab das Bike glatt vergessen, jetzt -, jetzt kann ich es mir vorstellen."

Edward zog sein Handy und wählte. Er redete mit Jeff und war nicht zu bremsen. Das Bike wäre noch da. Dieser Allrounder wäre top, und er würde zwanzig Prozent Nachlass kriegen. Aber die Maschine müsse in spätestens drei Wochen raus, dann brauche er den Platz. Wäre auch kein Problem, die könnte zu Ritch in die Garage. Edward sagte: „Fahren wir doch das nächste Wochenende zur Hütte und dann gemeinsam zurück."

„Würdest du das?"

„Ja, aber die obligatorische Übernachtung bei meinen Eltern?"

„Warum nicht, ich mag deine Mutter."

„Ich auch, aber ich hatte sie schon fast mein ganzes Leben. Bedenke, ich war der Nachzügler, das Nesthäkchen. Zehn Jahre nach unserer Schwester."

„In Texas?"

„Ja, meine Eltern haben bald sieben Enkel."

„Wird sicher nicht langweilig, ich bin Einzelkind."

„Ist dir langweilig?"

„Nein, sicher nicht." Ich hätte schon gern einen Bruder, oder eine Schwester, aber dann hätte ich Umba teilen müssen.

Und jetzt ist Umba unteilbar, ich sitze im Flieger zu seiner Beerdigung.

Jedenfalls fuhren Edward und ich den nächsten Sommer wann immer es passte mit den Bikes raus und er blieb bei mir auf der Couch, wenn er auf Bahn und seine Wohnung keine Lust hatte.

Im Winter war es ein paar Monate anders, als er Caroline hatte. Sie war Frisöse. Edward und ich gingen manchmal nach der Arbeit essen, aber meistens während Carolines Spätdienst, er holte sie danach ab und die beiden fuhren natürlich zu ihm nach Hause. Die zwei besuchten mich gelegentlich. Ich legte mich richtig in Zeug, etwas Ordentliches auf den Tisch zu bekommen. Wir gingen auch manchmal zusammen aus. Caroline war richtig nett, eine angenehme junge Frau, wirklich hübsch. Sie wusste natürlich, wie man das macht, schon von Berufs wegen. Aber ich fand nicht heraus, worüber man sich wirklich mit ihr unterhalten konnte, und dann lief der Fernseher.

Eines Tages, die Bäume hatten schon zartes Grün und ich nahm an, die Sache mit den Frühlingsgefühlen kommt bei den beiden noch obendrauf, rief Edward an: Er stände vor dem Haus mit seinem Bike, und ob ich Lust hätte auf eine Runde. Ich kramte meine Motorradklamotten aus dem Winterschlaf und wir fuhren in die Frühlingssonne. Kaum waren wir aus der Stadt raus, düste er los. Auf Wettrennen hatte ich wirklich keinen Bock und mit meinem Bike gegen seines sowieso keine Chance.

Ich ahnte schon, was los war. Nichts mit Frühlingsgefühlen, sie hatten sich getrennt. An diesem Abend schlief er wieder auf meiner Couch, obwohl sie am nächsten Tag nicht in die Firma mussten, das lag vor allem am Whisky. Ich sorgte für ein gutes Katerfrühstück, was wohl gegen die Nachwirkungen des Whiskys schon half, nicht aber gegen die der Trennung. An diesem Morgen erzählte ich ihm von Yvonne. Edward kaute, trank Kaffee und hörte einfach zu.

„Also ging es dir so dreckig, dass du über den Ozean flüchten musstest? Deshalb sitzen wir jetzt zusammen hier?" Edward brachte dennoch ein Lächeln aufs Gesicht, wenn auch nur kurz.

„Die haben mich schon zuerst gefragt, aber ja, es gab eigentlich kein Nein."

Ich sagte ihm nicht: Wenn Umba anders geredet hätte, wäre ich vielleicht nicht hier.

Wir fuhren zusammen zur Hütte, jeden Monat mindestens. Erst einmal sogar, ohne dass seine Familie etwas mitbekam. Edward war mit seiner Freundin über Weihnachten zu Hause und hatte keine Lust auf das Mitleid seiner Familie, denn sie hatten Caroline schon ins Herz geschlossen. Edward kannte eine Strecke abseits aller großen Highways. Die war länger, sie brauchten mehr Zeit, aber es war schön. Es gab keine wirklichen Berge, bestenfalls leicht bewegt, man könnte auch sagen platt, wenn nicht das Wasser wäre, die zähfließenden Flüsse und die Seen, viele Seen. Und wieder dieser sehr große, bei Leibe nicht so groß wie die im Nordosten mit der Grenze zu Kanada mittendurch. Nein, so groß nicht. Es waren die Bäume, die sich wirklich bewegten. Sie drängten an die Straße, dann wichen sie öden Orten, oder dem Gras, wagten sich nicht in die Sümpfe, oder hielten an den Ufern der Seen abrupt inne. Jetzt zum Sommer zu waren sie grün, verschieden grün, dunkel die Nadelbäume, mehr oder weniger hell die neuen Blätter der Ulmen, Linden, Eichen, Birken, Ahorne, und wie sie alle heißen. Edward kannte die Bäume.

Ahorn kenne ich auch. Die Blätter sind zu Hause, wie auch hier nicht zu verwechseln, die Früchte auch nicht, die sehen aus, wie lange Nasen, fast so lang, wie der kleine Finger. Nach denen warfen wir als kleine Jungs mit Stöcken. Sie durften nicht reif sein, und dann den Anfang, dort wo sich das Samenkorn bildet, den öffneten wir mit dem Daumennagel, klappten das auseinander, klebten sie auf die eigene Nase und dann lachten wir uns kaputt.

Edward zeigte mir den Zuckerahorn und den Rotahorn. Deren Blätter, besonders die des Rotahorns, färben sich im Herbst leuchtend rot. Als ich auf unserer letzten Fahrt vergangenen Herbst das erste Mal so einen Wald sah mit Rotahorn dazwischen, hielten wir an und stülpten die Helme über den Lenker. Diese weite Stille und das rot wie Blut im Herbstwald, vieles gelb und braun und die dunkelgrünen, schlanken Nadelbäume, blauer Himmel und weiße Wolken. Ich fotografierte. Vielleicht kann ich nicht fotografieren, weil die Fotos mich enttäuschen, weil sie mir nicht das zurückbringen, was ich wirklich sah. Aber es gibt Leute, die können das, die können Fotos, als hätte ein Maler auf einer Leinwand etwas völlig Neues geschaffen. Aber ich kann das nicht, bestimmt nicht. Wie machen die das, die fotografieren doch auch nur. Weil ich das nicht kann, habe ich von der Hütte keine Fotos. Wie soll man auch diese Hütte fotografieren, die kaum zu sehen war zwischen den Bäumen am See, das vom Wetter gegerbte grauschwarze Holz, ein ganz mit Grünspan überzogenes Dach, wie eine Tarnkappe, wenn der kleine Knubbel von Schornstein nicht wäre. Eine Tarnkappe hat keinen Schornstein aus roten Ziegeln. Innen steckte in diesem Schlot, dick und schwarz ein Ofenrohr. Es knickte nach unten ab und klemmte eine Beinlänge später auf einem gusseisernen Herd mit Kochplatte. Links daneben ein großer aus dicken Weidenruten geflochtener Korb voller Brennholz. Dann die Tür zum Wohnzimmer. Rechts neben dem Herd war noch eine Tür, hinter der nur ein breites Stockbett und eine Kommode Platz hatten. Steht man draußen, ist zu beiden Seiten der Tür ein Fenster. Wie gesagt, geht man hinein, ist geradeaus der Herd, rechts zum See zu ein weiteres Fenster und eine Eckbank mit Holztisch und grob gezimmerten, dreibeinigen Hockern. Links der Tür war die Küchenzeile mit Herd und roter Gasflasche darunter und einem Spülbecken. Wasser gab es vom Brunnen vor dem Haus. Das Wohnzimmer hatte einen Kaminofen neueren Datums mit großer Glasscheibe, ein weiteres Stockbett, Bänke, Tisch und Stühle. Das war alles. Ach ja, das Örtchen war eine Bretterbude etwas abseits im Wald und als Service standen in der Hütte ein großer schwarzer Regenschirm und zur Auswahl eine Laterne und eine Kopflampe. Eigentlich fiel man gleich ins Wasser, wenn man zur Tür raus links schwenkte, wenn es nicht so flach wäre. Besser man ging den langen Steg hinaus, an dem auch das Boot hing, aber Vorsicht, auch da ging das Wasser grad bis über die Hüfte. Es taten für die Morgenwäsche auch zwei Eimer Wasser aus dem Brunnen in den Zuber. Meistens stiegen wir ohne viele Worte im Morgengrauen ins Boot, ließen den Motor oben und ruderten hinaus. Diesmal waren wir nach dem Winter die ersten hier, und das Boot lag kielüber hinter der Hütte. Das taten wir gestern gleich nach der Ankunft: Das Boot ins Wasser und die Angeln nebst allem Zubehör hineinlegen. Dann wurde es auch schon dunkel und richtig kühl. Das Feuer im Kaminofen knisterte, wir wärmten die Hände an den klobigen Teetassen aus Blech und aßen, was wir uns eingepackt hatten.

„Edward, weiß deine Familie wirklich nichts von uns hier?"

„Nein, ich will nicht."

„Muss das Boot wieder aus dem Wasser?"

„Du meinst, die werden sauer, wenn sie das merken."

„Meinst du nicht?"

„Es will niemand mehr hierher, nicht um diese Zeit. Vielleicht Richard im Sommer mit den Kindern."

„Du warst mit Caroline nie hier?"

„Nein! – Nein, mit Caroline kommt man nicht auf solche Ideen, nicht in diese Hütte und schon gar nicht im Winter. Kein Strom, keine heiße Dusche, geschweige denn eine Frisierkommode. Wenn du vergisst, den Brunnen abzudecken, friert selbst der zu und es dauert, bis der Schnee im Topf zu Kaffeewasser wird. Und das Holz, du läufst ständig hinter die Hütte und holst Holz. Das musst du im Winter wollen, am Morgen, wenn selbst der Atem auf der dicken Bettdecke zu Raureif gefriert, aufzustehen. Wenn wirklich Winter ist, geht es nur mit dem Motorschlitten, auch zum Eisangeln auf dem See. Nein, die Hütte wird für den Winter dichtgemacht. Und zu einem Sommer mit Caroline wird es wohl nicht kommen."

„Hab ich dich wieder aufgewühlt?"

„Da gibt es nichts aufzuwühlen." *Hätte ich doch nichts gesagt,* dachte ich. Edward redete gleich weiter: „Wollten wir morgen nicht früh raus auf den See? Also schlafen wir jetzt."

Edward berührte mich leicht an der Schulter. Er scheint einfach so aufzuwachen, wenn es an der Zeit ist, denn das Geräusch irgendeines Weckers hätte ich gehört. Wir zogen uns wortlos an, tranken einen Schluck, steckten jeder eine Packung Cracker in die Tasche und gingen. Man konnte die Schemen des Brunnens, des Steges schon sehen. Kein Hauch streifte unser Gesicht, nicht die kleinste Welle plätscherte ans Ufer. Der See schlief unter dem flachen Nebel, der ins erste Dämmern sich hüllte und wie schwereloser Flaum den schlafenden See hütete. Wir gingen auf leisen Sohlen zum Boot und zuckten auf dem Steg bei jedem Knarren des alten Holzes zusammen. Sonst wären wir gesprungen, aber an diesem Morgen setzten wir uns auf die Kante und rutschten leise ins Boot, klappten die Ruder aus und glitten davon. Die Wipfel des Waldes über der Hütte zeichneten sich wie schwarzer Scherenschnitt in die aufsteigende Helle. Dann hüllte auch uns der Nebel ein.

Edward war mein Lehrer im Angeln, und mittlerweile lief alles wie von selbst. Allerdings war es mir ein Rätsel, wieso sie bei ihm mehr bissen und oft auch die größeren Fische.

Wind kam auf, kaum zu spüren, der langsam den weißen Flaum vom Wasser zog, der sich im Wald verkroch. Als der Nebel weg war, sahen wir uns nicht allzu weit vom südlichen Ufer und wir waren nicht allein. Enten lagen ruhig auf dem Wasser, nur die Blesshühner verschwanden manchmal plötzlich kopfüber und tauchten nach gefühlten Ewigkeiten an anderer Stelle wieder auf. Der leichte Wind spielte mit dem See und ließ Strähnen kräuselnden Wassers über die Glätte streifen, wie Wellen wohliger Schauer unter der sanften Berührung weicher Hände. Und ehe die Sonne aus den Bäumen stieg, hatten wir genug für den Tag und ruderten zurück.

Edward kümmerte sich um die Fische und ich mich um das Feuer unter dem Grill, und dann aßen wir Fisch, Fisch am Morgen, Fisch zu Mittag, Fisch am Abend. Nach dem Frühstück schnitzte Edward an seinen Gnomen, lustige Fratzen aus knotigem Holz, das er im Wald fand. Und ich fläzte in einem dieser vergrauten Campingstühle und las. Am Nachmittag klappten wir den Motor ins Wasser und steuerten gemächlich auf den See, der in der Sonne glitzerte. Der zog sich in die Länge und das Ende würden wir erst in einer Stunde erreichen, wollten aber nicht soweit, denn der Horst des Fischadlers war am Nordufer. Wir hatten die Ferngläser dabei. Im letzten Jahr hatte uns der Vogel überrascht, als er keine hundert Yards neben unserem Boot ins Wasser stieß und sich einen Fisch krallte. Wir suchten solange, bis wir den Horst entdeckten. Heute wollten wir danach sehen, näherten uns vorsichtig den Büschen, in deren Deckung der hohe Baum nahe dem Ufer zu sehen war. Und der Adler war zu Hause, stand auf dem Horst und putzte sich in der Sonne. Sie hatten beide die Gläser an den Augen.

„Luca, siehst du den Kopf zwischen den Ästen über dem Rand?"

„Wenn ich sehe, was du siehst, ist wohl Madam zu Hause."

„Woher willst du das wissen, vielleicht wechseln die sich beim Brüten ab."

„Kann man die eigentlich unterscheiden?"

„Die Damen sollen im Schnitt größer sein."

„Also grad anders, wie beim Menschen."

„Sicher ist das aber nur im Mittel. Die einzige Freundin, die Jeff je hatte, war einen halben Kopf größer als er, aber ebenso närrisch auf Bikes."

Dann kam das Wochenende, als Edward auf dem Bike nicht weit von der Hütte eine Wurzel übersah und stürzte. Sein rechter Fuß schwoll schnell an und wir saßen fest. Jeff kam mit dem Hänger, wir luden beide Maschinen auf. Der Fuß war stark geprellt und einer der Wurzelknochen gebrochen.

Edward saß zu Hause, undenkbar arbeiten zu wollen. Ich musste allein zurück. Und ich, der sonst Edward immer am Hinterrad klebte, ließ die Strecke in meiner Vorstellung ablaufen, die ich fahren wollte, denn ich hatte keine Lust auf Highway, jedenfalls nicht die gesamte Strecke. Erst nach dem großen See wollte ich den Abzweig Richtung Highway nehmen. Edward wurde unleidig, mit seinem Klumpfuß bei seiner Mutter festzuhängen und wollte sich mir nicht zumuten. Wie kann er nur, ich wäre gerne noch geblieben. Jedenfalls stieg ich schon Sonntag früh aufs Bike, nicht ohne die Lunch Box von Edwards Mutter. Ich fuhr unbekümmert drauflos. Wir nahmen diese Strecke nicht nur einmal. Und im Nachhinein schaffte ich es nicht, mich an die Stelle zu erinnern, an der ich falsch gefahren war. Als ich das merkte, wendete ich, aber verhedderte mich wohl noch mehr, sehnte mich nach dem Navi in meinem Auto. Dann hörte der Weg einfach auf. Weit und breit sumpfiges Land mit einigen Büschen, vergraste Wasser und Mücken, Unmengen Mücken. Ich drehte auch da wieder um und überlegte, wo die letzte Ranch war, die ich sah, konnte mich aber nicht erinnern, hielt an, als ich wieder Wald erreichte und machte mich über die Brote her, wohl eher aus Frust, nicht, weil ich hungrig war. Und dann wollte das Bike nicht mehr. Es hustete nur verstohlen, sprang aber nicht an. Am Himmel sah ich dunkle Wolken, wie runde Berge und Täler, drohend, auch wenn der Sonne es gelingt, sie zum Leuchten zu bringen. Und rund sind sie alle, auch die Wolkenberge, die sich brodelnd mächtig in die Höhe wölbten.

Jedes Mal, wenn meine Erinnerungen an diesen Punkt mit dem bockenden Bike kommen, wie eben jetzt es geschieht, dann sperre ich mich, diesen Film weiterlaufen zu lassen, es war zu heftig. Lieber denke ich an die Hütte, den See, den kreisenden Adler. Aber wenn ich von Ava erzählen will, muss ich da durch.

Ich hatte zwar den schwachen Zündfunken gefunden, aber den Schaden nicht beheben können, schob stundenlang die Maschine auf einsamen Wegen durch ebenes Land und begegnete niemand. Hatte ich die letzte Ranch, die ich sah, verfehlt? Ich konnte kaum mehr und wollte schon das Rad stehenlassen, quälte mich aber doch weiter. Durch die schweißverklebten Augen und die panische Sorge sah ich nach dem letzten Stück Wald, welches ich durchquerte, die Felder nicht, und den Traktor hinter mir hörte ich erst, als er nahe war. Erschrocken sah ich zurück und war selbst für die Freude zu kaputt. Der Traktor fuhr mit seinem Frontlader nahe heran und ich wich zurück. Den Ständer hatte ich schon ausgeklappt. Der Traktor ging aus. Ich konnte kaum sehen, auch durch das Blenden der Sonne auf der Frontscheibe nicht. Die Tür ging auf und der Fahrer sprang heraus. Zu dem Schweiß in den Augen kamen die Tränen der Erleichterung.

„Hey, du siehst nicht grade erfrischt aus." Ich sah nur verschwommen und merkte erst an der Stimme, eine Frau vor mir zu haben. „Was ist, kannst du nicht reden?"

„Sorry", krächzte ich. Sie kam näher.

„Du bist ja völlig fertig, jetzt setz dich auf die Gabel."

Es muss wohl sehr wacklig ausgesehen haben, diese drei Schritte bis zum Frontlader des Traktors. Sie beugte sich ins Fahrerhaus und gab mir eine Wasserflasche: „Trink! Aber langsam."

Das tat ich, und dann reichte sie mir noch ein Tuch, damit wischte ich mir die Augen aus, das Gesicht ab und den Nacken. „Sorry."

„Das sagtest du schon."

„Ich hab mich verfahren, und dann ging das Bike kaputt, ich schiebe die Karre schon halbe Ewigkeiten. Nimmst du mich mit?"

„Und die Karre?"

„Die hol ich später."

„Ach was, es sind drei Meilen zur Ranch. Was ist mit dem Bike?"

„Die Zündung, die Elektronik."

„Wir hängen es an den Frontlader." Und schon war sie im Traktor verschwunden, startete, hob die Gabel in die passende Höhe, sprang wieder heraus, hatte eine stoffummantelte Schlaufe in der Hand, die sie sich, während sie zum Bike ging, über die linke Schulter schwang, schob das Bike in Position, fädelte die Schlaufe durch Rahmen und Lenker und schob sie auf den mittleren Zinken des Frontladers: „Einsteigen!"

Ich sah skeptisch auf mein Motorrad mit der Schlinge um den

Hals, und dann ebenso zu ihr.

„Mach schon", legte sie nach. „Zu Hause warten sie auf das Holz."

Jetzt erst sah ich den Hänger mit zwei großen Stapeln von vielleicht vier Meter langem Holz. Dann stieg ich ein und saß ziemlich hart auf einem Notsitz über einem der großen Räder und starrte gebannt durch die Frontscheibe. Die Frau schwang sich auf den Fahrersitz, gab Gas, ließ die Seilschlaufe behutsam sich straffen und dann wie in einem Ruck ließ sie den Frontlader hoch. Ehe das Rad umstürzen konnte, baumelte es schon am Haken. Sie fuhr los.

Ich weiß nicht, wie lange ich nach vorn auf das Bike starrte, das Hinterrad einen Meter über der schmalen Straße. Es drehte sich rechts rum, links rum, schwenkte vor, zurück, zur Seite, hüpfte auf und nieder. Motorrad am mobilen Galgen, nicht zu fassen. Dieser Anblick fesselte mich wirklich lange. Die Frau sagte nichts, fragte nichts, es war auch nicht leise in dieser engen Kabine.

Langsam wurde mir klar, welches Glück ich hatte. Die Arme, die Schulter schmerzten vom stundenlangen Schieben, geschweige denn meine Füße. Hätte ich es länger ertragen?

Und dann sah ich zum ersten Mal sie, meine Retterin. Ich saß also auf dem Notsitz über dem rechten großen Hinterrad dieses Traktors, fast einen halben Meter höher als die Fahrerin, schräg hinter ihr, ziemlich dicht, leicht vornübergebeugt, um mir nicht bei den Bodenwellen den Kopf am Kabinendach zu stoßen, und sah auf ihren Pferdeschwanz. Nun hing der Schwanz nicht an einem Pferd, auch hatte ich noch nie ein Pferd mit gelocktem Schweif gesehen, schwarzen gelockten Haaren. Die waren straff über den Kopf gekämmt, wie wenn der Wind den See zu leichten Wellen kräuselt, und die Sonne, die flach durch das Seitenfenster schien, lies es glänzen, ein schwarzer, seidiger, welliger Glanz. Dann gab es noch diesen kurzen Flaum an der Schläfe, der sich über jeden Kamm lustig macht und der mit der Sonne spielte. Das tat auch der Ohrstecker, der schien wie ein einziger geschliffener Achat. Und das alles nun ziemlich dicht vor meiner Nase. Sie schien es zu spüren, drehte sich kurz zu mir um mit fragendem Blick, und ich meinte, auch ein Drohen bemerkt zu haben. Verstohlen wendete ich mich den beiden Kettensägen und den dazugehörigen Benzin- und Ölkanistern zu, die auf der Ablage über dem anderen großen Rad standen. Die Sonne durfte dieses Haar riechen, ich aber roch Öl und Benzin. Diese Achate steckten in einem olivbraunen Overall aus grobem Gewebe und von der Arbeit gezeichnet, also, sagen wir, nicht sauber. Da die Schultern bestimmt nicht modisch unterfüttert waren, wie die Jacken von Caroline, war anzunehmen, dass diese Schultern dieser Arbeit auch gewachsen waren, genauso wie die Hände auf dem Lenkrad dieses Monstrum mit dem schweren Hänger zügig und sicher durch die schmalen Wege steuerte. Und vor uns baumelte das Bike.

Dann fuhr sie entlang der Gatter auf die Ranch an einer Halle entlang und hielt am Ende. An der Giebelseite arbeitete ein Hüne von Mann an einem Holzspalter. Die Frau stieß die Tür auf, steckte zwei Finger zwischen die Zähne und stieß einen Pfiff aus, dass ich mir die Ohren zuhielt. Der Mann zog seinen Gehörschutz ab und sah sich um.

„Jon, nimm doch mal das tote Baby vom Haken."

Jon sah das Bike schwanken und lachte, schaltete den Spalter aus und lachte immer noch, als er das Bike mühelos auf die Räder bekam, an die Halle schob und abstellte. „Wen hast du denn da geangelt, Ava?"

„Das ist nur das Vehikel, der eigentliche Fisch sitzt noch da drin", sagte sie, indem sie ausstieg und mit dem Daumen nach rückwärts zeigte. Welches ich nun wieder als Aufforderung nahm, auch auszusteigen und Jon die Hand zu geben: „Luca, hallo Jon."

„Jon, kannst du abladen? Ich geh rein, diesen stummen Fisch zum Reden zu bringen, der war zu lange in der Sonne. Noch eine Fuhre, dann haben wir alles."

„Ok, deine Mum ist drin."

Und zu mir gewandt, sagte Ava: „Hast du ein Glück, gleich

gibt's Kaffee, und wenn mein Dad auch noch da ist, sogar mit Whisky. Wir haben selten Besuch."

Es gab tatsächlich Kaffee, allerdings ohne Whisky. Ich erzählte die Geschichte und mühte mich, nicht nur immer Ava anzusehen, sondern mindestens zu gleichen Teilen auch ihre Mutter.

„Ja, so war das, und morgen spätestens neun Uhr muss ich zur Arbeit sein."

„Du bist kein Amerikaner und auch kein Brite."

„Meine deutsche Stammfirma schickte mich zum Tochterunternehmen nach Minneapolis."

„Ein Deutscher verirrt sich in den großen Sumpf, ich fass es nicht."

„Ich auch nicht." Und dabei zog ich den Reißverschluss der Kombi noch ein weiteres Stück fast bis zum Bauchnabel, denn ich kochte immer noch. Die Kombi ist fürs Fahren und nicht für schweißtreibendes Schieben in Marathondistanz. Ich folgte Avas Blick aus dem Fenster. Jon stellte das entladene Gespann auf dem Hof ab, sprang aus dem Traktor und ging Richtung Holzspalter.

„Sieht aus, als klebt das Sumpfhuhn bei uns fest. Mum, was meinst du: Die Klamotten runter? Das Bike kriegen wir so schnell nicht flott. Dusche? Ein paar trockene Sachen? Und sie zu, dass uns Maik nicht entwischt. Ich hole jetzt das restliche Holz."

Dann war die Frau weg, er sah sie durchs Fenster in den Traktor steigen.

„Natürlich, Maik! Keine schlechte Idee. Warten Sie, junger Mann, ich bin gleich wieder bei Ihnen, den Rest Kaffee?"

Da ich nichts sagte, goss sie mir ein und verschwand. Also trank ich Kaffee. Dann kam sie wieder mit einem Frottiertuch unterm Arm: „So, junger Mann, haben Sie etwas Frisches zum Anziehen dabei?"

Ich hatte die Sachen, die ich bei Edwards Mum trug in den Boxen. „Ja, im Bike."

„Dann holen Sie die."

Die Dusche war in der Nähe, und als ich eben beim Anziehen war, hörte ich eine laute Tür und eine rauchige Stimme: „Maggie, wo ist Ava, der scheiß Computer macht mich noch fertig!"

Maggie hieß offenbar die Mutter, denn die Stimme von Mum sagte: „Ava ist im Holz, weißt du doch."

Und etwas später wieder die rauchige Stimme, die wohl aus dem Küchenfenster sah: „Ein Bike, wem gehört das Bike, Maik hat doch nicht etwa ein Bike, ohne ein Wort zu pfeifen."

„Nein, Ava hat einen Deutschen aufgelesen, als sie vom Wald nach Hause fuhr, der hatte sich verirrt, und dann ging ihm das Bike kaputt, schob es wohl schon stundenlang durch die Wildnis. Der war völlig fertig, duscht jetzt gerade, wird gleich kommen."

Das tat ich auch, und dann wurde es doch noch was mit dem Whisky, aber nur einer, denn danach saß ich schon am Computer von Avas Dad, der ein unwiderstehliches Geschick besaß, mich innerhalb weniger Minuten komplett bloßzulegen. Und beim Stichwort Informatiker war ich auch schon auf dem Weg in sein Büro und klebte dort auf seinem Stuhl fest. Er zog umgehend einen weiteren neben mich und schien zunehmend begeistert, wie das doch plötzlich alles so phantastisch lief. Wie viel Zeit verstrich, wusste ich nicht, bis Ava den Kopf zur Tür reinsteckte, die Herren ohne Widerrede zum Abendessen zitierte und es vielleicht an der Zeit wäre, sich zu überlegen, wie Mr. Berend, Germany, bis morgen früh an seinen Arbeitsplatz nach Minneapolis käme. Bei aller Freude, die ich Mr. Carter hier an seinem PC bereitete, waren es genau die Gedanken, die sich mit schwindendem Tageslicht auch meiner bemächtigten, und das Wort Taxi und nächstliegender Bahnhof sorgten bei mir schon für gewisse Beruhigung. Zur Not könnte ich auch das Taxi für morgen früh fünf Uhr hierher beordern, wenn wir in der Stadt den kleinen Umweg zur Bank einplanten, denn bis jetzt hatte ich noch nie den Taxifahrer mit Kreditkarte bezahlt, dabei war der Bestand an Bargeld in meinem Portemonnaie nicht einmal als klamm zu bezeichnen. Einen Bahnhof gibt es hier wohl selbst in entfernter Nähe nicht. Aber jetzt wirkte der Befehl zum Abendessen, und nur zu gern nahm ich es als Befehl, weil das Gefühl in meinem Magen sich ebenso unerbittlich geltend machte.

Ja: dieses denkwürdige, wirklich denkwürdige Abendbrot. Dass diesem die Würde zustand auch nach langer Zeit mit Vergnügen daran zu denken, lag daran, weil fast alle in dieser Runde - auch Maik und Jon waren dabei - anfingen zu pokern. Aber das wurde mir erst nach und nach klar. Der Erste war Maik, der mich nachts um eins vor meiner Wohnung raussetzten wollte, zuvor aber fragte, ob ich am Mittwoch beim Umzug helfen könnte. Da es hinreichend Grund gab, mich zu revanchieren, sagte ich zu. Als ich dann an jenem Tag sein Umzugsauto mit der riesigen Werbung der Mietwagenfirma sah, wusste ich, warum er nicht nur mich mitnehmen wollte, sondern auch gleich mein kaputtes Motorrad samt Pick-up und großem Hänger. Das hätte sein knappes Studentenbudget nicht belastet, was das Mietauto bestimmt anders sah. Und als mir auch noch seine Freundin kurz begegnete, mit Nasenring und mehreren Lippenpiercings, ahnte ich auch, warum zu Hause kein Wort gefallen war. Ansonsten konnte ich ihn sehr gut verstehen, Nancy war umwerfend.

Der Nächste war Jon, der meinte, den Hänger zu brauchen, weil er die neue Presse abholen müsse. Das Motorrad bekäme er schon wieder flott, er hätte das früher schließlich mal gemacht. Jon war einfach heiß darauf, wieder Mal was Ordentliches zwischen die Finger zu bekommen, außer dem Grobzeug von Landmaschinen.

Und Mr. Tad Carter war es wohl schon deshalb recht, dass ich nochmals kommen musste mein Bike abzuholen, weil die Computersession mit mir nur durch Ava unterbrochen wurde.

Ja, und Ava? Ava gestand mit irgendwann viel später nur deshalb dagegen gewesen zu sein, die Presse später zu holen, damit ich wiederkommen musste.

Und Maggie, die liebe Maggie kannte wohl ihre Tochter besser als diese sich selbst. Ich traue ihr zu, die Erste gewesen zu sein, die es gemerkt hat, ihre schwer im Zaum zu haltende Freude über ihr kommendes Enkel bekräftigt dieses Indiz.

Und ich? Wie stand es mit meinem Pokerspiel in dieser Runde: Ich hielt mich an die leckeren Speisen und das deutsche Bier. Woher hatten sie mitten in Minnesota deutsches Bier. Ich hatte einen

Bärenhunger, denn Kaffee und Whisky machten nicht unbedingt nachhaltig satt. Ich ließ sie reden, während ich zufrieden kaute. Und als sie mit ihrem Diskurs im Reinen waren, lehnte ich mich satt in meinen Stuhl, unterdrückte mit Mühe einen Rülpser und dankte ihnen allen für die Rettung aus der Not. Aber im Nachhinein hatte ich das dringende Gefühl, dass die Pokerpartie schon lange im Gang war, im Hintergrund, oder Vordergrund, oder Untergrund, oder Übergrund: Wer hat meinen Sinn vernebelt für die richtige Route, welcher böse Gnom hatte die Finger an meinem Motorrad?

Und während mir das alles lebhaft durch den Sinn zieht, sind wir schon mitten in den Wolken, deren Fetzen am Fenster vorbeizucken, und dann regnet es. Verschwommen ziehen die nahenden Häuser, grünen Felder und Wälder vorüber. Ja, Wälder sind das nicht, eigentlich nur mehr oder weniger große Baumgruppen.

Nach dem Beifall für die sauber hingelegte Regenlandung beteilige ich mich wegen der eingerosteten Gelenke am allgemeinen Dehnen und Strecken nach dem langen Flug. Außer mein Nachbar, der stand auf und trabte los, als würde er eben routinemäßig die Konferenz verlassen. Sein Buch lag auch nicht mehr da, sondern er hatte es galant in seinen Aktenkoffer gleiten lassen und mit dem Klicken der Verschlüsse werde ich nie erfahren, was er las. Wir stehen am Gepäckband nebeneinander und sein mattschwarzer Hartschalenkoffer, vielleicht sogar aus Aluminium, war einer der ersten auf dem Band. Er zieht den Bügel, der mit vernehmbarem Klick einrastet.

„Alles Gute für Sie." Das waren die ersten Worte, die ich nach den vielen Stunden nebeneinander an ihn richtete.

Er sieht mich irgendwie doch erstaunt an: „Oh, gleichfalls! Übrigens, ich bemerkte Ihr Interesse für meinen Krimi, wollen Sie ihn?" Ich bin verblüfft, vielleicht auch gemischt mit ein wenig schlechtem Gewissen, und ehe ich mich versah, hatte ich das Buch in der Hand. „Ist zu schade für den Abfall, der ist wirklich gut. Aber der Papierkorb steht Ihnen frei."

„Danke." Und dann folgt ihm der Koffer auf seinen Rollen. *Schade*, denke ich.

Als ich den englischen Text lese - ich kenne weder Autor noch Titel - bemerke ich, dass die Sprache in meinem Inneren ins Deutsche gewechselt hatte. Ava kann kein Deutsch, niemand auf der Ranch kann Deutsch, außer die Biermarke, den Namen der Bundeskanzlerin und die drei bekannten Automarken. Und Ava hatte die Idee, ob ich mit unserem Kind deutsch spreche, sozusagen in der Vatersprache. Und vielleicht wäre es die Chance, es auch selbst zu lernen. Ihr Kind würde es wie im Schlafe einsaugen und sie könne sich dranhängen, nicht nur im Schlaf, wenn sie ein bisschen nachhelfe. Das klappte mir das Kinn runter. Ich solle den Mund zumachen, sie meine es durchaus ernst. Ich dachte, es wird echt unbequem, eine echte Herausforderung, vor allem für mich. Das Kind wird es anfänglich gar nicht merken.

Jetzt kommt mein amerikanischer Koffer. Ich stecke den Krimi in die Tasche und gehe. Ava und ich hatten meinen Eltern keine Ankunftszeiten gesagt, sie sollten sich nicht genötigt fühlen, den durchaus weiten Weg zum Flughafen zu machen, wenn der Vater eben gestorben ist. Ein Mietwagen wäre für mich sowieso das Beste und ich visiere den Serviceschalter an. Vielleicht haben die gleich eine Firma mit Auto am Flughafen.

Es läuft mir jemand in den Weg: „Mama!" Sie hängt mir schon am Hals. „Wie hast du gewusst?"

„Ich bin deine Mutter."

„Hast du mein Handy geortet?"

„Meinst du, ich könnte das? Nein, es gab nur zwei günstige Flüge für dich. Auf den zweiten hätte ich noch ein wenig warten müssen."

Sie hat Tränen in den Augen, wegen Umba. Oder wegen mir?

„Es tut mir so leid wegen Opa."

„Weißt du, was Opa gesagt hat? Wir dürften drei Tage weinen, dann wär's genug. Und die drei Tage sind um."

„Aber du weinst ja immer noch."

„Ach du! Es gibt viele Gründe, um zu weinen. Er wollte eine

Urne und das war eben jetzt."

Es gibt mir einen heftigen Stich ins Herz, denn ich hatte gehofft, ihn doch noch einmal zu sehen. Und jetzt steht mir wohl auch das Wasser in den Augen. Meine Mutter sieht es und nimmt mich in die Arme und wir weinen zusammen inmitten des Menschenstroms. „Ihr seid mir nicht mehr böse?"

„Ich war dir nicht böse, war nur grenzenlos enttäuscht. Aber dein Opa hat auch deshalb nicht lockergelassen: ‚Ich habe ihn ja auch nicht mehr, so lasst ihn doch, es ist mein einziger Enkel, wie es euer einziger Sohn ist. Was soll der Mist. Er ist ein guter Junge.' Jetzt ist mein Vater gestorben, habe den Groll begraben und hoffe auf deine Nachsicht."

„Und Papa?"

„Kann sein, da hängt noch was, aber das wird schon." Sie wird ernst, angelt ihr Handy aus der Tasche und tippte kurz. „Komm, wir gehen schon mal raus."

Das tun wir schneller als manche Leute mit ihren Gepäckwagen. Sie winkt einem heranfahrenden Mercedes, der vor uns stoppt. Sie öffnet den Kofferraum für das Gepäck, schiebt mich förmlich auf die Rückbank und setzt sich neben mich. Sind wir jetzt im Taxi? Der Fahrer dreht sich um: „Hallo Luca, kennst du mich noch?" Ich bin verblüfft und sehe in das grinsende Gesicht mit den hochgeschobenen Augenbrauen, den Querfalten auf der Stirn und der daumenbreiten dunkelblonden Haarbürste. Nein, ich weiß es nicht. - „Franz."

„Mein Gott, Franz! Ist das lange her."

Mein Cousin Franz fährt los und überlässt uns hinten unserem Schicksal. Meine Mutter sagt nach ihrem Satz über den Vater auch erst einmal nichts mehr.

In gewisser Weise kenne ich meine Mutter nicht wieder. Mir steckt wohl der Besuch meiner Eltern vor zwei Jahren in Minneapolis noch in den Knochen. Es war die Zeit, als ich schon fast jedes Wochenende zu Ava fuhr. Und wenn Edward mitkam, verlegten wir die Rast von Edwards Stammkneipe am idyllischen See an Maggies Küchentisch, bevor er dann allein weiterfuhr.

Ava mochte Edward, weil seine Fröhlichkeit ansteckte. Wenn er dann wegfuhr, zog ein Streif Wehmut durch sein Gesicht, wenn vielleicht auch nur ich es merkte. Ob er an Caroline dachte?

Eigentlich wollte ich meine Eltern mit auf die Ranch nehmen, aber sie fragten mich nicht ein einziges Mal nach Ava, obwohl ich meiner Mutter vor der Reise von ihr erzählte. Ihre Erwartungen an mich, nun endlich zurückzukommen, waren drückend. Meine Eltern, Ava und die Ranch: Ich sah die Katastrophe. Das Gespräch mit Ava am Telefon wurde schwer. Sie wollte meine Eltern kennenlernen, wie denn sonst die irre Entfernung überbrücken, wenn nicht jetzt. „Ava, mir ist, als wären sie überhaupt nicht angekommen, es geht nicht, wir müssen warten." Auch Maggie und Tad hätten sich gefreut. In dieser Zeit schlich sich in mich der Gedanke, die Arbeit aufzugeben und auf die Ranch zu ziehen. Das hatte ich noch nicht einmal Ava erzählt. Überhaupt war alles am Kochen, und meine Eltern waren so weit weg von mir, obwohl sie grad zwei Wochen hier waren. Und das änderte sich bis zu ihrem Rückflug nicht. Meine Eltern und so ein eisiger Abschied, es war zum Heulen.

Und jetzt ist meine Mutter wie umgewandelt. Ich hatte seit ihrem Besuch in Minneapolis in den wenigen mühsamen Telefonaten mit ihr nichts wirklich gesagt. Sie weiß faktisch nichts, und jetzt schweigt sie neben mir. Vielleicht sorgt sie sich, wie es mit meinem Vater wird. Ich hole tief Luft, um ihr die volle Breitseite meines jetzigen Lebens zu geben. Aber es wird nur wie ein Stöhnen: alle Luft ohne ein Wort wieder raus. Genau das tue ich jetzt ein wenig sogar aus Trotz. Will sie wirklich wissen, wer neben ihr sitzt, dann soll sie fragen - und bekommt Antworten. Ich bin wegen Umba gekommen und kann mich doch nur freuen: umarmt von meiner Mutter. Mir war klar, es wird schwierig. Man könnte fast meinen, ich hätte es verdrängt, versuchte einfach nur pragmatisch zu denken: Eigener Mietwagen und wenn nötig auch im Hotel wohnen. Ja nicht zu viel Nähe. Und dann überrumpelt mich meine Mutter nach so langer Zeit eisiger Kälte mit einem solchen Empfang. Der sogenannte pragmatische Boden wurde gleich geflutet und man ist mächtig am Schwimmen. Dazu flog ich grade um die halbe Welt, und dann gleich das.

Da meine Eltern nichts von mir wussten, sagte ich auch meinem Großvater nichts, denn ich wollte es ihnen selbst sagen. Die kurzen und herzlichen Telefonate mit Umba wurden immer seltener. Es schien ihm sehr gut zu gehen, es hörte sich gesund an. Mein Großvater hatte es nicht so mit dem Telefon, er wollte die Menschen bei sich haben, wenn er mit ihnen redete, das war schon immer so.

„Mama, wie geht's euch, und was war mit Opa?"

„Ach, uns geht's gut, die Firma ist größer geworden. Jetzt sind fünfzehn Monteure unterwegs, es wird alles zu klein, wir müssen bauen, groß bauen. In zwei Monaten geht es los." Wie sollte es anders sein: Firma, es war schon immer nur die Firma. „Mit Bauen hab ich es ja nicht so, aber dein Vater kann schwer etwas abgeben und jetzt sorge ich mich, er übernimmt sich. Der Architekt tut mir manchmal leid, aber es wird schön, du wirst sehen."

„Und Opa?"

„Was weißt du von deinem Großvater, seit du weg bist?"

„Er redete nicht viel am Telefon, das weißt du. Wenn ich es recht bedenke, weiß ich nur so viel, wie ihr mir vor zwei Jahren in Minneapolis erzählt habt..."

Sie spricht nicht weiter, denkt sie an Minneapolis? Natürlich erzählten sie trotz aller Spannungen auch von Umba, und es war das einzige Thema, was ich selbst am Laufen hielt. Jetzt sofort werde ich meine Mutter fragen, wie das für sie war vor zwei Jahren in Minneapolis. Die Begrüßung eben war echt, da war nichts falsch. Nein, es war warm, es war herzlich. Ja, und ich freue mich. Der Eisberg schwimmt in die Sonne. Die Frage ist nur, wie verkürzt man die Halbwertszeit eines Eisberges, die Spitze schmilzt in der warmen Sonne: Aber solange es den weitaus größeren Teil unter Wasser noch gibt, kann oben schmelzen, soviel auch will, die Eisspitze bekommt immer neue Nahrung.

„Mama, bitte."

„Kennst du Opas Pflegerin Wanda?"

„Ich sah sie nur kurz. Schaffte sie die Arbeit, so klein und zierlich wie sie war? Die Jüngste scheint sie auch nicht zu sein."

„Unsere Sorgen waren unnötig, Opa nahm Wanda an, und es wurde nicht schlechter mit ihm, sondern nach einem Jahr war er wieder auf den Beinen, entgegen aller Prognosen."

„So erzählte es mir Opa, und ihr ja auch."

Mamas Rede stockt, aber was soll ich drängen, bis vor einer Stunde hatte ich so gut wie keine Hoffnung, mehr als ein paar karge Worte zu erfahren. Jetzt habe ich wieder eine Mutter, und jetzt will ich Umba ganz. Meine Mutter soll mir Umbas letzte vier Jahre nachreichen, aber es will nicht so recht in Gang kommen. Kann sie es nicht so schnell? Sie hat ihren Vater erlebt und ihn sterben sehen. Umba hat die Dauer der Tränen nach seinem Tod limitiert. Ich will alles wissen, das muss meine Mutter doch verstehen. Was ist los mit ihr, ist der Anfall von herzlicher Begrüßung vorbei, versiegt, ausgetrocknet? Sie sitzt neben mir wie ein Klotz. Oder liegt es an Franz. Scheut sich meine Mutter vor Franz die Familie auszubreiten? Welcher der vier Brüder meines Vaters zeugte eigentlich Franz? Ich weiß es nicht. Es ist alles unheimlich weit weg, die kommen morgen alle zur Beerdigung und ich weiß nicht, wer der Vater von Franz ist. Franz hat Schwestern, Anna und Julia, Anna war in meiner Klasse, bevor ich aufs Gymnasium kam. Dann sind sie sowieso weggezogen. Wieso sitzt Franz jetzt hier am Steuer? Muss ich das jetzt alles wissen? Ich bin morgen auf Umbas Beerdigung, schwimme zwischen den Leuten umher und kenne meine Verwandtschaft nicht.

„Mama, hab ich was falsch gemacht?"

„Was sollst du falsch gemacht haben?"

„Du bist so still, hast dich eben sehr gefreut, wir haben zusammen geweint, und nun sagst du nichts mehr."

„Luca, ich bin sehr froh. Ja, ich bin glücklich, aber haben wir es erwartet? Hast du es erwartet?"

„Ich muss gestehen: Nein. Aber ich war ebenso froh."

„Luca, ich war es nicht, der dir die Mail schickte."

„Ist das jetzt wichtig?"

„Luca, ich war dagegen, deshalb hast du sie so spät bekommen."

„Willst du die kurze Freude wieder vertreiben? Ich will sie nicht vertreiben."

„Ich auch nicht, aber wir sind auf dem Weg nach Hause und dann wirst du alles erfahren: Es bedrängt mich seit wir zusammen im Auto sitzen und wenn ich nicht jetzt mit dir rede, werden wir es verlieren, es wird uns überrollen."

„Dann rede."

„Weißt du Luca, Opa war drei Jahre gesund, nicht zu glauben nach dieser Krankheit. Und dann letzte Woche der Schlaganfall aus dem Nichts. Wanda rief seinen Arzt, der auch sofort kam, ihn untersuchte und sie nach der Patientenverfügung fragte. Er hätte eine Kopie in seiner Krankenakte, und ob dieser sein Wille sich geändert hätte. Wanda fand die Mappe und die Verfügung war von Opa vor sieben Monaten bestätigt mit einem Satz, Datum und Unterschrift. Der Arzt kannte Wanda von Beginn an. Er könne nichts mehr tun, und nach seinem Willen kann er zu Hause sterben, kam weiterhin zweimal am Tag bis Opa ging."

„Wenn er gesund war, warum war die Pflegerin noch da?"

„Sie war wie seine Frau geworden, Wanda bekam ihren Lohn von uns, bis Opa wieder gesund war. Aber sie blieb, hat ein paar Stunden in der Nachbarschaft gearbeitet."

„Hört sich an, als hätte ihm nichts Besseres passieren können."

„Du wirst recht haben."

„Das klingt, als hättest du es damit nicht leicht gehabt."

„Es stimmt, ich war - freundlich ausgedrückt - durchaus reserviert, aber als er wirklich starb, verflog das alles. Die Nachricht von seinem Tod bekamen wir in der Morgendämmerung. Er lag in seinem Bett an der großen Glastür zum Garten, seinem Lieblingsplatz in den Monaten nach dem Krankenhaus. Dort stand auch immer sein Sessel als er schon wieder aufstehen konnte. Er lag dort inmitten von Blumen, eine Kerze brannte und Wanda saß bei ihm. Sie ließ mich mit meinem Vater allein - lange allein. Ich fand sie später im Nachbarzimmer schlafend im Sessel und fragte mich, ob sie die letzten Tage überhaupt jemals schlief. Ich ging zurück zu meinem Vater und saß bei ihm. Die Sonne spielte in den Blättern der großen Buche vor dem Fenster und streute einen Flaum lebendigen Lichtes über sein Gesicht. Je länger ich ihn ansah, meinte ich, ihn lächeln zu sehen, in den Augenwinkeln, um den Mund. Und immer mehr wuchs mir die Zuversicht, die Totenruhe hauchte ein Lächeln in sein Gesicht. Da schmolz bei mir aller Grimm, und ich meinte erst dann reinen, tiefen Schmerz zu empfinden, die Tränen wurden wirklich Tränen und zugleich war ich friedlicher denn je. Luca, mir fehlen die Worte. Man kann wohl ein solches Erleben nicht festhalten, aber ich will es nie mehr vergessen. Später kam Wanda und ich rückte ein Stück, damit sie sich neben mich setzten konnte. Dann hoffte ich so sehr, du kommst."

Ich sah Wanda wirklich nur kurz und konnte mich nur blass erinnern, saß ja auch schon fast im Flieger, und es waren meine letzten Stunden mit Umba. Wenn Umba jetzt erzählen könnte, würde Wanda im grauen Buch landen, bestimmt. Aber wieso gehört Umba und Wanda zu dem, welches meiner Mutter solche Not bereitet, mich wieder zu verlieren? Es ist doch das Gegenteil der Fall. Wanda kümmerte sich liebevoll um Umba bis über den Tod hinaus, und so hat der Anblick meiner Mutter Herz gerührt. Sie erzählte es mir, so, dass es mich auch ergriffen hat, und ich könnte sie dafür gleich wieder umarmen. Wäre sie vor ihrem Erlebnis zuständig gewesen, hätte sie Umba wahrscheinlich umgehend abtransportieren lassen.

„Es war schön, trotz Opas Tod, oder vielleicht auch deswegen."

„Du hast recht, es war schön."

„Was bekümmert dich?"

„Dein Vater, er war mit mir am Krankenbett, aber er hätte Opa nach seinem Hinscheiden nie sehen wollen, und seine Enttäuschung über dein Weggehen steckt noch in ihm."

„Ich kann ihn verstehen, meinst du, er verübelt es dir, weil wir uns wiederhaben?"

„Ich weiß es nicht. Wenn er es tut, dann wird er es nicht offen zeigen, dann frisst er es in sich hinein, und das wäre viel schlimmer."

„Was auch geschieht, ich werde nicht abweisend sein, nicht mit Worten und nicht mit Gefühlen, ich gebe mir Mühe."

„Luca, bitte, sag erst etwas, wenn ich dir alles erzählt habe." Ich sehe meine Mutter an mit krausgezogener Stirn. „Die Mail an dich war raus, ehe dein Vater und ich davon wussten."

„Ja, die hatte keine Unterschrift, aber es war eure Adresse?"

„Ja, bei uns läuft alles über die Firma, es war Yvonne. Wie gesagt, am gleichen Tag noch war ich sehr froh, dass sie raus war."

„Yvonne?!"

„Sie ist seit zweieinhalb Jahren bei uns angestellt."

„Yvonne arbeitet bei euch?!"

„Ja, und sie wohnt im Haus nebenan." Es erwischt mich kalt, und der Mietwagen und das Hotel schieben sich wieder in meinen Kopf. Aber wieso? Wollten sie mich vor zwei Jahren nicht nur wegen der Firma zurückholen? Yvonne bei der Beerdigung von Umba. Nein! Mir verschlägt es gründlich die Sprache. Meine Mutter sieht mich verstohlen von der Seite an und was sie sieht, treibt ihr die Tränen in die Augen. Das sehe ich sogar aus den Augenwinkeln. Und Franz stört plötzlich, gewaltig stört er mich dort vorn hinter dem Steuer, mit seinen Ohren bei uns und dem Rückspiegel. Kein Wort sage ich mehr. Lange ist Ruhe, während meine Mutter still in sich hineinweint. Und langsam tut sie mir leid. Es ist aber auch der Hammer. Es war wohl das Thema, das sie am meisten fürchtete und in meiner Reaktion und meinem Gesicht sah sie alle neue Nähe wieder unter die Räder kommen. Nein, so schnell will ich auch nicht aufgeben. Ich wende mich ihr zu und flüstere: „Wir fahren, nehme ich an, zu euch nach Hause?" Jetzt kommt aus dem kurzen Nicken doch ein schluchzendes Geräusch, wohl, weil ich zu euch sagte, und nicht zu uns. „Und Yvonne sitzt dort nicht am Küchentisch." Kopfschütteln. „Was nun, ja, oder nein?"

„Nein."

„Also reden wir am Küchentisch."

Und ich wolle auch bis dahin nicht rätseln, was in den vier

Jahren an mir vorübergegangen ist. Ich nehme mein Handy und schreibe Ava, dass mich meine Mutter vom Flughafen abholte, und wir jetzt auf dem Weg zu den Eltern sind und wann wir heute Abend skypen. Es sind sieben Stunden Zeitunterschied. Wenig später kommt die Antwort: Wie wär's mit elf Uhr abends eurer Zeit. Und ich schreibe: Ok, bis bald.

Das Rätsel Franz können wir gleich abarbeiten. Sofort! Schon, um die Stille etwas zu kühlen, beuge ich mich nach vorn und rede mit ihm, denn bis ich nach Amerika ging, war die Verwandtschaft meines Vaters weit weg. Aber zu den runden Geburtstagen der Eltern waren sie eingeladen. Dann hingen die Cousins und Cousinen dann schon zusammen, und auch an Franz erinnere ich mich. In den Jahren mit Yvonne war auch sie dabei.

Als wir zu Hause einbiegen, bin ich im Bilde: Franz beendete sein Studium in Elektrotechnik im gleichen Jahr wie ich, ist seit drei Jahren in der Firma und jetzt verantwortlich für die Baupläne und die Angebote, lebt mit seiner Frau und zwei kleinen Kindern im Penthaus des Gebäudes, in dem auch Yvonne wohnt. Meine Mutter hätte gefragt, ob er fahren könne. Das hätte gut gepasst, weil er in der Nähe des Flughafens sowieso eine seiner größeren Baustellen habe. Seine Frau und Yvonne seien Freundinnen, schon der Kinder wegen. Yvonne hätte einen dreijährigen Sohn. Und ja, bei der Feier zum Fünfzigsten meiner Mutter hätte er die Stelle angeboten bekommen. Als er das sagte, kam bei mir die Scham wieder hoch. Diesen Geburtstag meiner Mutter hatte ich vergessen, er ging unter, als ich mit Edward rund um die Uhr die Panne mit dem Sensor ausbügelte. Erst zwei Tage später rief ich an. Es war ein beklemmendes Gespräch. Jetzt, da ich wieder daran erinnert wurde, stieg diese Beklemmung wieder in mir hoch: Ich hatte den fünfzigsten Geburtstag meiner Mutter vergessen. Franzens Eltern sind morgen zur Beerdigung auch da, sie wären schon angekommen. Wer von seinen Geschwistern, Onkels, Tanten, Cousins, und Cousinen noch alles käme, wisse er nicht.

„Luca, wie lange bleibst du?", fragt Franz, als er das Auto abgestellt hatte.

„Längstens eine Woche."

„Besuch uns doch mal, wir würden uns freuen."

„Gerne, wir sehen uns sicher des Öfteren."

Dann läuft er Richtung Nachbarhaus, und ich stehe mit meiner Mutter allein am Auto, und sie sieht nicht gerade glücklich aus.

„Es hat sich noch nichts verändert, wo wollt ihr denn bauen?"

„Die Wäscherei auf der anderen Straßenseite ist ausgezogen. Wir kauften sie."

Wir kauften sie! Wir kauften sie! Bestimmt wieder ohne Kredit, wie auch das Wohnhaus nebenan. Ich hasste dieses Geld, weil es mir die Eltern genommen hatte, aber warf ihnen das Geld nicht vor die Füße, nein, ich hatte nie Einspruch gegen die Zuwendungen an Geld für mein Leben eingelegt. Ja, ich hatte auch geliefert, brillante Abschlusszeugnisse, natürlich, aber es war auch mein Ding, musste mich nicht jeden Morgen in die Vorlesung nötigen. Ich wollte das und musste mich nicht sonderlich quälen, fühlte ein Talent, eine Begabung. Natürlich lief das nicht von allein. Ohne einen gewissen Biss, ich hatte mich immer gewehrt, es Ehrgeiz zu nennen, ohne den Biss wäre es nicht gelaufen. Aber ist das nicht die Eigenschaft, die meinen Eltern zum Erfolg verholfen hat? Habe ich die nicht geerbt? Aber was war mit Eggi. Wenn neben ihm in der Uni Platz war, setzte ich mich neben ihn. Eggi hatte den gleichen Biss, vielleicht noch einen Tick mehr. Und wir arbeiteten uns oft gemeinsam durch den Stoff, nicht verbissen. Eggi ging es nicht so gut, er teilte sich eine Bude mit noch drei anderen. Er trug billige Klamotten und als ich mir wieder mal den neuesten Laptop kaufte, freute er sich über meinen abgelegten. Und ich fühlte mich gönnerhaft, obwohl es das Geld meiner Eltern war. Aber als es dann wirklich zum Treffen kam, Eggis Vater krank wurde, und seine Eltern beim besten Willen ihren Sohn nicht mehr unterstützen konnten, wo blieb da der Biss. Wir hätten ihn doch zu uns holen können, hätten locker das kleine Zimmer für ihn freimachen können, Eggi hätte nicht aufhören müssen. Wir haben es nicht versucht, ja nicht mal ernstlich drüber nachgedacht. Und was machte ich mit meinen sogenannten Talenten?

Bei meiner Firma in Minneapolis aufhören, die konnten mich selbst mit einem fast doppelt so hohen Gehalt nicht halten. Jetzt bin ich Rancher und richte als Zubrot die Computer vieler Rancher und Farmer im Umkreis von mindestens fünfzig Meilen ein. Und das soll ich meinen Eltern begreiflich machen? Fast wünsche ich, meine Mutter möge nie danach fragen.

Was mir nicht alles durch den Kopf geht, wenn die eigene Mutter mich in mein altes Zimmer geleitet, anbietet sich doch erst einmal etwas frisch zu machen, und sie würde inzwischen den Tisch decken und was er denn gern trinken wolle.

Dabei gibt es weiß Gott naheliegenderes, dass einem jetzt durch den Kopf gehen sollte. Wieder so eine dahin gesagte Redewendung: Weiß Gott das wirklich? Sicher weiß er das, er ist ein Gott. Und warum weiß *ich* das nicht? Wieso habe ich mich hinreißen lassen loszufliegen, wie soll ich bei Umba sein, wenn das alles so kompliziert wird. Oder macht mir der Jetlag zu schaffen? Der Flug hat mir sozusagen sieben Stunden der Nacht gestohlen. Soll ich lieber den Küchentisch verschieben und einfach sagen, jetzt erst einmal schlafen zu müssen? Ich habe aber eben Kaffee bestellt, gehe also in die Küche. Der Anblick des liebevoll gedeckten Tisches sorgt für das Erwachen eines diffusen Hungergefühls. Der teure Kaffeeautomat zelebriert mit treffenden Geräuschen vom Malen, Verdichten, Zischen seine Kunst und der Duft verspricht Genuss. Grund genug, das nicht zu vermeidende Gespräch hinauszuschieben, zumindest nach das Essen.

„Ich hab deinen Vater angerufen und ihm gesagt, du seiest da. Er hat noch zu tun und kommt später, sagt er."

Ich nicke nur kurz, während ich am heißen Kaffee schlürfe: Natürlich hat er noch zu tun, er hat immer zu tun, und wenn er nichts zu tun hat, entspringen verkappte Worte aus vorwurfsvollem Gesicht. Jedenfalls sollte ich auf alles gefasst sein, und meinerseits nicht gleich automatisch wieder dichtmachen. Ich beschließe zu genießen. Die frischen knusprigen Brötchen, diverse exotische Beilagen und verschiedene süße Stückchen setzten siegessicher meinen Beschluss um. Am Ende gibt es zum Jetlag noch einen vollen Magen. Wie soll man jetzt noch reden. Also wenigstens noch einen Kaffee.

„Wollen wir nicht ins Wohnzimmer, wenn du willst. Geh schon mal vor, ich räume noch ab."

Ich helfe ihr, wir gehen dann zusammen und lassen uns in die Polster sinken. Der grüne Wald vor der Fensterfront scheint mir noch üppiger als vor vier Jahren. Meine Mutter hat den berühmten grünen Finger, und so reden wir über Pflanzen, sie zeigt mir verschiedene Bromelien, Gummibäume, Orchideen, Wolfsmilch und anderes, ehe wir uns wieder setzen.

„Mama, wie ist das mit Yvonne, wie lief das."

„Wie lange warst du mit ihr zusammen?"

„Fünf Jahre, fast das gesamte Studium und das reichliche Jahr danach, bis sie dann auch ihren Abschluss hatte."

„Ja siehst du, und von Anfang an hast du sie mitgebracht, sie ging bei uns ein und aus, wie du auch, wir hatten schließlich überhaupt nicht den leisesten Grund, entgegen aller Schwiegertochter – Schwiegermutter Klischees, uns etwas anderes zu wüschen. Wir mochten sie. Dein Vater und ich mochten sie."

„Vielleicht mehr als mich."

„Kann man so nicht sagen. Ich muss aber zugeben, als du nicht in die Firma eingestiegen bist und stattdessen in diesen Konzern, war die Enttäuschung groß."

„Das spürte ich, aber bitte, fangen wir nicht wieder davon an."

„Nein, das will ich auch nicht, ich habe dich losgelassen, aber erst wirklich, als ich bei meinem Vater am Totenbett saß, und dann bekam ich heute meinen Sohn wieder, wenigstens eine Stunde."

„Ja, das war so, aber wieso Yvonne?"

„Was ich jetzt sage, ist kein Vorwurf, zumindest nicht mehr: Du bist einfach so weggeflogen, du hast fast nichts erzählt, wir haben nicht einmal begriffen, dass Yvonne weg war. Nur Opa erzählte von deinen häufigen Besuchen, aber nicht einmal im Krankenhaus sind wir uns begegnet."

„Das tut mir jetzt leid, aber Yvonne hatte mich verlassen, von jetzt auf gleich, und ich habe vorher nichts gemerkt, es hat mich fertig gemacht."

„Es war, wie es war, jedenfalls für uns so, wie ich eben sagte. Und am Ende mussten wir noch eure Wohnung zu Ende ausräumen. Gut, es war unser Mietvertrag und sie war größtenteils möbliert."

„Yvonne hatte noch ihren Schlüssel und noch viele Sachen dort."

„Der Schlüssel lag dann drei Wochen nach deinem Abflug in unserem Briefkasten mit einem Brief: Vielen Dank für alles. Alles Gute Yvonne."

„Oh Gott, das ging alles an mir vorbei."

„Lass es ruhen, du willst es wissen, ich erzähle es dir. Ich habe also eigenhändig deine restlichen Bücher, Ordner, Kleidung, kurz alles, was noch dort war, in Kartons gepackt und auf einen unserer Speicher bringen lassen. Später, viel später stand Yvonne in meinem Büro, hochschwanger, sagte, sie suche noch ihre Geburtsurkunde und vermute, dass sie die in einem der Ordner in der Wohnung vergessen hätte. Also stiegen wir auf den Speicher und suchten. Ich fragte nichts, sie sagte nichts, jedenfalls nicht mehr, als zu dem, was wir alles hervorkramten. Es tauchte noch etliches von ihren Sachen auf. Fotos, auf denen sie drauf war, überließ ich ihr ebenfalls. Auch die Geburtsurkunde fanden wir. Ich sagte ihr, dass ich gar nichts wisse, und sie antwortete, die Trennung sei allein ihre eigene Schuld. Dann ging es los."

„Was ging los."

„Die Wehen, ich packte sie ins Auto und fuhr in die Frauenklinik. Sie sagte, es sei drei Wochen zu früh und entschuldigte sich."

„Oh Gott."

„Als ich wieder nach Hause fuhr, habe ich gerechnet und das Ergebnis brachte mich aus der Fassung. Ich bin nur durch Glück einem Crash entgangen. Ich besuchte sie in der Klinik, und die Schwester meinte, sie müsse die Wöchnerin erst fragen, wenn ich keine Verwandtschaft sei. Offenbar stimmte sie zu. Ich kam ins Zimmer, sie saß im Bett und hatte ihren Sohn im Arm. Ich schaffte es nicht, die entscheidende Frage zu stellen, aber erbat von ihr Adresse und Telefonnummer. – Du kuckst so entsetzt. Wochen später fragte ich sie. Ich wäre nicht die Großmutter, leider, sagte sie."

Ich geriet tatsächlich völlig aus der Fassung und bekam nicht mehr mit, was meine Mutter redet. Dass ich mit Ava hätte telefonieren müssen, von ihr sieben Zeitzonen auseinander, ohne eigentlich schuldig zu sein. Aber jetzt muss das alles nicht erzählt werden. Als ich wieder halbwegs unten bin, unterbreche ich meine Mutter: „Mama? Mama! Ich konnte dir grad nicht mehr folgen, kannst du bitte noch mal anfangen, als du sie das erste Mal zu Hause besucht hast."

„Wir sind alle ein wenig überfordert, Luca. Ich hatte Angst davor, aber jetzt nicht mehr."

„Hast du etwas zu trinken?"

„Was du willst."

„Doch lieber Wasser."

Sie steht auf und geht in die Küche, kommt mit zwei Gläsern und einer Flasche Mineralwasser, schenkt ein und setzt sich wieder. „Wie gesagt, ich besuchte sie schon in der darauffolgenden Woche in einer kleinen Wohnung unter dem Dach eines vierstöckigen Wohnhauses ohne Aufzug. Es war wohl ihr Kinderwagen, der unten im Hausflur stand. Ich traute mich immer noch nicht, sie direkt zu fragen, erfuhr aber so viel, dass sie allein wäre und auf ihre Eltern nicht zählen könne. Auf meine Frage, ob ich helfen könne, wehrte sie ab. Aber ich besuchte sie wieder. Der kleine Ben gedieh prächtig. Ich durfte ihn auf den Arm nehmen, und dann sagte ich ihr, welche Gedanken mich quälen, dass ich überhaupt nichts wüsste, auch von dir nicht, und wir nur selten eher oberflächlichen Kontakt hätten, du bisher auch nicht gekommen wärest, und ich nicht anders könne, ihr es jetzt so direkt zu sagen. Auch, dass sie die fünf Jahre wie eine Tochter für mich gewesen wäre, und ich mich nach wie vor ihr verbunden fühle. Und dann erzählte sie mir, dass sie dich hintergangen hat, dir aber nie davon erzählte. Er wäre Spanier, und als er von dem Kind erfuhr, ist er wieder zu seiner Familie, von der er noch gar nicht geschieden war. Das hätte sie vorher nicht gewusst. Warum sie das alles getan hat, wisse sie selbst nicht mehr. ‚Aber Ben ist da, den ich liebe, und ich will ihm eine gute Mutter sein.' Das hat sie gesagt, genau so."

Sie sieht mich an, weil sie wohl denkt, ich will was sagen, aber ich zucke nur mit den Schultern. Also redet sie weiter: „Die beiden haben uns auch einige Male besucht. Franz und Liesa redeten auch mit Yvonne, weil ihr Kind im gleichen Alter ist wie Ben. Dann wurde die Wohnung frei, etwa zu der gleichen Zeit, als der Mutterschutz zu Ende ging. Wir boten ihr die Arbeit an. Die Firma wurde immer größer und es war für mich sowieso nicht mehr zu schaffen. Jetzt läuft nichts mehr ohne sie und Ben geht schon ein halbes Jahr in den Kindergarten."

„Und Yvonne hat die Mail an mich vom Dienstcomputer geschickt?"

„Ja, weil sie wusste, dass ich dir keine Nachricht schicken würde. Sie sah mich entschlossen geradewegs an und sagte mit fester Stimme: ‚DAS würde er dir niemals verzeihen.'"

„War es nun alles, Mama?"

„Bleibt nur noch dein Vater."

„Ja."

„Du hast vier Jahre nichts von unserem Leben mitbekommen, wie soll ich wissen, was dir noch alles in die Quere kommt."

„Ist schon ok, langsam reicht es für die ersten Stunden."

„Willst du schlafen und deinen Vater morgen sehen?"

„Wo ist er eigentlich?"

„Meistens in seinem Büro, um diese Zeit meistens in seinem Büro. Soll ich ihn anrufen?"

„Lass mal, ich geh gleich selbst rüber, vielleicht hat er kurz Zeit."

„Du bist sein Sohn, also tu es, findest du das Büro noch?"

„Glaube schon."

„Ich gebe dir einen Hausschlüssel, für alle Fälle." Sie begleitet mich zur Tür und nimmt ihn vom Schlüsselbrett.

Die Kühle des Sommerregens liegt noch in der Luft. Es ist schon

Spätsommerluft und ich halte inne. *Soll ich das jetzt wirklich tun?* Dämmerung schleicht schon in den Hof, die Wolkendecke ist durchbrochen und der Himmel dahinter wird schon dunkler blau. Ich kann jetzt nicht einfach in mein Zimmer verschwinden und morgen kurz vor der Beerdigung auf meinen Vater treffen. Also überquere ich den Hof und gehe zwischen den Firmentransportern hindurch in den Flachbau, der ums Eck zur Straße zu eine Aufstockung hat, in der auch das Chefbüro ist. Schon am hinteren Aufgang höre ich die Stimme meines Vaters, der sich eben von einer anderen männlichen Stimme verabschiedet. Oben angekommen geht die Bürotür wieder zu. Das Foyer mit der Fensterfront zur Straße ist leer. Der Herr wird den vorderen Abgang genommen haben. Auch hier waltet der grüne Finger meiner Mutter. Daran hat sich nichts geändert. Ich klopfe, warte ein Herein nicht ab und trete in meines Vaters Büro. Er steht abgewendet am großen Tisch und faltet große Papierbögen zusammen.

„Hallo." Er wendet sich um.

„Hallo, mein Sohn kommt zur Beerdigung seines Großvaters. Kommst du das nächste Mal zu meiner Beerdigung?"

„Fall jemand so nett ist, mir eine Nachricht zu schicken, ist es hinreichend wahrscheinlich."

Da war mein Vater wieder, voller beißendem, schwarzem Humor, gepackt in gebündelter Enttäuschung über seinen Sohn. Eigentlich könnte ich gleich wieder gehen, aber den Gefallen tue ich ihm diesmal nicht: „Sind das die Zeichnungen für den Neubau? War das eben dein Architekt?"

„Hat deine Mutter schon geplaudert?"

„Sollte sie lieber nicht? Wenn ich schon mal da bin, interessiert es mich schon. Übrigens, mein herzliches Beileid zum Ableben deines Schwiegervaters."

„Vielen Dank."

Dieser Ton! Dabei wühlt er in den Zeichnungen, aber gebe ich mir denn selbst wirklich Mühe?

„Interessiert dich der Bau im Ernst? Hier sind sie die Drei-D-Ansichten. Interessiert dich, ob die Größe des Betriebes langsam in die Kategorie wächst, wo es für den Sohn interessant wird, vielleicht doch einzusteigen?" Er hält mir die Mappe hin. Mein Vater wird es nie lassen!

„Lieber Papa, über eine Entscheidung, in diesen Betrieb einzusteigen oder nicht, denke ich frühestens dann nach, wenn dein Testament eröffnet ist."

„Ich sollte dich gleich wieder rausschmeißen."

„Das würde ich sehr bedauern, denn immerhin bist du mein Vater, und das würde ich gerne trennen von meiner nicht vorhandenen Bereitschaft, in deinem Betrieb zu arbeiten, oder den zusammen mit dir zu managen, geschweige denn, ob ich je wieder nach Deutschland will. Falls du mich dennoch gleich rausschmeißen willst, dann sprich das bitte mit deiner Frau ab. Meine Mutter hat mich eben in mein altes Zimmer einquartiert." Ich entdecke im Moment das alte Haustelefon, das immer noch am gleichen Platz steht, hebe den Hörer ab und halte den ihm entgegen. „Ich habe auch nichts dagegen, wenn du ihr gegenüber es als meinen eigenen Wunsch hinstellst, das ist er ganz bestimmt. Ich habe im Hause meines Vaters nichts zu suchen, wenn er das nicht will."

Ich sorge mich um meine Mutter: Wohin fällt sie, wenn das jetzt schief geht, aber ich mühe mich, kein Jota meiner Bestimmtheit von meinem Gesicht zu lassen. Er steht starr und sieht mich wütend an. Ich spüre keine Wut, keinen Zorn, nur die Sicherheit, das jetzt genau so machen zu müssen. Ich stehe da, ohne die Augenlider zu bewegen, den Hörer ihm entgegengestreckt. Wie geht das Spiel: Wer zuerst mit den Augen zwinkert, hat verloren. Das ist mein Vater. Was ich nicht mehr wusste, war: Dieses Telefon hat nur ein Gegenüber in der Wohnung und die Verbindung besteht, sobald der Hörer abgenommen wird, sodass in die eisige Stille - eisig ist falsch, uns beiden war sicher heiß - die rufende Stimme meiner Mutter deutlich zu verstehen war: „Edmund, bist du dran? Sag doch was! Ist was passiert?!" – Das geht so weiter, sie lässt nicht locker. Ich wollte schon einfach wieder auflegen, da kommt mir mein Vater die zwei Schritte entgegen und reißt mir den Hörer aus der Hand. *Jetzt ist es aus*, denke ich.

„Traudel, bist du noch da? Ja? Unser widerspenstiger Sohn und ich kommen gleich. --- Was, ihr habt schon gegessen? --- Ja, wie immer. Weißt du, wo der Neunundachtziger steht? --- Ja."
Er kann's einfach nicht lassen, aber ich bin sehr erleichtert.

Mein Vater isst, was Traudel ihm gemacht hat, ich nehme gelegentlich etwas vom süßen Teller, und meine Mutter erzählt, wie das morgen mit der Beerdigung läuft.
Während mein Vater schon mal ins Wohnzimmer geht und zum Korkenzieher greift, räumen wir den Tisch ab. Das Problem ist: Ich muss um elf telefonieren, bis dahin ist nicht unbedingt üppig viel Zeit, und jetzt gibt es keinen Grund mehr, nicht vom neuen Zuhause zu erzählen. Meine Mutter wird jetzt fragen, das wusste ich. Dazu ist nicht die Zeit, denn ich will keine beiläufige Kurzfassung. Und das größte Hindernis war: Ich bin echt fertig. Wenn das Wort Jetlag bisher nur eine Worthülse war, spüre ich den jetzt bis in den letzten Winkel meiner Knochen. Die Augen gehen immer häufiger auf und zu. Wir probieren zuerst den Wein, und selbst ich - wirklich nicht der Kenner - merke, der ist wirklich was Besonderes. Wir reden über Großvater. Meine Mutter erzählt von ihm und Wanda. Dann kommt es aus ihr heraus: Sie sehe zwar, ich wäre müde, aber sie würde nun wirklich gerne hören, wie mein Leben hinter dem großen Teich denn sei. Es reue sie sehr, diesen bedrückenden Zustand so lange zugelassen zu haben. Ihr Glück, jetzt so zusammenzusitzen, strömt aus ihren Augen.
„Ich will euch gerne Anteil nehmen lassen, wie mein Leben in diesen vier Jahren so gelaufen ist. Aber jetzt kann ich das nicht mehr, bin einfach kaputt und habe auch um elf noch zu skypen. Einige Bilder wären vielleicht auch nicht schlecht."
Zu meinem Erstaunen hakte mein Vater ein: „Das sehe selbst ich, dass du uns gleich aus den Latschen kippst, du wärst nicht Luca, wenn du uns nicht viel zu erzählen hättest. Und Bilder sind gut. Also beerdigen wir morgen unseren Großvater, und danach finden wir die Zeit."
„Aber ich will es zuerst nur für euch beide. Vorher breite ich

nichts aus, dass ihr euch nicht wundert, wenn ich morgen den Fragen der anderen ausweiche."

„Wir können auch nichts planen, morgen kommen alle meine vier Brüder, zwar nicht aus Amerika, aber doch von weit her, und es kann, freundlich ausgedrückt, etwas dynamisch werden."

„Ich bin eine Woche da." Meine Mutter scheint etwas enttäuscht. „Mama, mir ist es sehr wichtig, euch nicht nur ein paar Brocken hinzuwerfen."

„Traudel, freu dich drauf, ich saß im Auditorium, als er seine Abschlussarbeit an der Uni vorgestellt hat."

„Du warst da?!"

„War ich, und du hast mich beeindruckt, mein Junge, aber jetzt lassen wir dich, es ist gleich elf." Da steht er auch schon auf, räumt die Gläser in die Küche und kommt mit einem Zettel wieder: „Unser WLAN Passwort ist nicht mehr das gleiche, wie vor vier Jahren. Hier ist das neue, sonst kannst du schlecht skypen."

Ich wusste gar nicht, wie schön es sein kann, nach Hause zu kommen.

Ich freue mich Ava zu sehen und zu hören, es fühlt sich an, als ist sie bei mir, wärmt mich, lässt es hell werden. Ich erzähle von der ersten Stunde mit meiner Mutter, und wiederhole ihr den Wortwechsel mit meinem Vater. Sie sagt, es hätte sie schon immer bekümmert, vor allem, wenn sie erlebt, wie ihre Eltern und ich miteinander sind. Und sie hofft sehr, auch eine Chance zu bekommen.

Und ich sage ihr auch, was meine Mutter von Yvonne berichtete.

Ava kennt die Geschichte, die Geschichte ist. Ich las ihr das graue Buch vor. So einfach war das allerdings nicht mit dem Übersetzen und sie fragte immer wieder, ob ich es richtig übersetzt hätte, wollte andere Worte und meinte, die träfen es besser. Das tat sie für den ersten Teil. Das graue Buch beginnt mit dem Disput zwischen Umba und mir über die Geschichte mit Yvonne, sie wollte es immer und immer wieder wissen. Als Umbas Geschichten begannen, hatte ich schon mehr Übung mit dieser Simultanübersetzung.

Sie fragt mich nur, ob ich damals wirklich nicht die leiseste Ahnung hatte, was wirklich der Grund war. Nein, ich hatte nicht den blassesten Schimmer, sage ich ihr.

Ava schickte auch Bilder. Die auf meinem Handy waren doch etwas mager. Dann fragt Jon laut dazwischen, wann sie denn komme. Ja, die Sonne braucht halt noch eine Weile, bis sie hinter der Ranch untergeht.

„Luca, willst du noch mehr Bilder?"

„Nein, es ist gut so."

„Morgen ist die Beerdigung?"

„Ja."

„Du hättest mir das graue Buch lassen sollen. Umba ist der Einzige deiner Familie, den ich kenne wegen dieses Buches. Ich hätte morgen drin geblättert und mich an die Geschichten erinnert, die du mir übersetzt hast. Hüte es gut. – Wie wär's, wenn der Winter kommt, schreiben wir eine Übersetzung."

„Im Winter kommt unser Kind."

„Ja eben."

„Es schreit, wie wollen wir eine Übersetzung schreiben?"

„Ein Rancher schreit nicht, wenigstens nicht so oft."

„Bist du dir sicher?"

„Ja. – Du, ich muss wieder raus. Morgen um die gleiche Zeit?"

„Es geht wohl morgen sowieso nicht eher. Grüße an alle."

„Das würde ich dir auch gern sagen, aber sie sind noch immer alle ahnungslos, wie du sagst."

„Das ändert sich bald, gründlich, trotz der sieben Zeitzonen."

„Das wünsche ich mir."

Sie nimmt zwei Finger an die Lippen, und führt sie Richtung Okular, die Fingerkuppen werden riesig groß und verschwimmen. Ich tue es auch. Dann ist sie weg.

Manchmal frage ich mich, was das alles soll: Ich setze mich in Flieger, die allein für diesen Flug um die hundert Tonnen Treibstoff tanken müssen, der vor kurzem noch in irgendeiner arabischen Wüste seit ewigen Zeiten schlummerte. Der Tank ist mindestens zweimal so groß wie dieses Zimmer. Und das nur, um jetzt Sehnsucht zu haben, so heftig, dass es richtig weh tut. Wiederum war es eine andere Sehnsucht, die mich über den Ozean trieb: Umba. Doch Umbas Körper ist seit heute ein Häufchen Asche. Doch Umba selbst ist jetzt grad bei Ava, weil Ava eben so heftig in den Geschichten aus dem grauen Buch lebt, die in ihr solch eine Kraft entfalten und Umba gar nicht anders kann, sie zu besuchen. Als würde er es endlich können.

Ich will zu Umba und habe meine Vergangenheit am Hals, sie fliegt mir innerhalb weniger Stunden dermaßen heftig um die Ohren, dass, - ja was? Dass nun endlich der Schlaf alles an sich reißen möge, und der soll sich erst einmal um das Ordnen dieses Kuddelmuddels kümmern. Ich hab jetzt keine Kraft mehr. Doch ich kann jetzt nicht schlafen, geht einfach nicht. Es hilft nicht das gemächliche Ausziehen, nicht das Scharren der Zahnbürste zwischen den Zähnen, nicht der einlullende Strahl aus dem Duschkopf. Ich liege in den weichen Federn und kann unmöglich schlafen. Also wandert die Hand nach dem Lichtschalter, der immer noch an der gleichen Stelle ist, wie in den vielen Jahren, die ich hier schlief. Die Hand tat das noch wie im Schlaf. Dann fischt die Hand das graue Buch aus der Tasche und schlägt es auf: Ich selbst, Yvonne und Umba, das will ich nicht, heute auf keinen Fall. Danach kommen die kurzen Geschichten aus Umbas Schulzeit. Dann die anderen bis zu Hannah, dem Mädchen, bevor Oma kam. Mir scheint, als müsste ich zunächst alle Seiten nummerieren und ein Inhaltsverzeichnis schreiben, um nicht ständig alles durchblättern zu müssen.

Aber ich erinnere mich noch an viel mehr, auch von meinen Urgroßeltern, die schon lange gestorben waren, vor meiner Geburt, meistens kurze Begebenheiten, die mir Umba erzählte, wenn es einen Anlass dazu gab:

Einmal nahm ich ein Spielzeuggewehr mit auf die Hütte meiner Großeltern, welches mir meine Eltern zuvor schenkten. Die Geschosse konnten, wenn sie an der richtigen Stelle trafen, schon wehtun. Die Zielscheibe war aufgebaut und ich hatte meinen Spaß. Umba sagte: „Als ich so alt war wie du, hatte ich nicht solches Spielzeug, ich musste es mir selbst bauen. So ein Gewehr sägte und schnitzte ich aus Holz. Wenn ich damit schießen wollte, wurde es eine Armbrust."

Dann bauten Umba und ich eine Armbrust aus einem Brett, suchten einen Haselnussstock für den Bogen, und Oma musste ein Stück von der dünnen Wäscheleine opfern. Die Armbrust hatte sogar einen richtigen Abzug, den wir aus einem Grillspieß zurechtbogen. Ich fragte Umba, was er denn noch so in seinem Waffenarsenal hatte. Umba wuchs in Ostdeutschland auf, Oma lernte er erst nach dem Mauerfall kennen und zog Jahre später mit der Familie Richtung Frankfurt. Umba erzählte, er habe Zwillen gebaut, Katapulte nannten sie das damals. Heute würden diese Dinger von verschiedenen Firmen so perfekt hergestellt, dass sie nur erwachsene Leute kaufen dürfen, so gefährlich wären die. „Unsere Armbrust ist auch nicht ohne, deshalb lassen wir die auch besser hier in der Hütte." Und dann erzählte er von seinen Zwillen, den Wettstreit unter seinen Freunden, wer die beste sich gebaut hatte, aus der schönsten Astgabel, mit dem dehnbarsten und festesten Gummiband. Schlüpfergummi aus Omas Nähkästchen wurde ausgelacht. Sie kuckten neidisch auf diejenigen, die rotes Gummiband hatten aus Naturkautschuk. Selten tauchte noch ein alter roter Autoschlauch auf, aus denen sie diese Bänder schnitten. Er hätte auch so eine gehabt, fand Stahlkugeln in seines Vaters Schrottkiste und hätte die Dinger fleißig benutzt. Er sagte auch, wie er damit aufhörte: Als er wieder einmal auf einen Vogel zielte, eine Amsel, die in einem Baum sang, hörte die auf zu singen, kippte nach unten, hing so einen Moment kopfüber, plumpste dann geradewegs nach unten und rührte sich nicht mehr. „Luca, ich habe das bis heute nicht losbekommen. Wenn ich so einen Vogel auf einem Ast singen höre, sehe ich diese Amsel vor mir, wie sie nach dem Schuss aufhört zu singen, wie sie an den Ast gekrallt nach unten dreht, einen Moment hängt und dann fällt." Eine Zwille hat er mit mir nicht gebaut.

Während ich dieser Geschichte nachsann, muss ich wohl einge-schlafen sein, denn beim Aufwachen ist es hell im Zimmer und ich höre durch die Tür Geschirrklappern.

„Guten Morgen Luca."

„Guten Morgen, bin ich zu spät?"

„Nein", sagt meine Mutter milde. „Höchstens zum Frühstück, dein Vater ist schon im Betrieb."

Es ist immer noch das Gleiche: Mein Vater ist schon im Betrieb. Könnte der Grund sein, warum ich keine Geschwister habe.

„Er kommt gleich wieder. Du kannst auch so frühstücken, wir ziehen uns später um. Kaffee?" Ach ja, die Kleidung zur Beerdi-gung. Sie setzt sich zu mir an den Tisch, während ich esse. „Weißt du, Luca, es war schon so geplant, du warst weit weg, nicht nur äußerlich. Edmund hat allen aus der Firma freigegeben, die mit uns auf die Beerdigung wollen, auch Franz. Und einer muss ja dafür sorgen, dass die Monteure vom Hof kommen."

Da hören wir die Haustür ins Schloss fallen, und dann steht mein Vater in der Tür: „Geht's dir so prächtig, wie du aussiehst?"

„Ja, danke, hab gut geschlafen."

Mein Vater sitzt mir gegenüber vor dem Kaffee und sieht mich an. Ich kann mich nicht erinnern, dass er das jemals so getan hat, oder ich habe es nie bemerkt.

„Luca, alle meine Brüder sind da, alle meine Schwägerinnen sind da, und ich fürchte, mit deiner Geschichte wird das heute nichts. Ich will auch keinen öffentlichen Vortrag von dir, damit bin ich ganz bei dir. Es geht erst einmal nur uns drei an nach den vier Jahren Funkstille, aber die werden dich alle löchern."

„Das halt ich nicht aus, wir haben noch Zeit, bis wir zum Fried-hof müssen."

„Aber lass Luca doch jetzt frühstücken, Traudel."

„Mach ich ja, aber trotzdem."

Höchstens drei Tage weinen, ordnete Umba an, ab da normal weiterleben. Das heißt jetzt für meine Mutter, sie hat genug geweint und will es wissen, teilnehmen am Leben ihres einzigen Sohnes, von dem sie vier Jahre nichts weiß. Schonend wollte ich erzählen und dafür brauche ich zwei Stunden am Stück, wenigstens. Mit drei Sätzen auf die Schnelle haut es sie um, aber zwei Tage warten geht auch nicht. Also trinke ich den Kaffee in einem Zug aus und stelle den Pott geräuschvoll ab, es gibt also einen richtigen Bums mitten in die Kabbelei meiner Eltern, die mich erschrocken ansehen. „Ich sehe ein, der Plan geht nicht, also machen wir es anders: Ihr bekommt von mir jetzt gleich einige Sätze mit den Fakten und ihr schwört, bevor ich beginne, mit mir und auch mit anderen darüber nicht zu reden, bis wir mindestens zwei Stunden miteinander haben, in denen ich die Geschichte der vergangenen vier Jahre erzähle. Denn ich will unser Verhältnis nicht mehr anders, wie es seit gestern Abend wieder ist. Und ihr wollt das sicher auch."

„Ist es so schlimm?", fragt mein Vater.

„Es ist niemand gestorben, außer Opa, der scheint aber trotzdem sehr munter zu sein, so wie sein Sterben alles ins Rücken gebracht hat. – Also versprecht ihr mir, solange zu schweigen? - Und viel wichtiger: Offen zu bleiben, nicht wieder zuzumachen, bis ich euch die Geschichte ausführlich erzählt habe?"

„Na dann mal los." Das ist wieder mein Vater.

„Versprecht ihr es?"

„Du willst es jetzt wirklich hören."

Mein Vater will es also so nicht über die Lippen bringen. Ich sage nichts mehr, schaue sie nur geradewegs an.

Meine Mutter sieht besorgt aus: „Also gut, wir versprechen es. Oder – Edmund?"

„Weil du unser Sohn bist, versprechen wir es dir."

„Also los, anschnallen bitte." Sie schmunzeln. „Vor mehr als zwei Jahren lernte ich Ava kennen. Sie lebte und arbeitete auf der Ranch ihrer Eltern hundertzwanzig Meilen nördlich von Minneapolis. Zwei Monate nach eurem Besuch kündigte ich meinen Job und zog auf die Ranch. Seither arbeite ich auch dort: Rinder, Pferde, Weizen, Holz, und ich betreue die Computer vieler

Rancher im Umkreis von fünfzig Meilen. Mittlerweile sind wir verheiratet und in fünf Monaten werdet ihr Großeltern."

Meine Eltern schmunzeln nicht mehr. Mein Vater will schon den Mund aufmachen, aber meine Mutter legt ihre Hand auf die seine, redet aber selbst: „Luca, wir haben versprochen nicht zu reden, und das ist wohl auch wirklich richtig so. Aber ein oder zwei Bilder anschauen ist nicht reden. Ich wünsche mir ein Bild meiner Schwiegertochter, bis du uns die Geschichte erzählst."

„Das ist gut, aufs Smartphone?"

„Ja."

Ich ziehe es schon aus der Tasche. „Also gleich." Und bin beim Suchen: „Eines von Ava -, unser Hochzeitsfoto - und ihre Eltern." Von den beiden hatte ich ein wirklich schönes Foto. „Papa, willst du die Bilder auch?"

„Ja."

Dann sind sie schon unterwegs und in die Stille vibriert ein Handy. Mein Vater zieht es aus der Tasche, öffnet die Nachricht, und meine Mutter sagt zu ihm: „Zeig mal, ich hab meins grad nicht da."

Während sie sich die Bilder ansehen, nehme ich mir noch ein Brot und esse weiter. Dann vibriert das Handy wieder und mein Vater nimmt das Gespräch an, welches ihn sofort sehr in Anspruch nimmt. Er steht auf, legt begütigend seiner Frau die Linke auf die Schulter und geht Richtung Tür. Meine Mutter ruft ihm hinterher: „Denk daran, wir müssen bald los."

Dann ist er weg und meine Mutter stöhnt.

„Wer war das?", frage ich.

„Von einer der Baustellen, Franz hätte nichts dagegen gehabt, heute zu arbeiten, aber nein, er macht das selbst. – Möchtest du noch einen Kaffee?" Ich schüttle kauend den Kopf. „Wir ziehen uns trotzdem schon an."

Mein Vater kam zur rechten Zeit zurück, auch wenn meine Mutter im Auto mokiert, nicht die Socken anzuhaben, die sie für ihn hingelegt hatte. Wir sind die Letzten. Die Halle ist gut voll und wir werden auf Plätze in der ersten Reihe geleitet. Die Urne steht erhöht in einem Meer von Blumen und Kränzen und daneben ein großes Porträt meines Großvaters. Die kleine Frau neben meiner Mutter muss Wanda sein. Ich wusste nicht, dass Umba irgendeinen religiösen Bezug hatte, aber es ist ein Pfarrer, der die berührende Ansprache hält, der sich offenbar viel Zeit nahm, mit meiner Mutter und vielleicht auch mit Wanda zu reden. Es ist sehr lebendig, und da er neben anderen Anekdoten die mit nicht mehr als drei Tage Weinen einflocht, entstand eine schöne Stimmung. Ja er tat es fühlend, wie Umba es sich wohl selbst gern wünschte, fröhlicher Ernst, als würde sein letztes Lächeln, das er seiner Tochter und Wanda auf dem Totenbett schenkte, hier sein.

Wir verlassen die Leichenhalle und es trägt jemand die Urne zur Grabstätte, gefolgt von der engsten Familie und dem Zug der Trauergemeinde. Die Sache mit den Einzelkindern pflanzte sich fort. Umba war eines, meine Mutter, und jetzt ich, das Einzelkind. Aber wo ist eigentlich die Verwandtschaft von Oma, sie hatte Geschwister. Mir ist jedoch niemand über den Weg gelaufen, nie. Jedenfalls kommen nach uns alle meine Onkel mit mehr oder weniger zahlreichem Anhang, danach die anderen. Und dann gibt es Wanda. Wanda fällt aus der Rolle. Sie trägt ein schwarzes Gewand bis über die Knie, fast durchscheinend, dreiviertel lange Ärmel, ausgeschnitten, und darunter ein schneeweißes Kleid, hoch geschlossen mit langen Ärmeln. Nur die schwarzen Schuhe schieben sich bei jedem Schritt unter dem Saum hervor. Ein samtschwarzes Band hält ihr ergrautes Haar tief in einem lockeren Knoten. Darinnen stecken zwei Blüten einer gelben Margerite. Wanda wartete, bis alle eine Blume aus dem Korb genommen und ins Grab geworfen hatten. Dann kommt sie, nimmt einen dieser zwei gelben Sterne aus ihrem grauen Haar und gibt ihn hin.

Der Pfarrer lud auf die Bitte meiner Eltern zum Zusammensein in der Linde, einer Gaststätte im Park, nicht weit vom Anwesen meiner Eltern. Im Grunde ist es ein Familientreffen der sonst weit verstreuten Verwandtschaft meines Vaters. Das fühlte sich schon so an, als sie der Reihe nach an das Grab traten. Ich erkannte natürlich Franz, und die Frau bei ihm wird wohl Liesa sein, auch Franzens Schwestern waren da, mit Anhang und offenbar auch mit einigen halbwüchsigen Kindern. Und natürlich Onkel Erwin und Tante Luci. Auch meine anderen Onkel und Tanten erkannte ich wieder, aber bei deren Familien schon kaum mehr jemanden. Manche der Cousins und Cousinen sah ich bestimmt fünfzehn Jahre nicht, und deren Partner fast alle überhaupt noch nie. Geschweige denn Menschen, die nicht Verwandte waren. Yvonne war nicht da, hat sie die Kinder? Meine aufmerksame Mutter hakt Wanda unter, als wir das Grab verlassen, schließlich knickt Wanda ein und ich stütze sie am anderen Arm.

„Es geht schon wieder", sagt sie.

Aber es geht natürlich nicht schon wieder, so blass, wie sie war. Sie steht wieder auf den Beinen.

„Es geht schon wieder", sagt sie noch einmal und versucht ein paar Schritte.

Schon besser, aber mir war klar, sie kann unmöglich mit in die Gaststätte, wenn sie nicht sogar einen Arzt braucht. Meine Mutter und ich haben sie in der Mitte, wir sehen uns besorgt an. Meine Mutter schüttelt kaum merklich den Kopf: „Wanda, willst du lieber nach Hause, wie bist du hergekommen?"

„Mit dem Taxi."

„Ich kann fahren", kommt von mir.

Meinem Vater hat schon den Autoschlüssel in der Hand und gibt ihn mir: „Wanda, Luca fährt dich nach Hause, und wenn du willst, kannst du immer noch kommen, wenn du dich erholt hast."

Sie sieht mich an, und hat kein Aber mehr. Mein Vater löst meine Mutter an Wandas Seite ab und wir bringen sie ins Auto. Ehe ich mich hinters Steuer setzte, gibt mir meine Mutter einen Zettel: „Das ist die Nummer vom Hausarzt, du musst jetzt nichts erzwingen, ruf uns einfach an. Dein Vater kann jetzt einfach nicht hier weg."

„Ist schon klar, und ihr?"

„Einer meiner Schwäger nimmt uns bestimmt mit."

Wanda sitzt hinten, scheint erschöpft und die Augen sehen wie leer in die Richtung, aus der wir eben kamen. Ich fahre los und muss überlegen, ob ich den Weg noch finde. Dann fällt es mir wieder ein. Im Rückspiegel sehe ich Wanda versonnen hinausschauen, aber ich merke auch, sie sieht zu mir, wenn ich nicht in den Spiegel sehe, und das tut sie ziemlich lange. Ich parke in der Einfahrt. Ehe ich ums Auto herum bin, steht sie schon draußen, und als ich sie stützen will, sagt sie: „Danke Luca, es geht schon wieder, vielen Dank, dass Sie mich hergebracht haben." Als ich ihr zum Haus folge, redet sie weiter: „Zur Gaststätte möchte ich heute nicht mehr, fahren Sie doch gleich zurück."

„Aber Wanda, ich darf doch Wanda sagen?"

„Sie dürfen das, Luca." Sie geht weiter zum Haus, immer noch etwas unsicher auf den Beinen.

„Wenn ich sofort dort wieder auftauche, würden wir zumindest meine Mutter in große Sorge stürzen, ganz gleich, ob es Ihnen wirklich schon wieder gutgeht. Dann bitte ich, Ihnen doch helfen zu dürfen, denn so richtig sicher laufen Sie noch nicht." Wanda bleibt stehen, lächelt und klappt ihren Ellbogen raus, damit ich sie unterhaken kann, es geht ihr wirklich schon deutlich besser. „Dann hatte ich vor -, ich meine, ich wollte Sie bitten, mit Ihnen sprechen zu dürfen, wusste aber nicht, wie das zwischen den vielen Leuten hätte gehen sollen, und wenn es Ihnen nun schon fast wieder gut geht..."

Sie ist dabei, die Haustür aufzuschließen und zu öffnen. Im Hineingehen führt sie meine Rede fort: „Und von vielen Leuten hier nichts zu sehen ist..."

„Muss ich jetzt ein schlechtes Gewissen haben, zu aufdringlich zu sein, ich habe Umba wirklich sehr gern, er stand mir sogar näher, als meine Eltern, und wegen ihm wäre ich vor vier Jahren auch dageblieben, aber er hatte mir solchen Mut gemacht."

„Ja, hat Ihr Umba schon ein bisschen bereut, Sie sozusagen davongejagt zu haben, hat er mir erzählt."

„Umba hat dir von Umba...?"

„Ja, hat er, und manchmal habe ich auch Umba zu ihm gesagt,

hat mir gefallen."

„Ich war so überrascht, hab' jetzt einfach Du gesagt."

„Lassen wir es doch dabei. Du - Luca, Umba wäre es recht. Wollen wir einen Kaffee trinken?"

„Gibt es den Bäcker und den Apfelstrudel um die Ecke noch?"

„Ja, den gibt es."

„Wie wär's, ich laufe hin und du kochst inzwischen Kaffee?"

„So machen wir es."

Wieder zurück, war sie umgezogen. Unterwegs rief ich meine Mutter an: Es ginge ihr schon wieder besser, der Arzt sei nicht nötig, aber kommen würde sie lieber nicht. Sie meinte, ich solle solange bleiben, wie ich denke, die Onkel würden sowieso zu uns nach Hause kommen, und sie schicke mir eine Nachricht, wenn sie dort abfahren.

Der kleine Couchtisch ist gedeckt und eine Kerze brennt. Wanda scheint lange Kleidung zu mögen, obwohl, sie ist klein und dadurch der in welligen Falten fallende Rock in verschiedenen ineinanderfließenden dunklen Grüntönen gar nicht so lang. Dazu trägt sie einen dünnen schafwollfarbenen Pulli. Im grauen Haar ist noch das schwarze Band. Aber wo ist die Blüte? Sind wir nicht im Vorgarten an diesen Blumen vorbeigegangen? Ich erinnere mich, sie wachsen gleich am Weg zur Haustür.

Als Oma noch lebte, beeindruckte mich dieser kleine Garten vor dem Haus, obwohl ich nun wirklich mit Pflanzen und so nichts am Hut hatte. Und jetzt lebe ich auf einer großen Farm. Wenn mir das damals jemand gesagt hätte, den hätte ich den Vogel gezeigt. Aber an meinem letzten Besuch bei Umba vor dem Abflug versetzte mich dieser Anblick in eine wehmütig-mitleidige Stimmung, so verwahrlost wie der Garten nun aussah. Keiner konnte sich drum kümmern, Opa war nun allein und schon lange krank. Nun war er aus der Klinik zurück als Pflegefall im Pflegebett mit einer eigens für ihn angestellten Pflegerin bei schlechten Aussichten für seine Gesundheit. Wanda hatte ich bei diesem Besuch damals gar nicht wahrgenommen, nur den verwahrlosten Garten und Umba, den ich gleich verlassen würde für wer weiß wie lange. Keinen Gedanken hatte ich, Umba vielleicht niemals wiederzusehen.

Jetzt gestehe ich mir ein, überhaupt nicht gedacht zu haben. Eben hatte ich die Geschichten von Umba eingesogen, in das dicke graue Buch geschrieben - und warum? Um mit meinem eigenen Jammer klarzukommen, auf der dumpfen Suche nach dem Sinn dessen, was mir passiert war. Niemand glaubte im Ernst, dass Großvater wieder aus seinem Bett herauskommt. Ich im Grunde auch nicht, habe es einfach von mir weggestellt und bin vielleicht nur aus einer untergründigen Scheu abgehauen, es nicht mit ansehen zu wollen. Wie denn funktioniert Leben auf dieser Erde? Es endet zumindest immer im Zerfall der Körper.

„Wanda, vielleicht bin ich damals nur geflüchtet, um Umba nicht sterben sehen zu müssen, und du hast den Garten wieder in Ordnung gebracht, schöner, als er vorher war."

„Es war meine Arbeit, ich war angestellt von deinen Eltern, nur für Frau Berends Vater da zu sein, ich lebte hier. Wie hätte ich das mit ansehen können."

„Wieso kannst du die deutsche Sprache so gut?"

„Fast zwanzig Jahre bin ich hier, und gleich meine erste Arbeit war ein pensionierter Lehrer, so wie dein Großvater bei klarem Verstand. Dem war langweilig und er machte mich zu seiner letzten Schülerin. Es wurde seine Mission, es gab kein Entrinnen. Ich schaffte kaum meine Arbeit, aber ich wollte es auch. Zwei Jahre tat er das, bis es ihm schlechter ging, selbst dann musste ich ihm vorlesen, stundenlang und wurde schon korrigiert, wenn eine Betonung auf der falschen Silbe lag."

Wanda war bestimmt eine talentierte Schülerin und der alte Herr ein guter Lehrer, zweifelsohne. Was verschlug sie hier her? Sie sitzt mir gegenüber, nippt an ihrem Kaffee und meine Frage trieb sie in ihre Erinnerungen. Will sie sich überhaupt in die frühen Erinnerungen drängen lassen, will sie so weit zurück, nachdem Umba gerade gegangen ist nach wenigen schweren Tagen, die sie ganz für ihn da war, nachdem heute die Erde die Asche seines Leibes wieder zu sich nahm, ein wenig kaum wägbare

Substanz. Wanda wird mit all ihrem Gemüt bei ihm sein - so scheint es mir - und es ist jetzt kaum Platz für frühe Erinnerungen.

„Wanda, der Kuchen schmeckt gut, nimm doch ein Stück."

Ist sie vielleicht deshalb zusammengeklappt, weil sie vor Kummer nichts gegessen hat? Wanda lächelt müde, nimmt sich ein Stück, isst langsam, bedächtig, aber sie isst, hört nicht eher auf, bis es zu Ende ist: „Dein Großvater hat oft von dir erzählt, wir beide sahen uns aber nur kurz und außer einem Hallo war da wohl nichts."

„So ist es."

„Und doch kenne ich dich, du warst sein einziges Enkelkind. Ich habe auch einen Enkel, aber als mein Mann mich verließ, ist meine Tochter mit dem Kind mitgegangen und wollte nicht mehr. Dann hing ich mich sehr an meinen Sohn, und den vertrieb ich wohl damit auch. Marek reiste nach Australien und kam nicht wieder. Dann war ich wirklich allein. Es mussten meine zwei Freundinnen abhalten. Eine von ihnen hatte Besuch von ihrer Schwester, die in Deutschland in einem Altenpflegeheim arbeitete. Sie half mir. Jetzt gibt es eine Schwiegertochter und Enkel in Australien, die ich nur von Bildern und Videos kenne."

„Hast du sie nie besucht?"

„Das hätte ich schon gern, aber erst fehlte das Geld und dann die Zeit. Ich hatte neun Pflegestellen, bei denen ich nur mit einigen Koffern einzog und bin nun dabei alt geworden."

„Und wie war es bei Umba?"

„Die alte Dame davor wurde sechsundneunzig, hatte Demenz und war eine große Frau, die Kinder hatten mich angestellt, damit sie zu Hause sterben kann. Als die Beerdigung vorbei war, fuhr ich erst mal zu meinen Freundinnen mit meinem kleinen Auto und meinen Koffern, wollte nicht weitermachen, wirklich nicht, weil es so anstrengend war. Aber wie das so ist, nach einer Weile sah ich mir die Stellenangebote durch, suchte mir zwei aus und machte mich auf den Weg. Als ich bei der ersten ankam, fuhr gerade der Notarztwagen weg, sodass ich erst einmal die Tochter trösten musste. Mit ihr fuhr ich dann auch ins Krankenhaus, und am Ende war klar, ich wurde nicht mehr gebraucht. Dann saß ich bei deiner Mutter vor dem Schreibtisch."

„Oh, dort saß ich auch so manches Mal." Sie lächelt. -

„Meine Bewerbungen waren immer kurz, deiner Mutter gefiel das nicht. Sie ließ sich genau beschreiben, wie es bisher gelaufen ist. Ich kannte das, die einzige Pflegestelle, die ich von mir aus gekündigt habe, fing genauso an. Die Tochter dieses alten Herren ließ mich nicht aus den Augen. Die Frage war, warum macht sie das nicht selbst. Aber bei deiner Mutter lag es anders, sie hatte wirklich einfach zu viel zu tun, von sich selbst redete sie nicht. Dieses Gespräch dauerte lange und ich wollte schon wieder gehen. Aber sie hatte eben genug und fragte mich kurz, ob ich morgen mit ins Krankenhaus kommen könnte. Ihr Vater sei zwar bettlägerig, aber völlig wach im Kopf. Die Entscheidung ließe sie ihm, und dann wollte ich nicht gleich wieder gehen. Vier Jahre ist es her. Natürlich wollte ich die Patienten erst selbst kennenlernen. Schon als ich deinen Umba begrüßte, hatte ich keine Zweifel mehr, und das war bei ihm auch so, hat er mir ein Jahr später erzählt."

„Aber es stand wirklich nicht gut mit ihm."

„Das war mir klar, er würde nicht mehr allzu lange leben. Ich wollte schon absagen, als ich das Haus und den Garten sah und deine Mutter sagte, dass diese Arbeit dazugehört. Die Pflege des Menschen samt Haushalt ist klar. Aber Garten und Haus, vor allem der Garten, hängt sehr von den Vorstellungen der Leute ab und es kann sehr schnell gar nichts mehr zusammenpassen, habe ich alles schon erlebt. Die Rede deiner Mutter über den Garten hörte dein Opa und fuhr dazwischen, dass es immer noch seine Angelegenheit wäre, was im Garten gearbeitet wird und was nicht. Dabei sah er zu mir und nicht zu seiner Tochter. Als dann die Pflege und der Haushalt liefen, sagte er zu mir, es sei völlig mir überlassen, was ich im Garten mache und was nicht, zumindest im Vorgarten. Nur hinten hätte er den Wunsch, doch zumindest die großen Bäume stehenzulassen. So hat er das gesagt, es wäre sein Wunsch."

„Der Vorgarten sieht schön aus."

„Seit er ohne Krücken laufen konnte, arbeiteten wir zusammen im Garten."

„Wie ist er wieder gesund geworden, Umba hat am Telefon kaum etwas erzählt."

„Ach ja, dein Umba und das Telefon."

„Es war schon immer so, er wollte höchstens wissen, wann ich komme, oder ich redete mit Oma, die ja dann starb. Wie war es denn? Meine Eltern sagten, als sie mich vor zwei Jahren besuchten, er wäre wieder richtig gesund."

Jetzt lächelt sie, als wäre für eine Weile alle Trauer verweht: „Die ersten Wochen wurde nichts besser und nichts schlechter. Der Arzt kam zweimal die Woche. Deine Mutter anfangs häufiger, dann meistens am Sonntag, manchmal auch zusammen mit deinem Vater. Dann besuchte ihn Anton Faber, ein Freund aus seiner Jugend. Die beiden hatten sich eine Studentenbude geteilt. Anton zog kurz zuvor zu seiner Tochter, die ihn zu sich nahm, als er Witwer wurde."

„Anton Faber? An den Namen erinnere ich mich, war er nicht Restaurator und lebte in Paris?"

„Ja."

„Einmal im Jahr kam er zu Besuch, entsinne ich mich."

„Anton kam jede Woche, brachte Bücher mit und Umba las. Wir haben sogar das Pflegebett ausgetauscht, eines, das er selbst bedienen konnte. Dann ging der Hausarzt in den Ruhestand und es kam der junge Dr. Gruber, anfangs fast jeden Tag. Er ließ ihn für eine Woche mit dem Helikopter in eine Spezialklinik fliegen. Ich fuhr in meine Heimat zu meinen Freundinnen und meinte schon, dass es wohl meine bisher kürzeste Pflegestelle wird. Aber der junge Doktor hat alles umgekrempelt, neue Medizin, empfahl mir andere Pflegemittel, zeigte mir einfache Massagen, gab mit Tipps zum Essen, ein Therapeut kam zweimal die Woche und spannte mich in sein Übungsprogramm ein. Es gab tatsächlich kleine Fortschritte, dein Opa merkte es und entfaltete selbst einen unbändigen Willen. Dann die ersten Schritte, der Therapeut rechts, ich links. Umba wollte unbedingt in den Garten. Später nur ich und eine Krücke. Manche Tage verlor er auch den Mut und wollte nicht aus dem Bett. Dann stellte er den Fernseher an bis er rote Augen hatte.

Nach einem solchen Tag, als ich einkaufen war, fand ich ihn im Sessel an der Bücherwand - die Krücken in die Lehne gehakt - und er las. Ich war erschrocken und hätte ihn ausgeschimpft, stattdessen fragte ich ihn, ob er nicht seine Jacke möchte. Ich erzählte es Anton gleich an der Haustür und blieb fortan nur länger weg, wenn er hier war."

„War Anton Faber eigentlich heute da?"

„Ja, zusammen mit seiner Tochter, eine blonde, schlanke Frau, fast einen Kopf größer als ihr Vater."

„Ich hätte ihn nicht wiedererkannt, aber wenn er der alte Mann war, der keine Blüte aus dem Korb genommen hat und ins Grab einen runden grünen Stern fallenließ?"

„Ja, das war Anton."

„Was war das?"

„Die Rose von Jericho, die Pflanze der Auferstehung. Scheinbar vertrocknet und zur Kugel eingerollt lässt sie sich vom Wind durch die Wüsten ihrer Heimat treiben und entfaltet sich, wenn sie Feuchte und Nahrung hat. Anton kannte sie aus Zeiten, als er an Ausgrabungen teilnahm. Er vermehrt die Pflanzen zu Hause selbst. Wie er das macht, hat er uns auch gezeigt."

„Das interessiert mich."

„Dann fahr zu Anton, bei ihm hast du es zum Anfassen. Umba war begeistert von diesen Pflanzen und war mit mir erst vor drei Wochen wieder bei ihm. Wir besuchten uns gegenseitig, als er wieder gesund war."

„Wirklich ganz gesund?"

„Es sah so aus, als würde er seine zwei Krücken behalten müssen. Doch dann fühlte er selbst, dass noch mehr möglich ist, der Arzt und der Therapeut bestärkten ihn. Nach einem Jahr lief Umba ohne Krücken. Manchmal hatte er Schmerzen, aber die

Krücken blieben in der Ecke."

Ich hätte natürlich zu gern gewusst, wie die beiden zusammengefunden haben, aber zu fragen scheute ich mich.

„Luca, ich wollte es eigentlich deiner Mutter geben, aber wenn du nun da bist, nimm es mit."

Wanda geht zur Schrankwand, öffnet die Klappe, kommt mit zwei Briefumschlägen zurück und gibt sie mir. Auf dem oberen steht in Umbas Handschrift *Testament*, mit seinem Namen. Auf dem anderen: *Für Wanda*. „Der ist für dich, warum öffnest du ihn nicht?"

„Ich weiß nicht?"

„Wanda, mach ihn auf, der ist nicht für jemand anderen."

„Soll ich?"

„Er ist für dich, ich muss nicht dabei sein."

Sie nimmt einen Brieföffner und schlitzt den Brief auf. Heraus kommt so etwas, wie ein klassisches Sparbuch der Sparkasse und ein Bogen Papier, den sie auseinanderfaltet und liest: einmal, zweimal, sieht auf das Sparbuch, dann gibt sie mir diesen Brief: „Es ist besser, du liest ihn."

Ich nehme das Papier mit Umbas vertrauter Handschrift. Das Datum liegt zwei Jahre zurück:

Meine liebe Wanda,
bitte verzeihe mir, es nicht mit dir besprochen zu haben, aber ich wollte nicht riskieren, dass du es nicht willst. Als ich deinen Pass von dir erbat, um dich bei der Meldestelle offiziell als Hauptwohnsitz anzumelden, nahm ich dich nur deshalb nicht mit, weil ich damit auch bei der Bank für dich dieses Sparbuch angelegt habe. Weißt du, die Erbschaftsangelegenheiten hatte ich mit meiner Frau schon vor ihrem Tod geregelt und daran will ich auch nichts ändern. Aber falls ich eher sterben sollte, will ich dir dieses Sparbuch hinterlassen, an dem keiner mehr rütteln kann. Nach meinem Tod wird dir die Bank die bis dahin aufgelaufene Summe eintragen.

Unterschrift, Datum.

„Es ist so, wie Umba es schrieb. Nimm es an dich, das Sparbuch gehört dir schon zwei Jahre. Den anderen Brief öffnet besser meine Mutter."

Was wird jetzt mit Wanda? Sie war wie Umbas zweite Frau und muss jetzt aus dem Haus. Sind es schon Gedanken, die sie umtreiben, oder hat sie schon Entschlüsse gefasst? Nein, ich will jetzt nicht mit Wanda über das Wenn und Aber reden, ohne alles zu wissen. „Die Zukunft hängt davon ab, was in diesem Brief steht, und ich würde selbst warten, bis wir alles kennen. Meine Mutter ist die nächste Verwandte, oder habt ihr geheiratet so ganz unter euch?"

„Nein, wir waren froh über jeden Tag zusammen und planten einen Urlaub demnächst auf den Kanaren. Wir haben nicht ans Sterben gedacht, es kam wie aus heiterem Himmel."

Ich gebe ihr den Brief zurück, sie faltet ihn zusammen, steckt ihn mit dem Sparbuch wieder zurück in das Kuvert, lässt ihn auf dem Tisch liegen und sieht versonnen geradewegs hinaus in den Garten, wo der Wind mit den Blättern der Buche spielt und die Sonne auf dem Rasen flirrt. Das geht so - und geht so, ohne dass einer von uns beiden reden will. Doch dann rührt sie sich, nimmt die Hände zusammen und legt sie auf ihren Schoß. Ohne den Blick von draußen zu nehmen, sagt sie: „Luca, seit du hier sitzt, geht mir ein Gespräch mit deinem Großvater nicht aus dem Sinn. Es ist schon drei Jahre her, aus der Zeit, als es mit uns anfing. Er erzählte mir von den Wochen mit dir im Krankenhaus."

„Dann weißt du ja ziemlich viel über mich."

„Sagte ich nicht schon, dass ich viel über dich weiß? Vor allem aus deiner Kindheit, und ja, auch über den Auslöser eurer Gespräche damals. Habe eben auch gezögert, ob ich dir das sagen soll, aber jetzt ist er gestorben und ich sehe ihn wie vor mir, als würde er mir Mut machen." Sie schmunzelt. „Also, wenn ich jetzt so vermessen bin, musst du ihm die Schuld geben."

„Ist schon gut."

„Warum fange ich jetzt davon an: Weißt du, dein Opa ist ein Mensch, der -, ich finde nicht die richtigen Worte, und wenn ich nicht die richtigen Worte finde, falle ich in meinen Gedanken wieder in meine Muttersprache, hilft uns aber nichts. Also, dein Opa sah einen anderen Menschen immer mit einem besonderen Respekt an, mit einer Achtung vor dem anderen Selbst."

„Dieser Eindruck ist mir vertraut, ich fühlte mich trotz aller Regeln nie eingeengt, man könnte sagen frei, und doch war es Umba, der mich geprägt hat."

„Ja, so kann man es auch sagen, jeder steckt zwar in seinem Körper, solange er lebt und dieser Körper braucht seinen Platz. Man kann noch so eng beisammen sein und stößt trotzdem aneinander, das kann auch mal wehtun. Aber dieser Sinn für den anderen Menschen fiel mir auf und ist mir doch immer ein Rätsel geblieben. Umba hat mir viel erzählt von den Schülern seiner Berufsschule. Aber was seine Beziehungen anging, hatte er immer eine gewisse Scheu, auch von deiner Oma erzählte er recht wenig. Aber in diesem Gespräch wurde mir klar: Einmal hat er es getan. Dir hat er es erzählt und mir nicht. Ich war schon ein bisschen beleidigt. Er versuchte es auch, sagte aber: ‚Es geht nicht.' ‚Warum nicht?', erwiderte ich. ‚Da war der Junge mit seiner Not, und da war meine Not, - der Junge war es', sagte er... ‚Und ich bin es nicht?', fragte ich. ‚Wir haben das Gegenteil von Not', und dann nahm er mich zärtlich beim Kopf und verschloss mir den Mund mit seinem. Jetzt ist er gestorben, du sitzt hier und ich weiß, du hast es aufgeschrieben."

Wer, wenn nicht Wanda hat ein Recht auf das graue Buch: „Du kannst es lesen, ich habe es mitgebracht und fliege erst in sechs Tagen. Ich bringe es dir, muss aber das Buch wieder mitnehmen."

„Oh, das freut mich. – Wie geht es dir. Viel haben wir nicht gehört. Deine Mutter erzählte zwar nach ihrer Reise, aber deine Eltern waren sehr enttäuscht, dass du nicht wiederkommen wolltest. Und Umba merkte ich es auch an, er vermisst dich."

„Meine Eltern kennen bisher nur eine Zweiminutenfassung, denn bis gestern war Funkstille, wie man so sagt. Aber das ist jetzt hoffentlich endgültig vorbei. Und ich will ihnen zuerst erzählen. Ich bringe dir das graue Buch mit Umbas Geschichten."

„Musst du nicht wieder zurück?"

„Willst du mit ins Restaurant? Ich bringe dich wieder nach Hause."

„Ich freue mich sehr, dass du da bist, aber wenn du jetzt gehst, will ich doch lieber allein sein. Anton und seine Tochter sind sicher auch schon weg."

„Geht es dir wieder gut?"

„Mir geht es gut, du kannst beruhigt wieder fahren."

Also stehe ich auf mit einem Blick hinaus, gerne wäre ich noch in den Garten gegangen, in dem ich als Kind oft im Schatten der großen Bäume spielte. Wieso eigentlich nicht gleich: „Ich würde gerne noch eine Runde durch den Garten drehen."

„Ja, tu das."

Sie schien nicht mitzukommen zu wollen und sieht eher zum benutzten Geschirr. Also gehe ich durch die Terrassentür zu dem kleinen Stück Wiese, auf dem Umba mit mir Ball spielte und zu meinem Kletterbaum mit dem Baumhaus hoch oben von den Blättern verdeckt. Ich sehe am Stamm hinauf, es war nicht mehr da. Von hier rief mich Oma zum Essen, wenn sie mich nirgends fand. Dann der Verschlag für das Kaminholz, über den der Pflaumenbaum ragt und von dessen Dach man gut die Pflaumen pflücken konnte. Der Kompost war noch an der gleichen Stelle. Hier wuchsen die großen Kürbisse, aus denen wir Halloweenfratzen schnitzten. Durch die offene Tür dringen Stimmen nach draußen und ich gehe zurück. Es war Anton mit seiner Tochter, die mir die Hand geben, als ich wieder hineinkomme. Sie hätten die ganze Zeit gewartet, dass wir noch kämen und dann von meiner Mutter erfahren, Wanda ginge es soweit wieder gut, wie es einem gut gehen kann, wenn eben ein nahestehender Mensch gestorben ist. Offenbar sind bei der Begrüßung an der Haustür Tränen geflossen, es war den dreien anzusehen. Wanda scheint froh zu sein, die beiden auf der Couch sitzen zu haben. Anton ist wohl in den vier Jahren der vertrauteste Freund gewesen. Zeit für mich zurückzufahren. Wanda bringt mich zur Tür. Ich umarme sie einfach, und als ich sie ansehe, war das eben gut so.

Manchmal bekommt man Ereignisse nicht los. Ich bekomme sie nicht los. Sie schieben sich ständig in die Gedanken. Die Bilder drängen sich zwischen die Wahrnehmung: Wanda, die Beerdigung, meine Eltern. Ich sitze hinterm Steuer und es fährt der Autopilot. Ehe ich mich versehe, weiß ich nicht mehr, wo ich bin, stecke in fremden Straßen, fremden Häuserschluchten, dichten mehrspurigen Autoströmen. Natürlich sind die Bilder jetzt weg. Und ich kenne die Stadt nicht mehr, zumindest diesen Teil, lebte hier und müsste mich doch auskennen, aber das hier ist einfach weg. Ich biege irgendwo rechts ab und halte kurzerhand in einer Parkbucht für Taxis. Jetzt sollte ich das Navi in Betrieb nehmen, wenn ich denn wüsste, wie das in dieser Hightech Karre geht. Ich fummle an den Knöpfen und dem Bildschirm herum, bis ich laut schimpfe, nur zur Riedbacher Straße zu wollen. Plötzlich meldet sich eine Dame, wiederholt die Straße und möchte gern noch die Hausnummer wissen. Kann sie haben und lasse sie laut durchs Cockpit tönen.

Soweit war ich gar nicht abgedriftet, zehn Minuten später parke ich an der Gaststätte. An der Tür kommen mir schwarz gekleidete Menschen entgegen.

„Luca, da bist du ja wieder. Wie geht es der Freundin deines Opas?"

„Es geht ihr soweit wieder gut, sie hat halt plötzlich ihren Partner verloren."

„Schon klar, deine Eltern sind noch drin. Wir sehen uns noch bei Franz?"

„Ja, natürlich."

Der Trupp geht weiter. Es war bestimmt einer meiner Cousins, nur wer? Wer war dieser schlaksige junge Mann mit der markanten Nasenwurzel, den engstehenden dunklen Augen. Ich kann mich an keine dunklen langen Haare mit Mittelscheitel erinnern, eher wohl eine Mädchenfrisur, wenn nicht dieser flaumige Bart dazu wäre. Das hatte er früher wohl alles anders. Drin scheint sich wirklich grad alles aufzulösen. Meine Mutter kommt mir entgegen: „Wie geht es ihr?"

„Wieder gut, hat wahrscheinlich vor Kummer kaum gegessen."

„Können wir sie allein lassen?"

„Anton Faber kam, als ich gehen wollte."

„Anton ist gut."

„Kennst du ihn?"

„Ja, natürlich, auch Renate kenne ich. Diese Freundschaft riss nie ab. Anton kam mit seiner Familie uns besuchen, wenn auch selten, und Opa sagte mir, dass sie sich oft sehen."

„Wanda scheint froh zu sein, die beiden bei sich zu haben."

„Aber Anton geht wieder, und Wanda allein in diesem Haus mit ihrem Kummer?"

„Sie will auch allein sein. Wanda gab mir Opas Testament, das Kuvert ist noch im Auto."

„Später, das machen wir später."

Über ihre Schulter hinweg sehe ich meinen Vater am Tresen sitzen, bestimmt mit dem Chef von hier, die über irgendwelchen Papieren hocken, wahrscheinlich die Rechnung. Mein Vater zieht eben seine Brieftasche und schreibt. Ist das ein Scheck? Macht er wohl immer noch gerne, andere Leute zur Bank zu nötigen, selbst mit mir tat er das manchmal. Allerdings erinnere ich mich, den Weg zur Bank leichten Herzens zurückgelegt zu haben. Dann steckt er das Scheckbuch wieder in die Tasche, und es flattert aus dieser noch das Trinkgeld auf den Tresen, jedenfalls sehe ich es großzügig grün blitzen. Man kann von meinem Vater wirklich nicht behaupten, er sei knausrig, zumindest nicht, wenn die Situation ihm angemessen scheint. Er kommt zu uns und erkundigt sich nach Wanda. Mich nimmt jemand von der Seite bei der Schulter.

„Luca, freut mich, der Mann aus dem wilden Westen ist wieder da." Es ist Onkel Erwin. „Edmund, Traudel, in einer Stunde bei euch, bleibt es dabei? Und euer Auto habt ihr auch wieder."

„Ja, in einer Stunde bei uns."

Es sind alle diese Verwandten so weit weg. Die Trauerfeier ging an mir vorüber, aber dieser Abend rollt unaufhaltsam auf mich zu, es ist nichts in Sicht, was mich davor bewahrt. Ich bin durchaus ein geselliger Mensch, na ja, manchmal, aber ich kenne die meisten kaum mehr, dabei waren wir nicht selten zusammen. Aber den neuen Anhang, den kenne ich nun bestimmt nicht. Mit denen kann ich es kaum so machen, wie mit meinem Nachbarn im Flugzeug. Ich gebe meinem Vater die Autoschlüssel mit der Bemerkung, eben durch die Stadt geirrt zu sein. Meine Mutter schiebt sich auf die Rücksitze, ich wollte widersprechen, aber es hätte wohl nichts genützt. Ich erinnere meine Mutter an das Testament im Handschuhfach.

„Habt ihr über Testamente gesprochen?", fragt mein Vater.

„Nein, Wanda gab mir zuletzt ein verschlossenes Kuvert von Opa für euch, das in seinem Schreibtisch lag. Ansonsten erzählte sie mir von Opa, ich wusste ja kaum etwas von den letzten Jahren. Und jetzt ist Anton Faber mit seiner Tochter bei ihr."

„Anton? Was warf er ins Grab?"

Ich erzähle von der Rose von Jericho und mein Vater hört mir zu. Das war ein neues Gefühl: Mein Vater hört mir zu. Bisher tat er das nur einmal, als ich es nicht mitbekam, an der Uni.

„Luca, du wirst dich heute unter die Verwandtschaft mischen müssen?" Ich nickte. „Fände es komisch, wenn du auf ihre Fragen nach deinem jetzigen Leben nichts sagst, wie wir es besprochen haben. Dieser Plan stimmt nicht. Oder was meinst du, Traudel?"

Jetzt stehen wir vor dem Haus, und keiner steigt aus.

„Du hast recht Edmund, das geht nicht, aber wir würden ja nicht mehr aus allen Wolken fallen, oder gibt es noch mehr dicke Wolken, aus denen wir fallen können?"

Diese Frage ging an mich, aber es klang nicht besorgt, es kam heiter rüber.

„Ich denke nicht."

„Also Luca, dann lassen wir es doch einfach laufen, du erzählst, was du willst, und wir haben schon mal was zum Zuhören. Ich hab mit Franz geredet, er übernimmt morgen ab zehn, dann hätten wir zwei Stunden, falls du dir das denken kannst. Und danach gehen wir Essen, oder was meinst du, Traudel?"

„Klingt schön. - Luca?"

„Ja, in Ordnung."

Meine Mutter steigt beschwingt aus dem Auto, hadern sie wirklich nicht mehr mit meinem Leben? Ich kann es einfach nicht glauben.

Drüben an der Firma stehen die Transporter schon wieder in Reih und Glied. Der Hof ist eine einzige Asphaltdecke, groß und schwarz und grau. Die Firma liegt wie ein großes L um das Wohnhaus, das eine Ende mit den Büros obendrauf an der Straße, dann zieht sich der Flachbau ums Eck, reichlich zwanzig Meter von der Rückseite des Wohnhauses bis zum Nachbargrundstück. Hinter diesem Flügel, der uns mit seinen Toren und breiten Fenstern trist anstarrt, ragen große Bäume empor, durch die die Sonne hindurchflimmert, die Sonne, die jetzt hoch über der Farm steht, Maggie sich in der Küche ums Essen kümmert und Ava vielleicht grad den Weg zwischen den Koppeln im großen Traktor, eine Staubwolke hinter sich herziehend, auf den Hof fährt. Und hier geht die Sonne bald unter. Das andere Ende des L stößt ans Nachbargrundstück mit Rasen, Büschen, Schaukel mit Rutsche in den Sandkasten, einer Pergola mit Sitzgruppe und der Wäschespinne auf der Wiese, an der ein einsames Badetuch im Winde schwankt. Niemand ist dort. Die Kinder sind vielleicht schon beim Abendessen.

„Luca, kommst du?"

Mein Vater war schon im Haus, meine Mutter wartet an der Tür. Ich gehe zu ihr und nehme sie in den Arm, einfach so. Sie schmiegt sich drein. Dann sind wir schon auf den Stufen.

„Das Testament ist noch im Auto." Ich laufe zurück, hole es schnell und gebe es meiner Mutter, die es mit in ihr Zimmer nimmt und von dort umgezogen wiederkommt, in einem dunklen weinroten, geschlossenen Kleid mit langen Ärmeln. Mein Vater, noch im weißen Hemd, ist in eine Jeans gestiegen. Dann geht alles unaufgeregt schnell. Die Türglocke ging und ein Catering baute in der Küche auf der Anrichte ein Buffet auf. Mein Vater nimmt mich mit nach unten wegen der Getränke, die wir zum Geschirr stellen. Wir tragen noch einen großen Tisch und etliche

Stühle ins Wohnzimmer. Dann sitzen wir in den Polstern und meine Mutter fragt mich, ob ich gleich zu den jungen Leuten ins Nachbarhaus will. Mein Vater ist dagegen, ich müsse schon erst mal dableiben, seine Brüder und Schwägerinnen hätten schon nach mir gefragt. Mir ist es recht, weil das Buffet nach dem Stück Apfelstrudel zu Mittag sehr gelegen kommt. Und dann bin ich nicht sicher, ob ich heute schon Yvonne über den Weg laufen will. Mir ist klar, es wird diese Tage nicht ausbleiben, aber ob schon heute in feucht fröhlicher Gesellschaft? Eher nicht, und um elf muss ich sowieso in mein Zimmer verschwinden. Nicht, dass ich es bereue über das große Wasser geflogen zu sein, aber irgendwie ist das alles jetzt doch bisschen viel.

Dann klingelt es schon wieder, Onkel Erwin und Tante Luci kommen und nach und nach auch die anderen. Es wurde so, wie erwartet, sie wollten es wissen, aber ich erwähnte die Familie nur kurz. Hingegen gab es viel zu erzählen von Land und Leuten und es kam auch zur Politik, aber sie interessierten sich eher dafür, wie die Leute dort damit umgehen. Da ich durch die Arbeit mit den Ranchern und Farmern und ihren Computern durchaus viel herumkomme, gab es genug zu erzählen. Aber die Onkels hatten sich auch untereinander länger nicht gesehen. Es bleibt mir genügend Zeit für das Buffet, und auch, um einfach nur die Füße auszustrecken und zuzuhören. Ich bemerke den Blick meiner Mutter zu mir. Mich bei den Cousins und Cousinen nicht sehen zu lassen, geht wohl auch nicht. Es ist schließlich zehn, als ich aufstehe, meine Mutter folgt mir zur Tür.

„Ich bin in einer Stunde wieder da um mit Ava zu skypen."

„Du musst vorher nicht noch einmal hereinkommen. Wenn sie gehen, während du noch telefonierst, werde ich dich entschuldigen. Lass dir Zeit und grüß' Ava von uns."

Ich gehe im Treppenhaus an Yvonnes Wohnungstür vorbei und werde oben mit großem Hallo begrüßt. Nur hatten sie die Zeit vorher schon zum Reden und nehmen mich in Beschlag. Aber ich sage: „So geht das nicht, ich habe euch zwar mit Müh' und Not alle wiedererkannt, aber die Partner nicht, wie auch. Also möchte bitte jeder, der mich noch nicht gesehen hat, mir sagen, wer er ist, und wie er heißt." Das dauert schon mal seine Zeit. Sie haben Verständnis wegen des Telefonats und ich war pünktlich in meinem Zimmer, erfuhr auch nebenbei, Yvonne hätte tatsächlich die Kinder und das Kinderzimmer wäre nicht unter ihnen, sondern unter dem Schlafzimmer. Mein Bericht war lückenlos, warum auch nicht. Der landet vorab gewiss schon mal bei Yvonne, spätestens morgen früh. Wäre gut, wenn sie den Sachstand schon mal kennt.

„Ava, endlich."
„Auch, komm ein Stück näher."
„So?"
„Du siehst schlecht aus, war's anstrengend, oder fehlt dir schon die frische Luft."
„Es war anstrengend und es fehlen mir Ava und die frische Luft."
„Wissen es deine Eltern jetzt?"
„Ja, und ich soll dich von ihnen grüßen."
„Danke."
„Du, haben wir jetzt Zeit, ich will dir gern alles erzählen."
„Sie werden mich heute nicht stören."
Ich erzähle wirklich alles, angefangen von der Kurzinformation für meine Eltern, der Beerdigung, Wanda, der Treffen mit der Verwandtschaft, und redete einfach weiter, als durch die Tür der Trubel des Aufbruchs zu hören war. Ava fragt auch viel dazwischen. Ich hatte wirklich nicht geahnt, dass sie es so belastet, keine Verbindung zu meiner Familie zu haben. Und sie fragt auch, ob ich tatsächlich Yvonne noch nicht getroffen hätte. Ich sage, sie hatte den ganzen Tag und über Nacht die Kinder von Franz, und natürlich ihren eigenen Sohn.
„Das hat sie so gewollt."
„Wie?"
„Na ja, sie war es, die die Mail an dich geschickt hat, das heißt, von uns wusste sie noch nichts. Sie wollte dir eine Begegnung

ersparen, zumindest über die Beerdigung hinweg."

„Meinst du?"

„Ja, du sagtest doch, sie arbeitet im Haus, ihr solltet wenigstens nicht voreinander weglaufen. Falls wir irgendwann zusammen zu deinen Eltern reisen und sie immer noch da ist, mag ich keine beklemmenden Situationen. Das wäre doch blöd."

„Ich wünschte, du wärest hier."

„Wir sind jetzt zwei, deshalb bin ich nicht mit, weißt du doch."

„War schon alles viel, ich bin echt k. o."

„Es freut mich, deine Eltern und du."

„Mich auch, ich merkte gar nicht, dass es solch eine Last war."

„Grüß sie bitte von mir."

„Mach ich, wie wäre es demnächst mit einem Skype."

„Lieber würde ich sie wirklich treffen. – Du musst ins Bett."

„Siehst du das? Hier ist schon Geisterstunde."

„Also, bis morgen wieder." Und dann kamen die zwei Finger von ihrem Mund.

„Macht's gut, ihr zwei."

Ich gehe leise raus. Meine Eltern sitzen noch im Wohnzimmer, so kann ich gleich von Ava grüßen. Uns war allen wie Schlafen, und das taten wir dann auch. Wieder liege ich wach, sinne allem Möglichen hinterher und bleibe bei dem hängen, was Ava über Yvonne sagte. Sie hat es gesagt, und doch noch viel mehr gemeint. Einerseits wollte sie mir die Angst nehmen, sie würde fürchten, ich liefe ihr wieder in die Arme. Und andererseits habe ich selbst Angst, was mit mir passiert, nach dem, wie es auseinandergegangen ist, ich im Grunde jetzt erst erfuhr, was überhaupt geschehen war. Und sie ist eben nicht weg, lebt allein mit ihrem Kind, ist in der Firma unentbehrlich, ist das für meine Eltern, was sie sich von mir wünschten, wenigstens ein Stück weit. Und es waren fünf Jahre. Ava ist klar, ich bin damit noch nicht durch. Es hat sich so geschoben, Yvonne ist so nahe.

Es muss eine Begegnung geben. Und Ava weiß das. Wo nimmt sie dieses grenzenlose Vertrauen her, es berührt mich und wie ein Schauer läuft es mir über die Haut.

~~ **4** ~~

Es ist hell im Zimmer. Die Geräusche, von denen ich wohl aufwachte, scheinen von den Leuten zu kommen, die nun das Buffet wieder abräumen, bis die Wohnungstür wieder ins Schloss fällt.

Meine Mutter steht an der Spüle, wir wünschen uns einen guten Morgen. Mein Vater war schon weg, aber er wäre bestimmt um zehn wieder da, und ob wir den Beamer für die Bilder schon aufbauen wollen. „Warum nicht", sage ich, und denke dabei an die Fotos vom Rotahorn. Ich solle doch in den Kühlschrank schauen, es wäre noch so viel übrig von dem Buffet, Kaffee käme gleich. Vielleicht ist es besser, nicht ins Blaue hinein Bilder zu zeigen. Ich frühstücke also zügig, nehme die zweite Tasse Kaffee mit in mein Zimmer und stelle die Show auf meinem Laptop zusammen.

Meine Mutter hatte den Beamer hervorgeholt, und als mein Vater kommt, ist alles bereit. Mit einem frischen Kaffee geht er ins Wohnzimmer, nimmt die Fernbedienung, lässt die Rollläden runter und setzt sich auf die Couch. Der Kaffee wurde ihm allerdings kalt. Ja, sie haben die Bilder eingesogen, von meiner Familie, der Ranch, den endlosen Feldern, dem See und den Wäldern in allen Jahreszeiten. Auch Edward und der Rotahorn waren dabei. Sie fragen auch dazwischen, und am Ende sind sie still, eingesunken in den Polstern. Die Rollläden fahren hoch und ich weiß eine Weile auch nicht mehr, was ich sagen soll.

Mein Vater, der sehr zeitig frühstückte, sagt schließlich, er hätte Hunger und steht auf. Diesmal sitzt meine Mutter vorn. Wo mein Vater fährt, ähnelt sehr meinem gestrigen Irren durch die Stadt und ich weiß nicht wirklich wo wir sind. Wir landen schließlich in einer Tiefgarage und mit dem Aufzug ein Stück über der Stadt an einem Tisch mit Aussicht. Sieht aus, als wäre der reserviert, so wie der Kellner uns empfing und an diesen Tisch führte. Auch die Karten liegen schon bereit, die meine Eltern gleich aufschlagen. Ich habe zwar die Karte in der Hand, sehe aber nach draußen. Die Wolken ziehen überall gleich und sind doch immer anders. Ob die kleinen Leute dort unten sie sehen? Sie wuseln kreuz und quer herum und wollen doch irgendwo hin. Sehen sie die Wolken, die heute in dichten grauen Haufen über sie hinwegziehen? Mein Vater kennt viele Restaurants. Warum nahm er dieses? Hat er überhaupt gedacht, oder trieb es ihn einfach in die Höhe, nachdem er zu lange ins Grab geschaut hat. Was machen wir hier: Wir lassen uns das Brot der Erde so weit hinauf hinterhertragen, um unseren Hunger zu stillen? Hatten die beim Turmbau zu Babel auch ein Restaurant geplant? Und Umba, wo ist Umba. Ist Umba bei Wanda, um sie zu trösten?

Als der Kellner kommt, nehme ich das, worauf mein Daumen gerade liegt. Die Karten verschwinden, und dann schauen wir alle nach draußen, trotz der Wolken ist die Luft klar. Mein Vater kennt alle die Kirchen, deren Türme über das Häusermeer hinausragen. An manche kann ich mich noch erinnern, und eine Spitze zeigt die Richtung, aus der wir kommen. Meine Studentenbude und die Uni sind von hier nicht zu sehen. Der Kellner kam mit der Weinkarte, ich mag nicht und sage, sie gern dann fahren zu können. Das Essen unter meinem Daumen entpuppt sich als Cordon bleu mit gut bürgerlichen Beilagen und schmeckt. Meine Eltern trinken Wein und ich fahre sie nach Hause, das erste Mal kutschiere ich meine Eltern. Ich erwarte eigentlich, meinen Vater ins Büro verschwinden zu sehen, vielleicht gleich aus dem Auto heraus. Aber nein, wir steigen einträchtig hoch in die Wohnung. Er packt den Beamer zusammen und rollt die Leinwand ein, dann tragen wir zusammen den Tisch wieder raus und während wir das tun - der Tisch hängt an unseren Armen - fragt er mich, wie ich Ava kennengelernt habe. Dieser Punkt fiel heute früh aus, aber nur, weil es von dem Bike am Zinken des Frontladers keine Bilder gibt. Das würde ich gerne tun, sage ich, wenn ihr mir erzählt, wie ihr euch getroffen habt, das wüsste ich nämlich auch nicht.

Meine Mutter sieht entsetzt, als ich die Situation mit der Panne beschreibe. Ich brauche dabei nicht zu übertreiben, mir kommt ja selbst das kalte Grausen, wenn ich daran denke, obwohl mir mächtig heiß war. Hingegen amüsierte sich mein Vater über das

Motorrad am Haken und meine Mutter sieht auf ihr Handy. Ich möchte wetten, sie hat die Bilder, die ich den beiden schickte.

Ich bin fertig und warte -, bis sich mein Vater räuspert: „Traudel, willst du?"

„Wieso ich, du hast die Suppe eingebrockt, jetzt sag du's."

„Also, mein Sohn -, es waren damals natürlich ganz andere Zeiten. So spektakulär ging es nicht annähernd zu, nicht nur, weil ich kein Motorrad hatte, geschweige denn ein Auto. Wir hatten Fahrräder, immerhin mit Gangschaltung. Ich hatte die Lehre als Elektriker fertig und war schon zwei Jahre Geselle, immer unterwegs auf Montage. Dann stellte der Chef die Traudel Kieninger ein, eigentlich fürs Büro, aber sie gab auch die Arbeitsbekleidung aus, ein ganzer Raum voller Klamotten, Arbeitsschuhe, Handschuhe. Dann brauchte ich auffallend oft neue Sachen und die Traudel hat das eingesehen, dass ich das brauchte. Das war's dann schon, mehr gibt es nicht zu erzählen, oder Traudel?"

„Nö, gibt es nicht." Und wie sie ihren Mann dabei ansieht. Nein, mehr gibt es wirklich nicht zu erzählen. „Ich will heute Abend zum Friedhof, wer will mit?"

Ich sage ja, mein Vater eher nein. Dann fragt meine Mutter nach Kaffee, doch wir Männer wollen später.

„Und da wir so schön beisammen sind, hole ich jetzt das Testament." Sie steht auf und kommt mit dem Kuvert und einem Brieföffner zurück, setzt sich, schlitzt es auf und liest gleich vor.

Mein Großvater machte kein Aufsehen, es war so seine Art. Es steht kurz und bündig: Das vorhandene Geld zum Todeszeitpunkt geht je zu einem Drittel an die Tochter, an die Enkel und ein Drittel zu gleichen Teilen an die Geschwister seiner Frau. Das Haus bekommt der Enkelsohn, die Hütte seine Tochter. Der Schmuck seiner Frau war verteilt auf Wanda und die Tochter. Wanda könne sich aus den Möbeln, den Büchern, Zimmerpflanzen, Küchenmaschinen, Geschirr, Besteck selbst auswählen, und bekommt das Auto. Geschrieben war das Testament vor zwei Jahren.

„Mama, hat er dir vor vier Jahren, als er so krank war, nichts gegeben?"

„Nein, hat er nicht. Er brauche kein Testament, es sei ja sowieso alles klar, sagte er. Ich verstehe nur nicht, warum Wanda so knapp wegkommt."

Darauf erzähle ich, wie es gelaufen ist, dass Wanda ihm zwei verschlossene Kuverts gebracht hätte. Eines wäre das hier gewesen und auf dem anderen stand Wandas Name, alles zwei Jahre alt. Erzähle auch von meiner Frage an Wanda, warum sie den nicht aufmacht, er wäre doch für sie, sie mir auch diesen Brief ungeöffnet mitgeben wollte, und ich darauf bestand, dass sie ihn aufmacht. Dann erst hätte sie es getan. Ich erzähle von dem Sparbuch und dem Brief, und was darinstand.

„Na, wenigstens das", sagt meine Mutter.

„Das alles ist zwei Jahre alt, und Wanda sagte mir, sie hätten nie über Erbschaft gesprochen, sie planten ihre erste größere Reise. Opas Tod hat uns alle überrascht, ihn selbst wohl auch. Opa hat euch nichts hinterlegt?"

„Nein, ich weiß von nichts, nach dieser Rede von ihm vor vier Jahren erwartete ich auch nichts, nun gibt es doch ein Testament."

„Ja, und eines, was mich überrascht", rede ich weiter.

Mein Vater sitzt da und sagt nichts, er hatte das Testament auch in der Hand, es gelesen, und Traudel wiedergegeben.

Opa hat mir sein Haus vererbt. Wieso? Ich habe ein Haus in der Stadt, viele würden sich die Finger danach lecken. Opa, was machst du? Warum? Was soll ich damit, will ich das überhaupt. Es bringt mich etwas aus der Fassung, wortwörtlich, als würde das Bild in dieser Fassung, diesem Rahmen, sich lockern und die Füße schon mal herausbaumeln. *Alles verkaufen, und auf der Ranch ein eigenes Haus bauen.* Aber wieso eigentlich. Wir haben genug Platz auf der Ranch, haben neuerdings den gesamten Ostflügel des Wohnhauses mit eigenem Eingang. Aber meistens sitzen wir sowieso alle bei Maggie am Tisch. Ja, wir starteten den Versuch, die Arbeit etwas geregelter zu organisieren, freie Tage zu schaffen, und dann sitzen wir in der eigenen Küche, wenn Robin nicht grad wieder ausbricht. Ja, und das Kind wird das Leben gründlich verändern. Also, was sollen wir mit einem eigenen Haus?

„Traudel, was sollen wir mit der Hütte?"

„Es ist ja nicht nur die Hütte, es sind auch noch drei Hektar Wiese und zwei Hektar Wald."

„Das wusste ich gar nicht."

„Die Wiese ist verpachtet."

„Und der Wald, war Opa im Wald?"

„Früher schon, aber jetzt, ich weiß es nicht, ob er ihn überhaupt noch hat?"

Während sich meine Eltern über Hütte, Wald und Wiese unterhalten, sinne ich über das Haus nach. Wanda einfach so heraussetzen, das geht schon mal gar nicht, bringe ich sowieso nicht fertig. Aber schafft sie ein ganzes Haus? Das Testament ist wie ein Wolkenbruch, wie ein Geist aus dem Briefkuvert. Er wird aufgeschlitzt, plötzlich offen sind wir nass. Man denkt bei heiterem Himmel nicht an einen Schirm. Für mich scheint es ein warmer Regen. Und für meine Mutter? Ohne das Testament hätte sie alles allein. Bei Umba steht nichts davon, warum er, entgegen seiner Absicht, zwei Jahre später solch ein Testament schreibt, überhaupt eines schreibt. Warum? Wollte er mich wieder herbeilocken? Was hätte er nach seinem Tode davon gehabt? Und gesagt hat er mir auch nichts. Es war nicht der Grund, zumindest nicht ein naheliegender, wollte Umba einen Köder für meine Zukunftsplanung auslegen, oder wollte er mir nur seine Zuneigung zeigen? Nein, das passt nicht zu ihm. Es war auch klar, er braucht mir nicht unter die Arme zu greifen. Also, was soll dieses Testament? Aber diese letzten Wochen im Krankenhaus, die vielen Gespräche, die Arbeit an dem grauen Buch, waren allerdings besonders, es verbindet, und jetzt bin ich hier.

„Wie wäre es mit Kaffee, ihr Männer?"

„Gute Idee, und danach sollte ich rüber zu Franz."

„Luca, wir beide fahren danach zum Friedhof?"

„Ok."

Meine Mutter geht in die Küche, ich folge ihr, und zu Hause

mich fühlend hole ich aus dem Kühlschrank die üppige Platte mit Leckereien, übriggeblieben vom Buffet und wende mich mit fragendem Blick meiner Mutter zu.

„Iss, wenn du willst?"

Ich wollte, weil dieses Nobelrestaurant es knapp bemessen hat. Je weniger, desto teurer. Mein Vater langt auch zu, und beiläufig zwischenrein fragt er, wann denn mein Rückflug ginge. Ich sage: kommenden Dienstag dreizehn Uhr über Toronto. Es kommt kein weiterer Kommentar, er trinkt seinen Kaffee aus, schiebt sich noch eines dieser Leckereien in den Mund, streichelt seiner Frau über den Arm zur Hand mit einem Entschuldigung suchenden Blick und geht.

Am Grab beginnt meine Mutter an den Blumen herumzuzupfen, nicht nur das, sie räumte richtig um, und bald wird mir klar warum. Es waren so viele Blumen, der Gärtner kam nicht umhin, den Grabstein zu bedecken. Der Gärtner hatte einfach den Stein mit Blumen umhüllt. Meine Mutter gräbt ihn soweit aus, bis der Name ihrer Mutter zu lesen war. Mit ihrem Geschick für Blumen und Pflanzen sieht es, als sie schließlich zufrieden ist, richtig schön aus. Dann stehen wir davor, und sie will immer noch nicht gehen, sondern setzt sich auf eine Bank, von der das Grab zu sehen ist.

„Weißt du Luca, ich hörte, die Töchter hätten eher mehr Bezug zum Vater, und die Söhne eher zur Mutter. Bei mir war das anders, mich traf es schwer, als meine Mutter starb, viel zu früh. Ich war die erste Zeit oft hier und - ja, dir kann ich es sagen - es dauerte lange, bis ich nicht jedes Mal weinen musste. Und Opa war kaum hier am Grab. Ich war sauer auf ihn, einerseits, weil er mich mit meinem Leid allein ließ und ich meinte, ihm egal zu sein. Aber später, als ich nicht mehr weinte und meinen Vater häufiger besuchte, merkte ich, es war ihm nicht egal. Er machte es nur anders. Er kümmerte sich um alles, was meiner Mutter am Herzen lag. Der Vorgarten gedieh so prächtig wie zu ihren Lebzeiten, das Kräuterbeet, ja selbst wenn er mich fragte, ob ich mit ihm essen wolle, waren die Kräuter so, wie es die Mutter immer tat. Er pflegte ihre Pflanzen und war ihr nahe. Und das tat er länger, als ich weinen musste. Er hätte es wohl auch fortgeführt, wenn er nicht selbst krank geworden wäre, und ich schaffte es mit dem Garten nicht. Und dann wurde es Wandas Garten."

„Ein schöner Garten."

„Ja, das ist er. Weißt du Luca, wenn ich zurückdenke und mir vorstelle, meine Mutter hätte mir bei meiner Trauer zugeschaut, bestimmt hätte sie nur verständnislos mit dem Kopf geschüttelt. Und was macht Opa, als er jetzt ahnte nun wirklich gehen zu müssen und noch reden konnte? Drei Tage Tränen, deutlich sagte er das, ich war dabei. Dieser Satz steckte uns alle an, und es fühlt sich an, Opa wäre gar nicht richtig weg."

Wir sitzen nebeneinander auf der Bank, ein jeder in seinen Gedanken, der Wind streicht durch die Kronen der hohen Bäume und ein Blatt fällt vor uns zu Boden, es schwebt, wiegt sich, schaukelt hin und her, wie auf die Luft gebettet, die es sanft vor uns zur Ruhe legt. Es war früh gelb geworden, zu früh.

„Luca, ich möchte noch zu Wanda."

„Wollen wir nicht erst anrufen?"

„Meinst du?"

„Weiß nicht."

„Sie macht sich sonst Umstände."

„Also gut."

Wir stehen auf, ich hätte es eher wissen sollen wegen des grauen Buches. Es ist nicht weit bis zu Umbas Haus, es ist überhaupt alles nicht weit auseinander. Wanda öffnet. Sie bricht zwar nicht in helle Freude aus, eher haben wir sie wohl geweckt. Meine Mutter fragt, ob sie kurz ins Bad kann und tut das, sie kennt sich ja hier aus. Wanda geht mir voraus ins Wohnzimmer.

„Du, wir waren gerade auf dem Friedhof. Ich wusste nicht, dass meine Mutter noch zu dir will, sonst hätte ich das graue Buch eingepackt, aber morgen bringe ich es."

„Ist gut, ich bin zu Hause."

„Vielleicht gleich am Vormittag? Ich besorge etwas zum Frühstück und wir essen zusammen?"

„Wenn deinen Eltern das recht ist, du bist ja nur eine Woche da."

„Sie lassen mich bis jetzt immer ausschlafen, und mein Vater ist dann schon zur Arbeit."

Meine Mutter kommt und setzt sich neben Wanda und wirkt plötzlich unsicher. Eigentlich hätte sie Wanda wohl gern in den Arm genommen, oder wenigstens ihre Hand, irgend so etwas. Nun kann sie es nicht und sitzt einfach da. Ein Dilemma. Ich war zwar Jahre weit weg, aber ich ahne die Tragik. Wanda saß vor vier Jahren vor dem Schreibtisch einer überlasteten Geschäftsfrau im Bewerbungsgespräch als Pflegerin für ihren Vater. Und dann entgleitet ihr die Sache. Das Leben nimmt ihr die Ruder aus der Hand. Von dem Menschen, den sie am meisten geliebt hat, ihrer Mutter, gibt es für sie nur noch einen in Stein gemeißelten Namen auf dem Grab. Sie krallt sich jahrelang an die Inschrift eines Steines. Dann kommt Wanda, und sie weigert sich, sie an der Stelle ihrer Mutter zu akzeptieren, all die Jahre. Vor wenigen Tagen sitzen die beiden Frauen zum ersten Mal beieinander, vor sich Umba auf dem Totenbett, und sie sieht ein Lächeln auf dem Antlitz des Toten. Meiner Mutter Kruste bricht auf, und diese Mutter hielt ich dann am Flughafen selbst in den Armen. Nun sitzen die beiden Frauen wieder beieinander, ohne lächelnden Umba. Meine Mutter trieb es vom Friedhof hier her, vielleicht in der Sehnsucht nach dieser Eintracht am Totenbett, und nun geht das nicht von allein. Man will zwar, aber es fehlen die Worte, sicher sind sie da, aber man findet sie nicht. Nun sitze ich gegenüber und verklemme selbst. „Wie wär's, ihr beiden, soll ich uns eine Pizza bestellen?" Mir fällt nichts Blöderes ein, außerdem hatte ich den Verdacht, Wanda isst immer noch nicht, nicht so richtig. Sie kuckten mich beide komisch an und ich frage: „Keine gute Idee?" Kein wirklicher Einspruch. „Also, ich wusste es eben auch noch nicht, aber ich habe Hunger, und Pizza macht die wenigsten Umstände."

„Also gut Luca, Donnerstag war bei uns sowieso meistens Pizzatag, die Nummer klemmt neben dem Telefon."

„Welche?" Ich bekomme ohne Überlegen die Sorten gesagt.

Ich gehe zum Telefon, gebe die Bestellung auf, lasse mir die Adresse geben und will sie gleich selbst holen. Sollen die beiden doch allein klarkommen. Ich rufe durch den Flur, in einer viertel Stunde wieder da zu sein und verschwinde. Drei Minuten später bin ich dort und muss natürlich warten, setzte mich an einen Tisch und dann wird mir klar, warum Umba das Testament vor zwei Jahren schrieb. Nach seiner Krankheit und so kurz mit Wanda zusammen, war das genau richtig so. Wenn Umba gewusst hätte, doch so schnell sich verabschieden zu müssen, hätte er nach weiteren zwei Jahren noch einiges anders geregelt. Aber, wie Wanda schon sagte, sie haben an Ferien gedacht, nicht ans Sterben. Umba schrieb das Testament wegen Wanda: Wie kann er sie am besten schützen? Ihm war die Haltung seiner Tochter Wanda gegenüber sicher klar. Er konnte, falls er plötzlich sterben sollte, nicht ausschließen, dass Wanda alles streitig gemacht wird. Wie konnte er auch hoffen, dass seine Tochter sich verändern kann. Mich hat es ja auch völlig überrascht. Ich kann Umbas Gedanken gut nachvollziehen. Einerseits gab es die Entschlüsse, die er zusammen mit Oma getroffen hatte. Dann kam er auf die Idee mit dem Sparbuch, das kann ihr niemand nehmen. Und ich war wohl zu dieser Zeit der einzige Verwandte, dem er zutraute, Wanda so zu behandeln, wie er es erwartet. Das will ich auch tun. Jetzt würde es meine Mutter auch tun, sie wollte eben zu Wanda, setzt sich neben sie und wird unsicher, drei Jahre Aversion sind nicht so einfach mit einem Hieb abzustreifen. Und ob sie es schafft, mit Wanda offen darüber zu reden, bin ich mir nicht sicher.

Und das Testament? Gut möglich, es ist nicht das einzige Exemplar, nicht nur gut möglich, es wird so sein, es ist durch einen Notar registriert. Gleich morgen erkundige ich mich, ehe es später Verwirrung stiften kann.

„Bitteschön der Herr, dreimal Pizza."

Und er stellt mir die Kartons, aus dessen Fugen es dampft, auf den Tisch nebst Quittung obendrauf.

„Stimmt so, Dankeschön." Ich lege den Schein auf den Tisch und fahre zügig zurück.

Die beiden hatten im Garten Kräuter für einen frischen Salat geerntet, den sie eben samt Besteck zu den Saftgläsern auf den Tisch im Wohnzimmer stellen.

Als die Kartons im Altpapier und das Besteck in der Spüle ist, sitzen wir beisammen. Meine Mutter fragt Wanda nach der Hütte. Ja, sie wären gelegentlich dort gewesen und der Bauer, der Pächter der Wiese, hatte liebenswürdigerweise das Gras um die Hütte herum öfter gemäht, auch die lange Zeit, als er krank war und niemand dort sein konnte, aber sie solle doch erzählen.

Und meine Mutter erzählt von den Tagen in der Hütte, als sie ebenso alt war wie ich und mit Umba Armbrust baute. Ich hatte meine Mutter bisher niemals über die Hütte und ihre Kinderzeit reden hören. Hat das Erbe diese Erinnerungen jetzt hochgeholt? Sie habe neben der Hütte einen kleinen Flecken Erde angelegt und dort alles gesammelt, was sie fand: Borkenstücke, Zapfen von Fichten, von Kiefern, kleine von Lärchen und noch kleinere von Erlen, Samen von Buchen, Haselnüsse: „Im Frühling schmückte ich es mit Blüten von Löwenzahn, Butterblumen, Gänseblümchen, Margeriten, Vergissmeinnicht, was eben um die Hütte blühte. Thymian wuchs sogar richtig dort, und Sauerampfer, den ich so gern von der Wiese aß. Die Wildschweine hatten wieder einmal ein Stück Wiese am Wald umgegraben, es hingen einige Pflanzen mit ihren Wurzeln in der Luft, und ich pflanzte sie in meinen Garten."

Ich frage sie, ob Opa auch mit ihr am Ostermorgen schweigend mit dem Tonkrug zur Quelle gewandert ist und sie lächelt.

„Das erste Mal schnatterte ich schon beim Aufstehen. Mein Vater hat nichts gesagt, ließ den Krug für das Osterwasser auf dem Tisch stehen und wir pflückten Kresse am Bach. Die gab es nach dem Ostereiersuchen zum Frühstück. Zwei Jahre später schaffte ich es. Im Sommer durfte manchmal meine Freundin mit. Oft spielten wir am Bach und kamen völlig nass und verdreckt zurück, dann gab es erst einmal einige Eimer kaltes Wasser vom Brunnen. Wir halfen meiner Mutter den Tisch decken, und wenn es regnete, las sie uns vor."

Wanda sitzt versonnen neben ihr, denkt vielleicht an ihre eigenen Kinder, als sie so jung waren. Sie sieht immer noch erschöpft aus. Zeit wieder zu gehen. Morgen früh bin ich schon wieder hier, aber vorher muss ich noch zum Amt, wegen des Testamentes. Ich dachte auf dem Weg zu Wanda, meine Mutter würde es ihr sagen. Aber auf das Erbe kam sie nicht zu sprechen, sie sieht den Part bei mir. Ich sollte jetzt den Frieden, sozusagen mit der Stiefmutter, der so neu war, so verletzlich, hüten. Doch sie wollte Wanda selbst sehen, wie es ihr geht, und sie wollte sie spüren lassen, jetzt auf sie zählen zu können. War sie mittlerweile sogar froh, für das Zuhause der beiden in den letzten Jahren, nicht zuständig zu sein, jetzt nicht in ihrem eigenen Haus sich zu Wanda aufs Sofa setzten zu müssen?

Und wie ist es mit mir? Erst dachte ich, was soll ich mit dem Haus, ich brauche es nicht, und mittlerweile neige ich dazu, ein wenig Vertrauen in meinen Großvater zu haben und es so anzunehmen.

Als wir in den Hof einbiegen, kommen gerade Franz und mein Vater aus der Firma, wir stoßen sozusagen vor der Haustür aufeinander, es war schon so dunkel, dass die Sensoren das Licht im Hof einschalteten.

„Kommt ihr vom Friedhof?", fragt mein Vater seine Frau.

„Ja, und wir waren noch kurz bei Wanda."

„Sagt, ihr beiden Jungs, wolltet ihr euch nicht treffen? Wäre jetzt eine gute Gelegenheit."

Das klingt ja fast wie ein Rausschmiss, aber dabei sieht er eher seine Frau bittend an. Scheint was Wichtiges zu geben.

„Luca, würde mich freuen, Liesa sicher auch."

„Na klar, aber um elf muss ich zurück sein."

Immerhin war ich mit meinen Eltern heute so viele Stunden am Stück beieinander. Das gab es selbst in Minneapolis vor zwei Jahren nicht, und davor müsste man wohl bis zur letzten gemeinsamen Ferienreise zurückgehen. Wann war die überhaupt? Neunte Klasse?

„Komm doch zuvor kurz noch ins Wohnzimmer, falls wir doch schon vor dem Ende deines Skypes ins Bett gehen."

Also gehe ich mit Franz ein Haus weiter, steige nach ganz oben und hoffe wieder, Yvonne weder im Treppenhaus noch bei Franzens Familie zu treffen. Nein, ich gehe morgen in ihr Büro, wenn ich von Wanda wiederkomme. Als wir an der Wohnungstür im ersten Stock vorbeikommen, sieht mir Franz von der Seite bei meinem schweigsamen, vielleicht auch etwas steif gewordenen, Treppensteigen zu. Liesa ist eben dabei die Kinder ins Bett zu bringen und freut sich über die Hilfe. Franz versorgt Norman, seinen Dreijährigen und die kleine Sissi liegt auf dem Wickeltisch.

Ich war noch nie live dabei und ich sage das auch noch. Liesa, die mit der frischen Windel schon fertig war, lächelt, ich solle es doch mit dem Strampler versuchen. Aber ich sage, fürs Erste es doch beim Zukucken belassen zu wollen.

Ja, das Leben wird sich gründlich ändern. Norman albert mit seinem Papa herum und kuckt eher verstohlen zu mir.

„Norman, das ist Luca, und Onkel Edmund ist Lucas Papa."

Ich gehe auf die beiden zu und will Norman begrüßen, sozusagen mit Hallo Kumpel, aber Norman drückt sich verschämt an Papas Bein, behält mich aber im Visier. Wird man von den Kindern immer so angesehen, als wäre man ein offenes Buch?

„Willst du mitkommen, die Kinder ins Bett bringen?"

Ich nicke Liesa zu, beide nehmen die Kinder auf den Arm und dann landen wir im Schlafzimmer mit einem Gitterbett für Sissi, einem Ehebett mit Nachtschränken und Kleiderschrank. Norman springt im Ehebett mit lautem Siegesgeschrei im Kreis herum, wird von seinem Papa eingefangen, dort hingelegt, zugedeckt und liegt da mit großen Augen und Daumen im Mund. Dann singt Liesa. Noch nie hörte ich eine Mutter ein Wiegenlied singen. Na gut, einmal im Fernsehen. Sie geht auch zu ihrem Sohn, streichelt ihn so innig, wie sie singt. Wir gehen leise. Liesa schließt geräuschlos die Tür und sagt immer noch leise: „Das geht nicht immer so friedlich, aber heute ist es ja auch spät genug, sie sind wirklich müde."

Beim Wort friedlich musste ich an Norman denken, der im Kreis durchs Ehebett tobt. „Schläft er immer bei euch im Bett?"

„Ach, das hat sich so eingeschlichen seit Sissi da ist. Wenn wir schlafen gehen, tragen wir ihn in sein Zimmer ins eigene Bett. Er schläft so fest und wacht nicht einmal auf."

„Wann kommt euer Kind?", fragt Franz.

„Um Weihnachten."

„Wir haben noch nicht gegessen, willst du auch? Dein Vater hat heute kein Ende gefunden."

„Ist das nicht immer so?"

„Für ihn selbst schon. Für seine Leute nur manchmal. Klar, in diesem Job musst du immer damit rechnen, dass es klemmt, Termine eingehalten werden müssen. Aber heute gab es keinen triftigen Grund, er wollte es genau wissen, die gesamte Planung für die nächsten Wochen. Das hatten wir, dachte ich, schon längst hinter uns."

„Er hat dich machen lassen?"

„Ja, hat er."

„Kommt ihr sonst gut miteinander klar?"

„Kein Problem, das ist auch jetzt nicht anders, er wollte nur alles genau wissen."

Liesa sagt: „Es riecht bestenfalls nach mehr Arbeit, wart es ab."

„Aber er hat nichts gesagt."

„Wart es ab, er hat dir nie etwas verpasst, was nicht Hand und Fuß hat, und diesmal ist es ihm einfach noch zu wage, du musst dir keine Sorgen machen."

„Aber ich kann nicht noch mehr, es sind einfach schon zu viele Baustellen."

Das Thema gefällt mir nicht, mich zieht es hier in reine Angelegenheiten der Firma meiner Eltern, in denen ich nicht drinstecke. Ich kann mich nicht hineinziehen lassen, das geht schief. Also lieber die Klappe halten. Aber Franz merkt das: „Sag mal Luca, warum bist du eigentlich nicht eingestiegen?"

„Wie, in die Firma?"

„Was sollte ich sonst meinen, als dein Vater aus Amerika wiederkam, war er wochenlang fast unausstehlich, und ich war mir sicher, wegen dir."

„Frag mich was Leichteres."

„Nimmst mir's nicht übel, aber das klingt jetzt komisch."

„Mag sein, für mich klingt es auch komisch."

„Das soll einer verstehen, ich will es aber verstehen."

„Es ist auch für mich ein Rätsel, zumindest ist es jetzt eines."

„Willst du jetzt doch einsteigen?"

„So leicht ist des Rätsels Lösung nicht."

„Nimm es mir nicht übel...?

„Ich nehme dir nichts übel, ich platze nach vier Jahren einfach so herein, ich kann niemanden irgendwas übelnehmen, also rede was du willst."

„Also gut, du bist ihr einziger Sohn, du hast nicht Kunst oder Archäologie studiert, oder Biologie, nein, genau das, was dein Vater sich hätte nur wünschen können..."

„Vielleicht hätte ich lieber Archäologie studieren sollen."

„Nun lass mich doch ausreden. Du hast es so gewollt, nun lass mich auch. Du hast nicht Archäologie studiert, sondern Informatik, genau mit der richtigen Spezialisierung, und erzähl mir nicht, du hast es widerwillig getan, das nehme ich dir nicht ab."

„Das stimmt, mich hat niemand dazu geprügelt, oder um es sanfter auszudrücken, ich hatte keinen mächtigen Drang in mir, lieber Archäologie studieren zu wollen."

„Also, warum hast du es nicht getan? Mit deinen Fähigkeiten könnten wir noch viel umfangreichere Projekte annehmen. Ich bin gut für das, was wir gerade tun, als Elektrotechniker, aber wir könnten noch viel mehr, wenn du dabei wärest."

„Franz, ich bin jetzt Bauer, und ich tue es genauso gern."

„Aber das ist doch..."

„Sprich ruhig zu Ende, Franz."

„Du lässt solche Fähigkeiten brach liegen, die ich mir nur wünschen würde."

„Wie kommt so etwas, wer kann es schon wirklich genau

wissen. Ich könnte jetzt vieles sagen, zum Beispiel das schlechte Verhältnis zu meinen Eltern, insbesondere zu meinem Vater. Dann kommt eines zum anderen, und schwupp, ist man am anderen Ende der Welt."

Franzens Blick wanderte nach unten, sicher die Richtung, in der Yvonne eben ihren Sohn ins Bett gebracht hat, aber er schweigt und Liesa rutscht auf ihrem Sessel hin und her. Yvonnes gute Freundin, die mit Sicherheit mehr weiß als ich, die Lippen schon öffnet, aber dann doch fast resigniert wieder zurücksinkt. Sie sind Freundinnen, aber es ist nicht ihre Angelegenheit, das weiß sie. Ich glaube nicht einmal, dass Franz herausbekommen will, ob er mich irgendwann demnächst auch noch in der Firma vor der Nase hat, nein, wir beide würden gut miteinander können, bin ich mir sicher. Und er hat recht, ohne IT Spezialist werden sie über Einfamilienhäuser und einfache Gebäudesicherung nicht hinauskommen. Ich muss das von mir wegstellen. Aber die beiden sitzen da, wie ein Häufchen Unglück, nein, nicht unglücklich, sagen wir ratlos, und ich werde doch ein wenig persönlich: „Wisst ihr, der einzige wirklich vertraute Mensch damals war mein Großvater. Nur wegen ihm stieg ich jetzt umgehend ins Flugzeug, wollte im Hotel wohnen, falls es nicht anders geht. Nichts wusste ich, überhaupt nichts, von euch nicht, von Yvonne nichts, zwischen mir und meinen Eltern klebte der miserable Abschied in Minneapolis. Und jetzt ist alles anders. Ich habe meine Eltern wieder, Wanda. Meine Frau hat das sehr belastet, dass ihre Schwiegereltern nicht einmal von ihr wissen, und war sehr froh, als sie es jetzt hörte." Eigentlich wollte ich sagen, meiner Mutter Sinn wandelte sich an Umbas Totenbett, aber eine Scheu lässt es nicht über die Lippen.

„Edmund und Traudel wussten nichts von Ava?"

„So war es."

„Nicht zu fassen."

„Sie haben zwar alles für mich getan, Wohnung, Auto, Studium, alles bezahlt. Trotzdem fühlte ich mich als Marionette meines Vaters und für ihn war alles in Ordnung, solange es so lief, wie er es sich vorstellte, und es lief ja rundherum blendend. Es begann zu kippen, als ich nach dem Studium nicht gleich einstieg, für ihn war die Reise nach Minneapolis wohl der letzte Versuch, mich zurückzuholen. Und seither ging nichts mehr, selbst die wenigen Telefonate mit meiner Mutter waren ätzend. Ich wollte Ava einfach nur raushalten."

„Niemand redete von dir, ich war überrascht, als mich deine Mutter fragte, ob ich sie zum Flughafen fahre."

„Ja, eine Überraschung jagte die nächste, jetzt reicht's langsam."

„Aber mit Yvonne redest du schon noch."

„Denke schon."

„Du siehst auf die Uhr? Es ist gleich elf, natürlich."

Wir stehen alle auf, und Liesa öffnet leise die Tür zum Schlafzimmer, sieht sich um und flüstert. „Willst du?"

Ich nicke. Bei leichtem Licht gehe ich behutsam ins Zimmer, und der Anblick der schlafenden Kinder rührt mich, als schliefe der Himmel hinter diesen Stirnen, so zerbrechlich, und dann die Hände der Mutter, die sie behutsam zudeckt. Als Liesa die Tür leise wieder schließt, sagt sie. „Es kann auch anders laufen, wenn es ihnen schlecht geht, du das weinende, schreiende Kind stundenlang durch die Wohnung trägst und nicht weißt, wie du ihm helfen kannst."

„Kann ich mir vorstellen, vielleicht auch noch nicht – danke."

Unser Kind wird alles ändern, alles, und mir schwant dunkel, da stehen noch mehr in der Schlange. Es ist knapp, gehe aber kurz ins Wohnzimmer zu meinen Eltern, die mir sagen, sie gehen jetzt ins Bett und sie würden morgen etwas später frühstücken, falls ich denn schon auf wäre, so gegen sieben. Wenn ich zum Amt und zu Wanda will, ohne wirklich zu wissen, wann ich wiederkomme, werde ich den Wecker stellen.

„Ava, du bist ganz außer Atem."

„Du bist heute auch zu spät."

„Arbeitest du zu viel?"

Niemand sagt, wir sollen uns den ganzen Tag in die Sonne

legen, auch der Gynäkologe nicht, heute scheint auch gar keine."

„Hier auch nicht, den ganzen Tag schon nicht."

„Wie war der trübe Tag?"

Sie bekommt von allem, von meiner Erzählung, dem Restaurant in luftiger Höhe, von meiner Mutter und dem Friedhof und Wanda, von Franz und Liesa und den Kindern.

„Du hättest das Baby wickeln dürfen, und hast es nicht getan? Frag Liesa doch, ob das Angebot für die restlichen Tage noch steht, und dann tust du es. Hätte wenigstens einer von uns beiden es schon mal gemacht."

„Hast du deine Mutter vergessen?"

„Natürlich nicht, war bisschen Spaß."

„Warum eigentlich nicht. - Übrigens, wir haben ein großes Einfamilienhaus mit Garten, mitten in der Stadt."

„ ..."

„Du sagst ja gar nichts?"

„Sicher sollte man sich darüber freuen, und was sagen deine Eltern dazu?"

„Warum? Weil sie eigentlich vor mir dran sind?"

„Ob mir das gefallen würde, wenn mein Vater die Ranch gleich den Enkeln vererbt?

„Die Frage kannst du in fünfundzwanzig Jahren stellen, aber hier ist der Fall besonders."

Und dann erkläre ich es ihr. Erstens, weil meine Eltern alles andere, als am Hungertuch nagen, und dann versuche ich die Sache mit meiner Mutter und Wanda rüberzubringen.

„Also bleibt Wanda erst einmal dort."

„Ich denke, dass Umba das so gemeint hat, aber sie weiß es noch gar nicht."

„Das ist ok. - Du gähnst?"

„Das Leben ist anstrengend."

„Du hast nicht einmal das Baby gewickelt."

„Es ist schon zwölf vorbei, meine Eltern erwarten mich um sieben zum Frühstück."

„Morgen um die gleiche Zeit? Und vergiss Yvonne nicht."

„Nachmittag bei ihr im Büro, denke ich, das ist hier im Haus."
„Grüß' deine Eltern, ich freue mich, sie kennenzulernen."
„Grüße du auch."
Und dann kamen die Finger vom Mund, dann ist es finster.

Beim Zähneputzen denke ich, es wäre besser, mich bei Yvonne anzumelden, mir von meinen Eltern die Durchwahl vom Diensttelefon geben zu lassen. Ob sie ein Auto für mich haben?

Ich kann natürlich wieder nicht schlafen. Wieso natürlich? Natürlich ist schlafen, wenn man müde ist und nicht am Morgen wie gerädert durch den Wecker aufzuwachen. Gerädert? Das Wort stammt aus dem Mittelalter, als arme Sünder auf die hölzernen Speichen eines großen Wagenrades gebunden wurden. Dieses Wort so wie ich zu verwenden, ist gedankenlos. Aber um diese Zeit und so müde laufen die Gedanken zusammen mit den Bildern einfach von allein ab: Ava, die Kinder, Wanda, meine Eltern, die Wolken aus den Fenstern des Restaurants.

~~ 5 ~~

Meine Hand sucht verzweifelt nach dem Handy, um endlich den nervenden Wecker abzustellen. Immerhin macht händeweise kaltes Wasser in mein Gesicht wenigstens soweit wach, mich auf den Kaffee meiner Mutter zu freuen. Aber es ist nicht der Kaffee, der mich endgültig aufweckt, sondern die Frage meiner Eltern, ob ich was dagegen hätte, wenn sie am Dienstag mitfliegen. Jetzt ist es in Minnesota gerade halb eins in der Nacht.
„Ihr wollt eine Woche auf die Ranch?"
„Wir können natürlich auch im Hotel."
„Es gibt kein Hotel, ich freue mich, aber wartet." Ich ziehe mein Handy und schreibe Ava eine Nachricht. „Ob Ava jetzt noch rangeht, weiß ich nicht."
„Die Flüge sind bis heute Abend reserviert. – Du, es ist alles etwas plötzlich, aber es ist die einzige Gelegenheit aus unserer Tretmühle herauszukommen, denn später, wenn der Bau losgeht, kann Traudel nur allein kommen."

Dann vibriert das Handy und ich übersetze:

„Ich freue mich. Es geht aber nicht ohne die Eltern, also eine Antwort in sechs Stunden, sorry, ich will sie jetzt nicht wecken."

„Also, mein Sohn, wenn du eine Antwort hast, sag es. Wir müssen jetzt ins Büro, es schadet nichts, schon mal einiges zu erledigen, auch wenn es nicht klappen sollte. Aber unseren Leuten sagen wir es erst, wenn es klar ist. Du bist mit Wanda verabredet? – Nimm das Auto solange du es brauchst, behalte den Schlüssel bis zum Abflug."

„Und ihr?"

„Kein Problem, es gibt hier genug Autos." Mein Vater legt mir die Schlüssel hin. „Die Zulassung steckt hinter der Sichtblende."

Auf der Fahrt fällt mir ein, nach Yvonnes Nummer nicht gefragt zu haben, aber das reicht auch noch, wenn Ava sich gemeldet hat. Ich weiß eigentlich nicht, wo ich hinmuss, also nehme ich das riesige Rathaus und dort den Bürgerservice. Die dem Alter nach erfahrene Dame ist auf Anhieb überfordert, sowas hätte sie noch niemand gefragt und bat mich einen Moment zu warten. Zum Glück hatte ich noch meinen deutschen Pass. Ich frage mich, ob sie nicht während ihrer langen Abwesenheit gleich noch die Gelegenheit nutzte, zu frühstücken, aber sie kommt wieder, sagt mir eine Adresse, eine Zimmernummer und einen Namen. Das Navi veranschlagt zwanzig Minuten für die Reise durch meine Heimatstadt zu Ecken, die ich nie je gesehen habe. Ich bin dieser Dame dankbar, denn ich landete genau an der richtigen Stelle, und das Testament ist tatsächlich registriert. Frau Bräuer gewährt mir, nachdem sie ohne Zweifel festgestellt hat, den Haupterben leibhaftig vor sich zu haben, Einsicht in dieses Schriftstück. Es war der gleiche Wortlaut, das gleiche Datum. Und als Frau Bräuer erfährt, dass ich nur noch wenige Tage da bin, sagt sie: Es wäre kein Problem, nannte mir den Notar, der für die hier hinterlegten Testamente diese ohne Umwege vollstrecken könne, schreibt mir noch alle notwendigen Daten auf und rät mir, sofort hinzugehen. Es wäre das Nachbargebäude, und dann war ich auch schon wieder draußen.

Bis jetzt lief alles erstaunlich glatt, aber beim Notar ging es los, nicht gleich, weil glücklicherweise ein Termin am Montag durch eine Absage freigeworden war. Die Dame im Vorzimmer hatte das Testament offenbar auf dem Schirm. Der Termin könne aber nur stattfinden, wenn sie heute die Grundstücksnummern bekäme, sie könne den aktuellen Grundbuchauszug beschaffen, wenn ich das denn so wöllte. Wanda wird sich freuen, wir müssen zuerst die Unterlagen suchen. Wenigstens die Erbberechtigten für die Grundstücke und das Auto sollten am Montag dabei sein, es wäre der wenigste Aufwand.

Diese Reise stellte ich mir völlig anders vor, und jetzt muss ich mich auch noch mit solchen Dingen herumschlagen, aber wenn nicht jetzt, wann dann. Auch wenn ich davon wenig Ahnung habe, ist mir klar, von zuhause aus würde das ungleich schwieriger und ich will Ava bestimmt nicht gleich wieder allein lassen.

Ich rufe Wanda an, dass ich jetzt komme. Der Weg führt mich mitten durch die Stadt, eingepfercht im Strom der Autos, eingepfercht zwischen hohe Häuser, die starr sind im Wind, als ginge sie der Sturm und die Wolken nichts an. Und dort drinnen sind viele Leute an ihren Schreibtischen, vor ihren Computern, in den Konferenzen, in den Schlangen entlang der Auslagen der Kantinen. Wenn die Sonne durchs Fenster scheinen will, bewegen sich die Jalousien und lassen sie draußen. Und die Fenster sind nicht zu öffnen, weil alles die Klimaanlage erledigt. Seit zwei Jahren fliegt mir die Weite des Wetters ungebremst um die Ohren, wann immer ich morgens zur Tür hinausgehe - und ich mag es. Vielleicht sehnen sich einige dieser Leute den Feierabend herbei in ihrem Haus mit Garten, so eines, zu dem ich jetzt hinfahre.

Wanda wartet schon, der Tisch ist gedeckt. Frühstück, das zweite. Aber das sage ich Wanda nicht, schon deswegen, weil der Apfelstrudel vom Bäcker um die Ecke dabei ist. Und Kaffee schadet nach diesem Büromarathon bestimmt nicht.

Beim Abklingen des Frühstücks sage ich Wanda, ihr erst den Inhalt des Testamentes sagen zu wollen, und da sie ihre Sorge nicht so ganz verbergen konnte, machte ihr diese Unsicherheit wohl doch zu schaffen. Also tue ich es und sage ihr zum Schluss, dass sie so lange hier wohnen kann, wie sie möchte, nichts anderes hätte Umba gewollt. Widerwillig lässt sie sich auf den Termin beim Notar ein. Und dann suchen wir nach den Dokumenten. Den Ordner entdecken wir schließlich zwischen dutzenden anderen Ordnern, die sich durch seine Arbeit als Berufsschullehrer ansammelten, und selbst von dieser Lektüre in Umbas Schrift können wir uns kaum trennen. Wir finden die Baugenehmigung für das Haus und das, was wir brauchen. Die Hütte erbten sie von Omas Großonkel, der schon lange Zeit vor ihnen in diese Gegend kam. Am längsten suchen wir nach dem KFZ-Brief. Ich rufe im Notariat an, und die Dame lässt sich nur die Gemarkungen und die Nummern der Flurstücke sagen. Wir sollten alles am Montag mitbringen. Wanda und ich gönnen uns noch einen Kaffee und einen Gang in den Garten, ehe ich ihr das graue Buch gebe. Sie blättert darin und ich sitze einfach dabei.

„Wanda, was ist?"

„Deine Schrift -, sie ist so ungewohnt."

„Kannst du sie nicht lesen?"

„Vielleicht, wenn ich ein bisschen übe."

Bis jetzt hatte nur Ava das Buch in der Hand, aber sie sah es sich ja nur an und ich übersetzte. Was hat mich nur geritten, nicht den Computer zu nehmen? Wer hatte denn zuletzt mit meiner Handschrift zu tun? Meine Lehrer in der Schule. Ja, es beklagte sich mancher von ihnen. Gab ich beim Studium jemals eine Zeile mit der Hand geschrieben ab? Tat ich das? Kann mich nicht erinnern. Liebesbriefe? Fehlanzeige. Lief alles über die Handys. Meine Mutter kümmerte sich in der Schulzeit um meine Hausaufgaben, unterschrieb meine Klassenarbeiten und verlor nie ein Wort über meine Schrift. Ich nehme Wanda das Buch aus der Hand und kucke ratlos hinein. Wieso kann man das nicht lesen? - „Was machen wir jetzt?"

„Ich kann es ja versuchen."

„Aber du hast nur vier Tage."

„Ist nicht so schlimm, wenn ich nur wenig lese."

Wieso habe ich das Gefühl, sie hat es schon aufgegeben, das kann nicht sein. Ich kucke auf meine Schrift, zu Wanda, wieder auf meine Schrift: „Nein, so geht das doch nicht, ich lese dir vor."

„Tust du das? Liest du mir ein wenig vor? Deine Eltern warten sicher auf dich."

„Ach nein, beide sind wieder in der Firma. Ich erwarte eine Nachricht von meiner Frau, aber frühestens in drei Stunden, die hätten wir schon mal."

Ich nehme das Buch und blättere es durch, nicht, weil ich nicht weiß, was drinsteht, eher als Begleitmusik zu überlegen, was ich zuerst daraus vorlesen will. Aber warum eigentlich nicht zusammen mit ihr überlegen: „Wanda, wo fangen wir an?"

„Na, vorn doch."

„Ach lieber nicht, vorn steht meine Geschichte, unmittelbar bevor ich nach Minnesota flog, und die ging ja ohne Pause in deine über. Die letzte Geschichte, die er mir erzählte, endet, bevor er Oma kennenlernte, vor rund einem viertel Jahrhundert. Und die erste, die er erzählte, da war Umba achtzehn Jahre alt. Wie wäre es, fangen wir mit der letzten an?"

„Wie du willst, also die letzte Geschichte vor Oma. Liege ich richtig? Ostdeutschland nach der Wende?"

„Ja, zwei bis drei Jahre nach dem Mauerfall, glaube ich."

„Er war schon über vierzig, hatte immer noch sein Zimmer am Stadtrand auf diesem Hof, der schon lange dem Töpferehepaar gehörte, und wohnte schon dort, als er in dieser Stadt Bauingenieur studierte. Dein Opa hat es mir erzählt."

„Er lebte dort, wenn er nicht gerade eine Baustelle außerhalb hatte oder ein paar Tage bei seiner Mutter war. Umba redete meistens nur von seiner Mutter, obwohl die Eltern zusammenlebten."

„Ja, seine Mutter mochte er sehr, sie starb viele Jahre vor seinem Vater."

Das Mädchen der letzten Geschichte hieß Hannah. Ich habe sie alle aufgenommen und mit der Hand in dieses Buch geschrieben. Also ich fange jetzt einfach an:

Umba erzählt von Hannah

Luca, du bist heute spät.
Tschuldigung Opa, heute konnte ich nicht eher.
Ist das Ding eingeschaltet? - Ist schon. Also gestern erzählte ich
dir von Lina. Es war gerade die Wende, wir hatten den großen
Auftrag, eine Kirche zu sanieren und das Gemeindehaus völlig
umzubauen. Die Gemeinde war in so eine Art Baracke umgezogen, bis alles fertig war. Dieser junge Pfarrer, etwa in meinem Alter, hatte es mir angetan. Ich ging dort ein und aus. Und gleich zu
Beginn war Lina. Und es hat lange wehgetan. Sie nahm diesen
jungen Mann, den blonden, war schwanger und zog mit ihm
weg, aber das weißt du ja schon. Dann ließ der Jammer nach, ich
wurde vierzig, sowieso viel zu alt für das junge Gemüse. Ich
nahm mir vor, falls es überhaupt ein nächstes Mal gibt, wirklich
nicht mehr so weit hineinzurutschen, weil es sonst wieder so weh
tut. Zum Glück hatte ich Arbeit, das war für viele nicht so. Kaum
einer der großen Betriebe im Osten überlebte die Wende. Auch
das Töpferehepaar, bei denen ich immer noch wohnte, hatte es
schwer. In der DDR rissen ihnen die Leute die Töpfe, Vasen und
das Geschirr aus der Hand, sozusagen noch ehe es aus dem
Brennofen kommend überhaupt abgekühlt war. Und dann lief
plötzlich nichts mehr. Die Mauer war gefallen, die Bürger konnten reisen, es gab alles im Überfluss, zumindest hätte man es kaufen können, falls man bezahlen konnte. Und Autos, auch wenn es
oft nur für die reichte, die im Westen ohne die Wende nur auf den
Schrottplatz gelandet wären, oder schon mal dort waren. Aber
das erfuhren viele ahnungslose aus dem Osten nicht, nein, sie
hatten ein West Auto gekauft. Die Töpfer blieben auf ihren Töp-
fen sitzen, von jetzt auf gleich ging nichts mehr. Ich erinnere
mich, sie versuchten es auf einem Markt vor Weihnachten, mie-
teten eine dieser kleinen Holzbuden für eine Woche, und hatten
gerade so viel verkauft, wie sie für den Stand Miete bezahlt hatten. Also hörten sie auf. Für sie war es nicht tragisch, sie hatten
keine Schulden und die Jahre bis zur Rente waren weniger als die

Finger einer Hand. Aber das wollte ich eigentlich nicht erzählen. Wir hatten Arbeit und mit dem Bau der Kirche zu tun, anderthalb Jahre später zog die Gemeinde ein. Die Jugend spielte Theater, der Chor trat zu den Gemeindefesten auf. Ich blieb in der Gemeinde hängen, insbesondere im Chor, im Bass. Jede Woche Probe, und vor den Auftritten auch öfters, Generalprobe und so. Ich half auch im Garten mit, den wollte die Gemeinde selbst anlegen, den Spielplatz für die Kinder, die Wege, die Pflanzen. Holger, du weißt schon, unser Mitbewohner, der Elektriker war und sich zum Pflanzenfreak auswuchs, der auch bei den Töpfers lebte und dort seinen Steingarten hatte. Er steckte uns alle damit an. Seine Pflanzen trieben ihn so hoch in die Berge hinauf, wo keine Bäume mehr wuchsen, und wir mit ihm. Aus Holgers Garten stammten viele Pflanzen im Anwesen der Gemeinde.

Ja, und dann war Hannah im Chor, im Alt. Sie sang zwar in der Altstimme, aber selbst war sie nicht alt, immerhin ein wenig mehr als halb so alt wie ich.

Aber Opa, wieder so ein junges Ding.

Luca, sie war eine erwachsene Frau, und sie war kein Ding, wie kann ein Mensch für dich ein Ding sein.

Ist halt so eine Redewendung, den Altersunterschied betreffend.

Sag nicht Ding zu einem Menschen, nie.

Ich mein' ja nur.

Ist schon gut, ich mein' ja auch nur, jedenfalls hatte sie eine schöne Altstimme, aber das hörte ich erst, als wir in einer Probe nebeneinander sangen, und der Bass gerade ein paar Takte Pause hatte. Ich hörte diese schöne dunkle Stimme, die so hell klang, besonders, wenn sie sich den Sopranlagen näherte. Ich schielte zur Seite und hatte ihr Profil im Gegenlicht. Die Abendsonne brach durch die Fenster und verfing sich in ein paar hellen Härchen über der vollen aufgestülpten Oberlippe, nie hätte man das gesehen, wenn das Licht nicht durchgeschienen hätte. Ich sah wohl etwas zu lange zur Seite, ihr Haar war dunkel, dicht, fast dick, fiel braun und glatt ihr auf die Schulter, die braunen Augen wechselnd einmal auf den dirigierenden Pfarrer und dann auf das Notenblatt in ihren Händen gerichtet. Wie gesagt, sie spürte meinen Blick und drehte sich kurz zu mir und ich mich weg, aber die Blicke trafen sich doch einen winzigen Augenblick. Ich hatte mich ein wenig geschämt, wurde vielleicht auch leicht rot, obwohl ich mir das nicht vorstellen kann, aber es hätte sein können. Jedenfalls sah sie noch einmal zu mir, aber ich behielt die Augen vorn.

Hannah war meistens fröhlich, sie kam herein und es war, als hätte sie ein Frühlingswind durch die Tür geweht, auch wenn es draußen regnete. So ganz anders wie Lina, die so eine Art himmlische Melancholie in sich hatte. Hannah war überall, meist unter den jungen Leuten, man hörte sie lachen, sie fasste zu, wo es zuzufassen galt, war auch in der Theatertruppe, vor allem, wenn es an die Weihnachtsspiele ging. Sie war auch gelegentlich im Garten dabei, und sie wollte auch wissen, was dort alles wuchs. Man konnte sich gut mit ihr unterhalten. Ich denke, es waren die Gespräche mit ihr, die mich wieder aufs dünne Eis lockten. Ich bin eher oft maulfaul, aber mit Hannah ging das echt gut. Und so kam Ostern und dann Pfingsten. Bis dahin trafen wir immer in der Gemeinde aufeinander, und ich meinte, sie läuft nicht vor mir weg, nein, im Gegenteil. Ich wollte von mir aus keine Nähe forcieren, wenn, dann sollte es kommen, so es denn will. Ich wollte nicht wieder in den Zustand des Verliebtseins geraten, für das mein Schicksal bisher immer der Ansicht war, ich müsse davon geheilt werden. Nein ich wollte nicht mehr, es muss doch einen Weg geben, bei dem man mehr Herr seiner selbst bleiben konnte. Aber ich interessierte mich nunmehr schon, wie es um sie stand. Zumindest in die Gemeinde kam bisher nie jemand mit, der den Anschein erweckte, zu ihr zu gehören. Wo wohnt sie eigentlich, was tut sie sonst? Hannah selbst war mit zwei ihrer Freundinnen aus dem Jugendkreis schon bei mir, bei uns, den Töpfers und unserer Truppe. Das heißt, mittlerweile war nur ich übriggeblieben. Holgers Leben hatte sich gründlich verändert, er wohnte in der Stadt mit seiner Frau und dem Baby und kam nur noch an zwei, drei Tagen in der Woche, manchmal auch mit Frau und Kind. Er war auch, wie so viele, arbeitslos geworden. Basti, der Physiker, auch einer, der zu Beginn seines Studiums zu uns geraten war, hatte Arbeit in einer anderen Stadt, und kam an den Wochenenden, wenn er denn kam. Ich führte die drei Mädchen durch Holgers Steingarten, eigentlich war es unser aller Steingarten, so groß, wie er im Laufe der Zeit geworden war. Wir saßen mit den Töpfers am Kaffeetisch, auch die größtenteils verwaiste Töpferei wollten sie sehen, mit Vorführung an der Töpferscheibe. Natürlich wollten sie auch mal, aber außer Jeans mit Tonflecken ist nichts dabei herausgekommen. Ich habe noch niemand an der Töpferscheibe erlebt, der auf Anhieb auch nur das Geringste zuwege gebracht hat. Zumindest fanden sie es lustig.

Jedes Jahr auf den Sommer zu erwachte in mir die Lust auf Hochgebirge, die anderen Pflanzen, sozusagen Edelweiß und Co. Aber es waren eher die Unscheinbaren, die es mir angetan hatten, Gräser, die kleinen Weiden und Farne, soweit oben, in solchen Höhen, wo keine Bäume mehr wuchsen. Und da war die unstillbare Sehnsucht nach der Arktis, in der die Bäume nach Norden zu langsam aufhören, bis das Land ins Meer stürzt. Die Arktis gab es für uns aus dem Osten vor dem Mauerfall nur in der Sowjetunion. Meine Reise auf die Halbinsel Kola vor der Wende kennst du ja schon. Dann war die Mauer weg und ich wollte nach Skandinavien. Aber ich blieb zu dieser Zeit für diese Reisen nur noch allein übrig. Die Töpfer wollten nicht mehr, Holger war familiär beschäftigt und Bastian meistens weg. Also wollte ich mich allein auf den Weg machen. Mit der Autofähre durch die Ostsee nach Helsinki, dann zum Nordkap, durch Norwegen wieder nach Süden bis Kristiansand und dann nach Hause. Das war mein Plan für die Sommerferien - allein. Und es war noch der duftende Zwergwurmfarn. Er kommt wohl recht häufig in felsigen Gegenden im hohen Norden Amerikas, Asiens, Grönland vor. Aber in Skandinavien nur in einem sehr kleinen Arial in Nordfinnland. Ich las im Winter die Beschreibung des Botanikers, der den Farn dort zum ersten Mal entdeckte. Viele derartige Beschreibungen von diesen Leuten nehmen sich sehr trocken und sachlich aus. Sie interessierten mich nie wirklich, das war Holgers Sache. Aber diese eine beeindruckte mich. Die Umstände dieser Entdeckung waren diesem Mann offenbar nahe gegangen und entlockten ihm in seinem Text eine Passage poetischer Prosa. Mich fesselte die Beschreibung, wie er stundenlang über eine fast ebene Landschaft ging, soweit das Auge reicht, eben bis zum Horizont, über niedriges Gestrüpp, und er wie aus dem Nichts plötzlich an einer Schlucht stand, an der Kante von Felsen, die senkrecht fast hundert Meter in die Tiefe stürzten. Am Grunde ein imposanter Fluss und ein Wasserfall, dessen Tosen ihm ebenso urplötzlich ins Ohr drang.

Dort unten am Fuße dieser Felsen, war er der Erste, der diese Pflanze entdeckte. Diesen Weg wollte ich gehen, das war eines meiner Urlaubsziele.

Wir kannten uns schon so lange und ich wusste nicht, wo sie wohnte, nur so ungefähr. Ich fragte Hannah schließlich und besuchte sie in einem dieser dicht beieinanderstehenden überall gleichen in der DDR gebauten Wohnblöcke, ungefähr im mittleren von vielen Eingängen. Die Klingel hinter ihrer Wohnungstür im obersten vierten Stock rasselte heiser, sie öffnete, und wir waren in einem winzigen Flur, an dessen Decke eine trübe Funzel brannte. Es gab nichts an die Garderobe zu hängen, denn es war Pfingsten vorbei und das Wetter schön. Eine Tür stand offen und es gingen noch zwei weitere ab, eine schmale und eine normale. Hannah ging voraus in die Küche, die ihre besten Zeiten schon gesehen hatte. Die Spüle aus weißer Emaille war nicht mehr so richtig weiß, der Gasherd ebenso, etwas abgegriffen die Kanten der Spanplattenmöbel, das Karomuster des Linoleums auf dem Boden, dort wo man geht und steht, verblasst. Die Wände waren in frischem Weiß, die Vorhänge leuchtend gelb und auf dem Fensterbrett blühte üppig eine rote Begonie. Der quadratische Holztisch empfahl sich eher als Erbstück der Urgroßmutter. Er war unter das Fensterbrett an die Wand geschoben und an den restlichen Seiten stand je ein brauner Holzstuhl mit rotem Sitzkissen, die gleiche Farbe, wie das kleine Deckchen auf dem Tisch mit einem Leuchter, in dem eine weiße Haushaltkerze steckte. Auf dem Herd stand ein dunkelbrauner emaillierter Kessel, der pfiff, als das Wasser kochte. Sie brühte Kaffee auf und holte einen Teller mit Keksen vom Schrank. Aus dem Fenster fiel der Blick auf den nächsten ebensolchen Wohnblock, auf die Wäschegerüste auf der Wiese dazwischen und die Mülltonnen.

Es fühlte sich heimelig an bei ihr, wir saßen uns gegenüber und redeten, auch über ihren Besuch bei uns mit ihren Freundinnen, lachten über den Versuch an der Töpferscheibe und die dreckigen Hosen. Auch Holgers Steingarten streiften wir. Ich weiß nicht mehr genau, wie wir darauf kamen, aber ich erzählte von meinen Reiseplänen in den Norden, der Beschreibung des Botanikers, wie er den kleinen Farn fand. Es interessierte sie: das Nordkap, die Lofoten, Jotunheimen, alles, was ich mir vorgenommen hatte. In ihren Augen stand ein Schimmer von Fernweh. Wenn du willst, komm doch mit. Ich erschrak. Warum gingen mir diese sechs Worte über die Lippen, denn blauäugig war ich nicht mehr, zumindest meinte ich das von mir. Warum sollte eine halb so alte junge Frau mit mir, die wir uns doch kaum nahegekommen waren, drei Wochen durch die Wildnis: Zelt, Schlafsack, Wind und Wetter und tausende Kilometer Auto. Ja, sie gefiel mir. Es tat mir gut, wenn sie in der Nähe war, wie dieser Teil verstockter Schwermütigkeit in mir sich ihrem frohen frischen Wind nicht entziehen konnte, sich nicht entziehen wollte. Es holte mich ein Stück weit heraus aus diesem Muff. Allein, dass sich mir die Zunge löste, ich einfach redete, geschah mir eher selten, es war erfrischend. Warum sollte dieses gesellige Wesen sich das antun. Hannah, die ich bisher meistens nur in jugendlicher Gesellschaft erlebte, warum sollte sie drei Wochen mit mir allein durch die Wildnis wollen. Aber sie sagte ja. Ich konnte es kaum glauben, und ich spielte im Moment auch darüber hinweg. Wer weiß, wie es morgen aussieht. So ähnlich sagte ich es ihr auch, und sie stand auf, hatte wohl noch etwas anderes vor.

Den nächsten Abend war Chor, und davor noch Arbeit im Gemeindegarten, und dann werden wir sehen, ob von diesem spontanen Ja noch irgendwas übrigblieb. Viel Zeit war nicht mehr bis zur Reise. Glaube nicht Luca, dass ich die Nacht gleich einschlief. Müde sein, richtig müde, und doch nicht schlafen zu können, macht es den Gedanken leichter zu entgleisen, und die kreisten dann darum, wie es sein wird, im Zelt, mit ihr ganz allein, irgendwo in der Wildnis, mitten im Sommer, weit im Norden, dort wo die Sonne Mitternacht nicht untergeht. Ich schlief dann doch ein, musste wie immer zeitig raus, die Baustelle ruft. Dann aber heute wenigstens eine Überstunde abbummeln, obwohl, abbummeln war nicht, der Garten der Gemeinde wuchs sich auch zu meinem Objekt aus. Allein war ich damit nicht, es gab einige, die mit zupackten. Vielleicht kommt Hannah nicht erst zum Chor. Ich ging aus dem Haus mit dem festen Willen, nichts zu erwarten, nüchtern zu bleiben, aber nicht verbissen, es kommen zu lassen, nicht gleich wieder in diesen Zustand zu geraten, obwohl ich Hannah wirklich mochte und nicht gleich enttäuscht zu sein, wenn sie heute von ihrem Ja nichts mehr wissen wollte.

Luca, lösche die letzten Sätze raus, so habe ich schon viel zu oft geredet.

Als ich dann am Nachmittag in der Gemeinde ankam, war niemand sonst da für die Arbeit im Garten. Ich fing an zwischen kleinen Büschen und Stauden zu jäten, die, noch kein Jahr gepflanzt, falls sie denn weiter so wachsen, später als Bodendecker weniger Arbeit machen. Ich tat das schon eine Weile und sah eben auf die Uhr, um den Chor nicht zu verpassen. Da kam sie mit einem Hallo, hockte sich neben mich und zupfte Unkraut.

Wann willst du genau los, wann geht die Fähre?

Ich sagte es ihr.

Ab Kiel?

Ja.

Und wir kommen auch dort wieder an?

Genau nach einundzwanzig Tagen, so ist es gebucht.

Wir hockten nebeneinander, es wurde zwar kaum was fertig, aber wir jäteten, sprachen über die Dinge, die mitzunehmen sind, und darüber, dass sie mit ihrem eigenen Auto bis nach Kiel fährt, es dort stehenlässt, weil sie danach nicht gleich zurückwill. Wir schafften es gerade noch so zum Chor. Zu dieser Probe, vermute ich, sang ich zu laut, zu hoch, und erntete entsprechende Blicke vom Dirigenten, und wohl auch von meinem Nachbarn.

Wir fuhren am Abend zuvor los, Hannah mit ihrem kleinen roten Flitzer vorweg, und ich mit meinem dunkelgrünen Kombi hinterher. Wir wollten unterwegs ein paar Stunden im Auto schlafen, um dann mit genügend Zeit zur Fähre zu kommen. Der Tag war drückend heiß, die Shorts klebten am Körper, wir fuhren in die untergehende Sonne auf einen staubigen Weg, weg von der Straße und hielten an einem Stück Brachland mit dürrem Gras, einigen Ginsterbüschen und Sand, wollten nicht erst das Zelt aufbauen, sondern gleich jeder in seinem Auto schlafen. Die Sonne hinterließ glühende Hitze, die in dieser Nacht nicht weichen wollte. Ich konnte in den umgeklappten Sitzen nicht schlafen. Sonst konnte ich das, aber in diesen Stunden nicht, überhaupt nicht, wälzte mich um und um, stieg aus, kein Wind, nicht der leiseste Hauch. Es klebte eine heiße Glocke über der Erde und trübte die Sterne. Es verging die Zeit und ich hatte nicht geschlafen. Hannah klagte ebenso. So klemmten wir uns auf die Autobahn und die Müdigkeit legte sich bald wie Blei auf die Lider, unmöglich auf die Dauer wach zu bleiben. Hannah zu überholen und auf den nächsten Parkplatz zu fahren drängte immer mehr. Aber sie fuhr recht schnell - und fuhr - und fuhr. Ja, die Jugend kann eine schlaflose Nacht eher wegstecken.

Dann ging alles ganz schnell. Wir waren so früh fast allein auf der Autobahn. Sie zog nach rechts und hatte den Rand zwischen den Rädern, war rechts daneben, wurde eher noch schneller, fuhr auf das Gras, neigte sich mit der Böschung nach unten und verschwand. Ich stieg in die Eisen, und im Rausspringen sah ich eine Säule hellen Rauches zwischen den Bäumen aufsteigen. Nein, das Auto darf kein Feuer fangen, dachte ich. An der Böschung standen dicht beieinander armstarke Laubbäume, hohe Gerten, vielleicht junge Pappeln, in die das Auto eine Schneise gebrochen hatte und mit zerknitterter, aufgestellter Motorhaube aufgehalten wurde. Aus dem Motorraum qualmte es. Ich war noch oben, da wurde die Tür aufgedrückt, Hannah kroch heraus. Ich rief ihr zu: Komm schnell, fasste zu und zog sie nach oben, und dort fielen wir uns in die Arme und weinten und lachten gleichzeitig, ich weiß nicht mehr, wie lange. Erst dann hielt ich sie vor mich und sah sie an von oben bis unten. Nichts, keine Schrammen, kein Blut.

Tut dir was weh?

Ja, das rechte Knie, geht aber schon wieder.

Dann sahen wir von oben auf das Auto, absolut Schrott, der Qualm hatte nachgelassen, wahrscheinlich nur Kühlwasser auf dem heißen Motor. Ihr Gepäck hatten wir vor der Abfahrt schon in mein Auto geladen. Ihre Papiere hatte sie einstecken. Ob überhaupt ein anderes Auto während dieser Augenblicke vorbeifuhr, wussten wir nicht. Es war niemand da, der das Drama eben mitbekommen hat. Wir waren so glücklich und fuhren einfach los. Nach einer Weile wurde uns klar, das Auto wie eine weggeworfene Bierflasche liegenlassen, geht nicht, aber wer konnte uns jene Unbesonnenheit wegen dieses riesigen Glückes übelnehmen. Also fuhren wir auf den nächsten Parkplatz und wählten eins eins null. Die Kilometermarke hatte ich mir gemerkt. Der Polizist hörte sich die Story kommentarlos an und sagte: Einen Moment bitte. Es dauerte eine Weile, bis sich ein anderer Polizist meldete. Sein Kollege hätte ihm berichtet, und er fragte mich, wem das Auto gehört. Es gehört Hannah Rothweiler, die bei mir ist. Mir war klar, sie wollten nur wissen, ob wir die Richtigen sind. Sie hatten den Halter über das Kennzeichen schon.

Frau Rothweiler fuhr allein in ihrem Auto?

Ja, ich folgte ihr in meinem.

Die Kollegen baten mich, nochmals zu fragen, wie es der Fahrerin geht.

Hannah, die ihr Ohr nahe am Hörer hatte, nahm ihn mir aus der Hand, stellte sich vor, und sagte es ihm selbst, und sie könne ihr Glück kaum fassen. Dann sollte ich wohl wieder, und er fragte mich, wo wir sind, nach der Abfahrtszeit der Fähre, sagte, es wäre noch Zeit für einen Umweg zur Bergungsfirma. Frau Rothweiler solle die nötigen Formalitäten erledigen. Wir brauchten nicht zu warten, die Mitarbeiter würden alles vorbereiten, die kommende Abfahrt runter, dann rechts ab bis zur nächsten Stadt, gleich nach dem Ortseingang. Was er nicht sagte, war, dass dort zwei Kollegen von ihm warteten, Hannah blasen musste, und sie wurde auch sonst genau fixiert, Pupillen und so. Als alles ohne Befund war, wünschten sie uns eine gute Reise und fuhren wieder. Kein Bußgeld, nichts. Die Formalitäten dauerten wirklich nicht lange, wir erreichten den Hafen, wurden schließlich als eines der letzten Autos in den riesigen Blechkoloss einsortiert und suchten unsere Kojen im Massenquartier. Ich versuchte, als Hannah mitwollte, in eine Kabine, möglichst eine Außenkabine, umzubuchen. Aussichtslos! Die Kojen waren in der Nähe der Maschine und es war so laut, dass wir lieber an Deck uns einen Sitzplatz nahmen. Ich suchte ihre Nähe und wollte am liebsten nicht mehr von ihrer Seite weichen. Jetzt war es wieder soweit. Dieser Augenblick hatte in mir alle mühsam aufgerichteten Dämme der Vorsicht weggeschleudert. Ich sah sie an, als wäre sie frisch vom Himmel mir in die Arme gefallen. Das Entsetzen, als Hannah mit dieser irrsinnigen Geschwindigkeit in die Böschung verschwand, das Schlimmste vor mir sehend, und wir uns dann in den Armen lagen. Nie wieder wollte ich sie loslassen.

Die Ruhe der weiten See, das schnurgerade Band aufgewühlten Kielwassers bis zum Horizont, das in der Abendsonne glitzerte: Schweigsam geworden war sie, weg waren die heiteren Züge um ihre Augen, dem Mund. Sie stand mit verschränkten Armen an der Reling und große Augen sinken in die kahle Weite, suchend, wartend, auf was auch immer. Dann sagte sie, ohne sich mir zuzuwenden: Ich muss schlafen und verschwand in Richtung Kojen.

Die Hände auf der Reling blieb ich und schob das jetzt auf die schlaflose Nacht, die lange Autofahrt, den Crash und die Aufregung, und im Moment ist nur noch der große Pott, der träge durchs Meer schiebt und das platte Wasser, bewegungslos wie ein Waschbrett, der leichte Luftzug war kaum erfrischend. Auch mir war, als sacken mir gleich die Knie weg. Ich wolle zwar zu ihr, aber nicht in diesen düsteren Raum mit den vielen Kojen und dem monotonen Lärm der Schiffsmaschine. Das redete ich mir jedenfalls ein. Es war auch kein Kreuzfahrtschiff mit Liegedeck, sondern eine Fähre, die längs durch die Ostsee schipperte. Später, als ich auf dieser Bank nicht schlafen konnte, ging ich doch zur Koje. Sie lag oben und hatte Stöpsel in den Ohren. An so etwas dachte ich nicht. Rechnete sie mit einem schnarchenden Bären neben sich im Zelt und packte deshalb solche Dinger ein? Hier konnte man sich wenigstens hinlegen. Also legte ich mich unten in die Koje, fest montiert an der dünnen Trennwand. Bestimmt lag auf der anderen Seite auch jemand. Sie war so schmal und so hart, wie die Pritsche beim Arzt, aber weit konnte man hier unten nicht fallen, falls man herausfiel. Lange währte mein bleierner Schlaf nicht. Es war mitten in der Nacht, zeigte meine Uhr im dämpfigen Licht. Über mir regte sich nichts. Ich setzte mich, schlüpfte in meine Schuhe, stand auf und sah nach ihr. Sie lag zur Wand. Unter der grauen Filzdecke quoll dunkles Haar hervor. Die Decke wölbte sich über die Schulter, sank zur Hüfte, umspannte die nächste wirkliche Rundung und folgte schließlich den leicht angewinkelten Beinen. Seufzend nahm ich den Weg aufs Deck. Es sollte Nacht sein. War es aber nicht, es war nicht dunkel, aber auch nicht richtig hell, nicht nur wegen des Mondes, der rund am Himmel stand und einen Flaum kühlen Lichts auf die Wasser webte.

Ach Luca, diese alten Geschichten. Ich liege hilflos im Bett. - Obwohl hilflos falsch ist. Ich brauche Hilfe und bekomme sie, kann nur selbst niemandem helfen. Mit meinen Händen drücke ich den Knopf und das Bett stellt meinen Oberkörper auf, ich kann selbst essen und trinken, wenn man mir es hinstellt, und ich habe meinen Kopf noch, nicht nur zum Essen. Der Kopf ist übriggeblieben, und die Versuchung ist groß, sich von der Schwester noch eine Schlaftablette mehr geben zu lassen, und wenn man sehr jammert, ist sie auch bereit, andere Mittel zu geben, die mich noch viel gründlicher wegdämmern. Und die Schwester weiß es, dass meine Schmerzen nicht so stark sind für solche Mittel. Aber jetzt kommst du jeden Tag viele Stunden und wenn du nicht da bist, muss ich nachdenken, was ich den nächsten Tag erzähle, es ist alles schon so lange her. Ich will jetzt keine Schlafmittel mehr und diese Fähre nach Helsinki lässt mich nicht los. Glaube nicht Luca, so alt wie ich bin, auch nur annähernd dahinter gestiegen zu sein, wie bei aller Zuneigung, den Gesprächen, dem gemeinsamen Tun, das Begehren hochkocht nach den Formen, die sich dort auf der Koje unter der Decke verbergen, wie das Auge hängenbleibt an der Rundung, die vorn an der Kante liegt und dort die Decke lose über den Rand hängt. Wie ist das Auge, wenn die Begierde hindurchsieht, sieht es die Seele, den Menschen selbst? Nur ist der grad nicht zu Hause. Er schläft, kann jetzt nicht sagen, ob es ihm recht ist, begehrt zu werden.

Ich stand damals in der hellen Nacht, Mittsommer wird es dort schon nicht mehr richtig dunkel, allein an der Reling, die schwache Brise, der Mond: *Was willst du von mir, der du den Widerschein der Sonne aufs Wasser webst?*

Es war sie, die mit mir wollte, es war sie, die in den Wald gerast ist, es war sie, die ihr Leben neu geschenkt bekam. Was will das ganze Theater von ihr? Und wer bin ich dabei? Werde ich der, der ich für sie gerne sein will, oder wird das alles wieder nichts, wie schon so oft. Was will das ganze Theater von *mir?* - Luca, du hast mich verleitet, die alten Geschichten heraufzuholen. Wieso sage ich verleitet? - Weil es anstrengt? - Weil ich es immer noch nicht verstehe? - Aber jetzt bist du hier, also sagen wir geleitet, geleitet zu den Rätseln einer Beziehung. Schon wieder so ein Wort, - Beziehung: Ich beziehe mein Bett neu. Wer zieht an was und wohin, welch ein Gezerre.

Jedenfalls zog es mich nach dem Norden. Ich kroch wieder in meine Koje und schlief wohl doch. Es weckten mich der allgemeine Aufbruch und Hannah, die ihre Sachen zusammenpackte. Fast alle standen auf den Decks, als das Schiff durch die Schären sich dem Ziel näherte. Die vielen kleinen und großen Inseln, grüne, oder nackte Felsen, oder beides, zogen vorüber. Der Wind war aufgefrischt und spielte mit Hannahs Haar. Das langsam dahingleitende große Schiff, die Inseln, die Sonne und der kühle Wind um die Stirn, es war einfach schön, und keiner wollte reden. Dann der Hafen. Es kam Bewegung in die Menge. Alle tauchten in den Rumpf und suchten ihre Autos. Es war laut und es stank, und dann hatte uns die Erde wieder. Stadt wollten wir beide nicht, auch nicht Helsinki, und wir fuhren bis uns die endlosen Wälder verschlangen auf großen Straßen, auf denen je weiter im Norden, weg von den großen Städten, uns kaum ein Auto begegnete, perfekte Straßen, kein Loch, kein Riss. Einfach aufs Gas steigen und fahren -, bis recht nah der Elch über die Straße trottete: Also nicht so schnell.

Wir waren auf Wildnis eingestellt, fuhren später auf einem holprigen Weg in den Wald. Auf dem Spirituskocher köchelte die Tütensuppe. Es gab einen Kanten Brot, ein Stück Käse und Wasser, auch Tomaten und Äpfel. Und wer wollte, wühlte sich etwas aus dem Beutel mit Schokoriegeln, Nussriegeln und kandierten Mandeln. Wir hatten dünne Isomatten und dicke Schlafsäcke, also sollte der Ort für das Zelt Moos, Laub und Gras sein und wurde nach Steinen, Zapfen und spitzen Ästen abgesucht. Dann das Zelt aufbauen und in die Schlafsäcke kriechen. Endlich schliefen wir bis in den nächsten Tag, der uns nach heißem Instantkaffee weiter gemächlich nach Norden spülte. Schimmerte ein See gar zu blau einladend durch die Bäume, zweigten wir ab und freuten uns in feuchten Stellen über die ersten Moosbeeren, die ersten Moltebeeren, die erste Zwergbirke. Sie würden uns begegnen, das wussten wir, aber welch ein Gefühl, die zarten, dünnen Ranken der Moosbeere durch die Hände gleiten zu lassen und die grünen Früchte der Moltebeere zwischen Moos und Sumpfgräsern auf ihrem daumenlangen geradewegs in die Höhe ragenden dünnen Stängel zu sehen, wie eine einzige stehende Himbeere, die schon bald gelborange reift.

Ob Hannah sich je wieder an die Moltebeere erinnern wird, zu

Hause voller Sehnsucht ein Glas Moosbeeren Konfitüre im Feinkostladen kauft, oder die der nahen verwandten Cranberry des amerikanischen Nordens?

In Lappland wurde alles dünner, der Wald schütterer und duckte sich in die seichten Niederungen. Wir hatten schon lange den Polarkreis gequert, ohne dass wir es überhaupt merkten, aber das Tankavaara Goldmuseum lockte uns doch in die Zivilisation, und ehe wir uns versahen, packte uns das Goldfieber. Wir standen im Wasser und wuschen Gold, zusammen mit etlichen anderen Goldgräbern. Ohne Anleitung hätten wir nichts zuwege gebracht, ich hätte nichts entdeckt. Erst, als der erfahrene Goldwäscher meinen Teller nahm und es vorführte, mir das erste winzige Korn zeigte, waren am Ende dann ein halbes Dutzend ähnlich winziger Goldkörner mit Tesastreifen auf dem schwarzen Quadrat der Eintrittskarte festgeklebt. Ich habe die noch, aber es lohnt sich nicht, sie auf die Liste der Erbsubstanz zu vermerken.

Luca, es ist schon so lange her, wir waren bis zu den Goldfeldern schon weit gefahren, und es ist das meiste ins Vergessen gesunken. Sicher haben wir irgendwo etwas zu Essen gekauft, keine Erinnerung mehr; wo haben wir getankt, keine Erinnerung mehr; welche Straßen genau sind wir eigentlich gefahren? Ich liege hier und es schieben sich nur wenige Orte, wenige Worte und einige Bilder vor das Auge der Erinnerung. Auch von Hannah habe ich nicht mehr. Nachdem ich auf dem Schiff, zugegeben unfreiwillig, zugegeben schmerzvoll, mich wieder daran erinnerte, was ich mir vor der Reise zu Hause vorgenommen hatte: Es locker angehen zu wollen, sie nicht zu überfahren, nicht zu bedrängen. Es war mir auch schnell klar, keine Frau mit nymphomanischen Anlagen neben mir im Zelt liegen zu haben. Und ich hätte nie etwas tun wollen gegen den Willen des anderen. Obwohl mir schon manchmal so war, als ob ein begehrlicher Blick nicht doch schon ein Übergriff ist. Warum erzähle ich dir das? Du verstehst mich, denke ich. Ein anderer Mann käme vielleicht dazu, mir einen Vogel zu zeigen und mich zu verspotten: Man, du kannst zu nichts kommen. Und dann denke ich an diesen jungen Mann, dessen

Name mir verloren ist, der eine Zeitlang sich bei uns gelegentlich aufhielt, mehr in der Töpferei, mit geschickten Händen und künstlerischem Sinn. Ein nicht allzu großer, schöner Jüngling mit einem gewissen schmelzenden Augenaufschlag, sympathisch und wir redeten oft, auch über Mädchen. Kurzum, er jagte Jungfrauen, dem statistischen Durchschnitt nach sind sie ziemlich jung, legte sie wieder ab, wenn er sie galant dieses Reizes enthoben hatte. Wohl an die fünfzig hatte er schon. Welch geballte Ladung an geballter Menschenverachtung. Eines dieser Schicksale begegnete mir, als er schon wieder weg war, die alleinerziehende Mutter des Mädchens erzählte mir.

Nun, mit den Goldfeldern nahte der duftende Zwergwurmfarn. Wir wollten den Weg dieses Botanikers zum Locus classicus und fuhren auf einer Straße durch ein Tal, in dem geschützt vor den Wettern Wald wuchs, meistens Fichten. War diese Straße damals auch schon so breit und glatt wie jetzt? Wir hatten nur unsere grobe Karte und die Beschreibung und versuchten zu erraten, wo dieser Mann seinen Weg eingeschlagen hat. Langsam rollte das Auto, wir nach vorn gebeugt, fast mit der Nase an der Scheibe: Steiler Waldhang links, Straße abfallend, leichte Kurve nach rechts und wieder sanft nach oben. Hier könnte es gewesen sein. Wir waren schon lange allein, weit und breit niemand. Es gab eine Stelle an der Straße für unser Auto. Wir packten unsere Rucksäcke: Zelt, Schlafsäcke, Essen, vorsichtshalber für drei Tage, zogen die Bergschuhe an und krackselten zwischen den Bäumen den Hang hinauf, bis sich das Gelände abflachte, die Bäume sich an die Erde duckten und schließlich ganz aufhörten, nur noch schütteres mannshohes Gebüsch. Mit einem Kompass mussten wir geradewegs nach Norden, aber so einfach konnte man nicht geradewegs durch jedes Gebüsch, durch jede sumpfige Stelle. Dann standen wir vor einem Bach. Unverhofft tauchte er auf, hatte kaum Gefälle und kaum ein Tal, keine Böschung, war mindestens doppelt so breit, wie wir lang. Große Steine schimmerten verschwommen vom Grund durchs glasklare Wasser, wellig und glucksend. Wir liefen nach links bis zu dichtem

Gebüsch und konnten einfach nicht drüber. Also Schuhe ausziehen, die Hosen bis übers Knie krempeln und ins schneidend kalte Wasser. Die Balance war schwer zu halten, wir schleuderten die Schuhe hinüber und suchten zwischen den Steinen am Grund Halt zu finden. Hannah war schnell am anderen Ufer und amüsierte sich wohl, wie ich mit rudernden Armen und abrupten Bewegungen im Wasser stand, das kräftiger und tiefer floss, als es aussah. Die Hosen überm Knie wurden nass. Schließlich kam auch ich hinüber ohne ins Wasser gefallen zu sein.

Später wichen die Büsche und nichts hinderte das Auge an der Weite. Wir liefen über einen dicken federnden Filz. Alles war ineinander gefilzt, Grasiges, Moos und graue Flechten, kleine Weiden schmiegten sich unter uns. Aber das meiste war Zwergbirke, dünne Äste flach gedrückt, die Enden ein wenig in die Höhe, mit runden Blättchen, als wären sie ohne einen Stiel schütter an die Zweige geklippst, höchstens so groß wie ein kurzgeschnittener Fingernagel. Das Blatt der großen Verwandten zu Hause, mit den weißen Stämmen, ist spitz, alles ist spitz, der Blattrand gesägt. Das kleine Blatt der Zwergbirke ist rund, der Rand rund gekerbt, alles ist rund. Es fühlt sich kräftig, derb und genarbt an, die Zweige aber trotzdem an den Spitzen samtweich. Es sind beides Birken, ich fühle den Vater der Birken.

Warum siehst du mich so an, Luca? Weil ich die Geschichte von Hannah versprach und dich mit Geschichten über Pflanzen der Arktis langweile, über samtweiche Härchen an deren Trieben? Oh, das nehme ich die nicht übel, wohl wissend von deinem mageren Interesse an Pflanzen. Wie viele Blumen hast du Yvonne in den fünf Jahren geschenkt? Lagt ihr auf einer Frühlingswiese in der Sonne und hast du ihr schließlich aus Löwenzahnblüten einen Kranz geflochten und ihr aufs Haar gesetzt?

Glaub mir, wenn ich mich in diese drei Wochen zurückbegebe, würde ich dir gern auch etwas anderes erzählen, wie es sich anfühlt ihre Lippen zu berühren und den unsichtbaren leichten Flaum darüber, den ich damals im Chor im Schein der Sonne sah. Und über den Duft ihres Haars, eingeatmet beim Vergraben der

Nase darinnen. - Aber uns bleiben nur die Augen und die Pflanzen und die Berge und das Wasser und der Wind. Doch wir waren beim Vater der Birken.

In diese Weite ragten wenige, sehr einzelne Gerippe verstobener Fichten empor, nicht größer als der Weihnachtsbaum im Wohnzimmer. Keine hatte auch nur einen einzigen grünen Zweig. Der Himmel war verhangen mit einem Schleier diesiger Nässe, erhellt dort, wo die Sonne dahinter war. Trotzdem sahen wir über die Ebene schier ins Endlose. Bald gab es auch die Fichtengerippe nicht mehr. Wir liefen und liefen und wie aus dem Nichts standen wir am Canyon. Wirklich nichts war vorher auch nur zu ahnen. Wir standen an der Kante geradewegs gefühlte hundert Meter in die Tiefe stürzender Felsen. Und unten der Fluss in der Breite einer dreispurigen Autobahn über eine Kaskade mächtiger Brocken schäumend sich hinabstürzend, träumend sich dieser Stelle nahte, und danach erschöpft ruhig dahinfloss. So hatte es der Botaniker beschrieben, genau so. Aber, wie er dort hinuntergekommen ist, schrieb er nicht. Ja, wenn wir von der anderen Seite angelangt wären, dort kippte es ebenso abrupt in die Tiefe, aber keine senkrechten Felsen, sondern mit kräftigem Buschwerk bewachsene Abstürze. Dort könnte man sicher hinunter, aber hier? Also gingen wir nach links an der Kante entlang flussaufwärts, bis wir unter uns ebensolches Buschwerk sahen und es versuchten, mussten mehrmals ein Stück queren, bis wir unbeschadet unten ankamen, schafften es bis zum Fall am Ufer der Schlucht zurück, die sich am Fuße der senkrechten Felsen ein Stück weitete und es dort einigen Kiefern gefiel im Schutze dieser Schlucht zu großen Bäumen heranzuwachsen, zu einem Platz für unser Zelt auf von weichem Gras durchwachsenem Polster von Kiefernnadeln. Aber ich ließ den Rucksack zwischen den Bäumen und ging die wenigen Schritte zum Geröll am Fuße der Felswand. Da stand er, der Zwergwurmfarn, füllte so manche Spalte zwischen den großen und kleinen Felsbrocken und machte sich gleichzeitig rar. Viel war einfach nur nackt übereinander geworfenes Gestein und das Gerippe eines größeren Tieres. Vielleicht ein Ren, welches eilig unterwegs vom plötzlichen Ende des Fjells überrascht wurde. Wir blieben zwei Nächte, obwohl es keine Nächte waren. Die Sonne verschwand zwar hinter den Kanten der tiefen Schlucht, aber es blieb hell. Also krochen wir in die Schlafsäcke nach der Uhr und wenn wir müde wurden; standen auf, wenn das Tosen des Falls uns wieder einnahm.

Luca, du siehst mich schon wieder so an?

Wie sehe ich dich an?

Als käme ich von einem fremden Stern. Verstecke mich hinter dieser Pflanze, der es gefällt, sich einzig in dieses Tal zu verkriechen und an schönen Tagen so vor sich hin zu duften, dem Tag, der den ganzen Sommer währt und sie doch schon bald schläft unter Schnee und Eis in schier ewiger Nacht, wo einzig der Fluss im Schimmer der Sterne und dem Nordlicht sich durch bizarres Eis über die Felsen stürzt und die Pflanze in ihrer ganzen Unschuld so lange schlafen darf, so lange.

Ach Opa, wenn ich nicht schon wüsste, dass nach Hannah die Oma kommt. - Also, der Wasserfall hat euch geweckt, da warst du stehengeblieben.

Ja, wir krochen aus unserem Zelt in einen blauen Himmel, von dem dann die Sonne in ihrem Zenit alles wärmte, und wir nackt durch die Felsbrocken der eher zahmen Güsse am Rand des Falls stiegen und Hannah sich überschütten lies vom wirklich kalten Wasser. Das hätte ich auch tun sollen, denn dieser schöne Leib lies mich nicht kalt. Stattdessen nahm ich die Kamera und fotografierte, und als sie es schließlich merkte, kam nur ein ernster, vielleicht etwas enttäuschter Blick. Wie kann man auch meinen, diese aufblasenden Quaddeln brennenden Durstes künftig durch solche Bilder wirklich ausbügeln zu können. Wurde ich rot im Gesicht? Zumindest erinnere ich mich an dieses Gefühl der Scham, welches mich solches befürchten ließ. Ich löschte diese Bilder wieder. Nein, nicht so, wie man das heutzutage tut. Es waren damals noch Zelluloid Filme. Ich öffnete die Kamera, und lies das Sonnenlicht auf den Film fallen.

Es war ein himmlisches Stück Erde, und es war ein Geschenk

des Himmels hier angekommen zu sein. Holger versuchte es später auch, und stieß an anderen Stellen auf den Fluss in dieser einsamen Weite des Nordens. Den Farn fand er an anderen Stellen auch, er schien immer alles zu finden. Es war wirklich nicht selbstverständlich, dort gewesen zu sein, das wurde uns voller Sorge klar auf dem Weg zurück. Wir kletterten an der gleichen Stelle nach oben, die wir herabgekommen sind. Aber dann sah alles so anders aus, all die vielen Stunden. Wo war der Fluss, den wir durchwateten? Er kam nicht. Und überhaupt kannten wir nichts wieder. Wir waren sehr erleichtert, als wir tatsächlich am Auto ankamen, erschöpft und froh. Das hätte auch anders ausgehen können. Niemand hätte uns gefunden in dieser menschenleeren Wildnis. Nicht auszudenken, wenn uns etwas passiert wäre. Dieses Gefühl hielt uns darauf brav in der Nähe der Straße, ja meistens darauf. Wir wollten zum Nordkap, und das heißt fahren. Es war beruhigend, nicht mehr allein zu sein, in einer Autoschlange auf die Fähre zu warten, die farbigen Häuser von Hönningsvag, und dann fanden wir uns im Touristengetriebe am Nordkap wieder. Wir waren müde, mussten ein ganzes Stück zurückfahren, wo man die Straße mit dem Auto wieder verlassen durfte, fuhren einen holprigen Weg, bis wir von der Straße nicht mehr gesehen werden konnten, schlugen unser Zelt auf, saßen auf dem Boden, an den sich die Pflanzen platt drückten, aßen und sahen in die Sonne über dem Horizont. Es war Mitternacht. Die Mitternachtssonne. Als wir wieder die Nase aus dem Zelt steckten, stand sie im Osten, eigentlich schon Südost. Wir nahmen uns Zeit und liefen abseits der Straße Richtung Steilküste über die sehr schüttere sehr dünne Pflanzendecke mit viel Krautweide, die sich kaum mit zwei drei Blättchen ihrer Triebe aus der Erde wagt, und doch dort überall wuchs. Eine alte Bekannte der Hochgebirge, in denen ich bisher war, aber die Pflanze dort schon mal einen kleinen Finger lang aus der Erde treibt. Hier wachsen sie am Meer.

Wir durchstreiften das ausladende Gebäude am Rand des hohen Felsens über der Küste, wo man die Mitternachtssonne über dem ebenen Strich am Ende des Meeres, geschützt vor Wind und Wetter ansehen kann, weit erhoben der wütenden Brandung, stumm und klein dort unten. Hier herrscht der Wind, der um die Kanten des Betons pfeift. Wir liefen vorbei an den Bussen auf ihren Parkplätzen, den vielen Autos, den Wohnmobilen und vorbei am Personal, dem wir durch unsere Wanderung nichts bezahlen mussten. Viele wird's nicht geben, die so weit laufen, und wir waren lange zum Auto unterwegs. Wir blieben nochmals bis zum nächsten Tag an der gleichen Stelle - bis zum Morgen könnte man sagen, wenn es denn eine Nacht gegeben hätte. Hannah saß schon im Auto und ich nebenan auf der anderen Seite mit dem Rücken zu ihr in der offenen Tür mit den nackten Füßen auf der Krautweide und rückte dem Dreck auf meinen Schuhen mit einer Bürste kräftig zu Leibe, heftig hin und her, dass das Auto wackelte. Was ist denn jetzt los, fragte sie, und ich meinte mit etwas Panik in der Stimme. Sie war wohl erleichtert, als ich Schuh und Bürste über den Kopf hob. Ich habe nicht gleich geschnallt, was mit ihr eben war. Und es schoss mir das Blut in den Kopf, als es mir klarwurde. Nahm sie an, ich war dabei, mich zu vergessen? War sie unbekümmert, als sie ja zu dieser Reise sagte? Hatte sie doch Angst, dass Dinge geschehen, die sie nicht will und die im Debakel enden? Stieg das erst in ihr auf, als wir schon tausende Kilometer von zu Hause entfernt waren? Ich ließ mir nichts anmerken, putzte die Schuhe zu Ende, zog sie an, drehte das Auto nach Süden: Alta, die alten Felszeichnungen, die Lofoten, Papageitaucher, und immer die Pflanzen, Pflanzen auf hohen sturmgepeitschten Flächen, andere in Felsspalten, im Schotter, in Wiesen und Mooren. Es war immer spannend. Wenn es dich interessiert Luca: Irgendwo habe ich die Dias noch. Ja, heute nimmst du den Beamer. Damals waren es Dias. Aber ich fürchte, es geht nicht so schnell, weil der Diaprojektor nicht mehr da ist.

Von Jotunheimen will ich dir noch erzählen, wo Skandinaviens höchste Gipfel sind. So hoch sind wir aber nicht gekommen. Wir fuhren zu einer Hütte oben in den Bergen, stellten das Auto ab, packten wieder unsere Rucksäcke, nahmen das Tal, welches uns gefiel und liefen los. Was anfangs wie ein Wanderpfad schien, hörte bald auf. Das Tal führte aufwärts. Die Pflanzen zwischen den Steinen hielten uns auf, auch die Wollweide mit ihren größeren hellgrauen filzigen Blättern.

Zum Glück hatten wir die Pflanzen, über die ich viel zu erzählen wusste und ich kann mich nach so langer Zeit an die Wortwechsel nicht erinnern. Hannah fragte auch und ich hatte nie das Gefühl, sie langweile sich. Die gewaltige Landschaft mit ihrer unendlichen Schönheit hat uns eh meistens in staunendes Schweigen versetzt. Das erlebte sie wohl ebenso wie ich. Wie wir beide uns zueinander verhalten, darüber gab es kein einziges Wort. Ich hatte Sorge, es könnte sich eintrüben. Aber um uns hatte sich alles eingetrübt. Die Wolken hüllten die Berge ein und dann auch uns. Wir stiegen durch die Steinwüste, schließlich auf der Suche nach einem Platz für unser Zelt. Es gab dort kein Stück ebene Fläche. Es wurde spät, es wurde duster, es fing an zu schneien und wir sahen nur wenige Meter weit. Wir gerieten an eine kleine Senke mit altem verharschtem Schnee, eben und passend für unser Zelt. Wir krochen in unsere Schlafsäcke und schliefen erschöpft ein. Die Kälte vom Schnee trieb uns beim Wachwerden in die Höhe. Wir packten, nebenher kauend und tranken unser kaltes Wasser. Die tiefen, einhüllenden Wolken waren weg. Der Schnee blieb an den Hängen im weiten Rund in den höheren Lagen als leichter Flaum liegen und eine ebene Decke grauer Wolken verhüllte die Gebirgskämme vom Tag zuvor. Wir waren auf einem Bergrücken angekommen, der wie eine lange Zunge hinabfloss. Rechts lag das Tal mit unserem Weg hier hinauf. Hannah schlotterte, ich schlotterte, die Finger waren klamm, die Kälte trieb uns fort. Die Wüste aus großen Steinen nahm ab. Wir gingen am Hang der Zunge, ein Stück rechts unter uns war der Hang nicht mehr zu sehen, wie ein Strich, über den das Auge nicht reichte, und dahinter, tief unten das große Tal. Wir liefen zügig um wieder warm zu werden, suchten die Tritte zwischen Erde und Geröll und auf Steinen. Und dann nahm ich diese Platte. Leicht unter mir lud sie mich wie eine Stufe ein draufzutreten, ja fast draufzuspringen.

Und sofort ging sie ab, wie ein Surfbrett. Ich kippte auf den Hang und rutschte mit samt der Platte schnell nach unten und konnte mich kurz vor diesem Strich mit den Schuhen einhaken und lag zutiefst erschrocken halb auf meinem Rucksack kurz vor diesem Strich und es war trotz der Nähe immer noch nichts zu sehen. Ich setzte mich langsam auf und vor mir ging es fast senkrecht weit nach unten. Behutsam schob ich mich mit Händen und Füßen soweit den Hang hinauf, bis ich mich traute wieder aufzustehen. Hannah rief von oben und ich brüllte, sie solle oben bleiben und stieg wieder zu ihr. Es war sonst nichts passiert, außer dem lädierten Rucksack, aber er war nicht wirklich kaputt. Wir gingen langsamer, bis es flacher wurde und der Hang bis ins Tal wirklich zu sehen war. Der Blick dort oben über die Kante in den Abgrund verfolgte mich, und erst jetzt erzählte ich es Hannah. Das war knapp. Wir stiegen den Hang hinab und liefen recht schweigsam auf dem gleichen Weg zurück zur Hütte, hielten uns nicht auf und fuhren wieder hinab: nach Urnes, wegen der Stabkirche. Unsere Zeit war fast zur Neige. Unterwegs zur Fähre hatten wir noch einen sonnigen Tag an einem munteren Fluss, wo wir auch die letzte Nacht zelteten, fuhren zeitig in den Bauch der Fähre nach Dänemark, von dort bis Kiel. Hannah nahm den Zug. Sie sagte das, stieg am Bahnhof in der Haltebucht einfach aus, holte ihren Rucksack hinten raus, die Klappe knallte zu, sah am Eingang einen Augenblick zurück, lächelte, winkte kurz, und weg war sie. Ich fuhr nach Hause, saß bei den Töpfern am Tisch und erzählte, auch Holger war da und wollte vor allem die Geschichte mit dem Wurmfarn genau wissen. Die Eintrittskarte mit dem aufgeklebten Gold, die man sich schon dicht vor die Nase halten musste, um die kleinen Körnchen zu sehen, löste wenig Begeisterung aus. Von Hannah erzählte ich kaum, sie fragten auch nicht, konnten es sich wohl schon zusammenreimen. Hannah tauchte die nächsten Wochen nicht mehr auf, kam nicht zum Chor. Eigentlich ahnte ich auf der Ostsee nach Helsinki schon, wie es wieder ausgeht und wollte es mir nicht eingestehen. Bisher war ich noch nie mit einer Frau am Stück so lange allein, nicht annähernd, immer waren andere drumherum. Nur wilde Natur, Hannah und ich, und es war schön. Wie war es für sie? Jetzt muss ich nach so vielen Jahren immer wieder drüber nachdenken und würde sie genau das gerne fragen. Ja, es war schön, auch wenn ich mir den Stachel des sogenannten Verliebtseins hautnah ausreißen musste, fast hautnah, bis auf die einzige Umarmung, als sie aus ihrem rauchenden Auto herauskam. Ist schon grotesk, und du weißt nicht, ob du mir glauben sollst, so wie du kuckst. Aber weißt du, was wirklich grotesk ist, der Sommer war noch nicht vorbei und Oma war da.

Opa, damit stimmt der Durchschnitt von zwei Jahren aber wirklich nicht.

(Opa lacht). So genau weiß ich das nicht mehr, aber das war's dann ja auch. (Längere Pause in der Aufzeichnung) Weißt du, Luca, dieses Ausbrennen der Verliebtheit tat schon auch weh, so wie es immer wehtat. Vielleicht war es nicht nur eine in den Untergründen schwelende Hoffnung, die durch die drei Wochen durchtrug. Es war trotzdem schön, das Zusammensein mit Hannah, nicht nur die Natur. Wieso gerät man in die Nähe eines Menschen, der das eigene Innere dermaßen in Aufruhr bringt. Und wie es dann abläuft, dafür fällt mir nur das Wort grotesk ein. Ich möchte gern die uralte Grotte finden, an deren Wänden ich die alten Zeichnungen lesen kann. Wirklich lesen und verstehen, und nicht wieder die Grotte beleidigt verlassen mit dem Wort grotesk auf der Seele, weil man es eben nicht versteht. Ich fühle mich in dieser Grotte nach so vielen Jahren und sehe in die Zeichen der Erinnerung. Und wenn es diesen verborgenen Willen gab, hat es den Schmerz gebraucht, um ihn zu erfüllen? Man ist in dieser Grotte und sehnt sich nach dem Licht hinter dem Auge, nach dem Licht hinter den Erinnerungen.

Einmal traf ich sie noch, sonntags auf den Stufen vor der Kirche, und es war alles anders. Plötzlich stand sie vor mir zwischen all den Menschen und es gab vielleicht kaum ein Hallo, ich weiß es nicht mehr. Aber es war alles anders, jetzt wollte sie mich, das war mir im Moment klar, sie war nur wegen mir hier. Ich stand da wie ein steifer Stock, Oma war schon drin. Wenn ich Hannah jetzt in die Arme genommen hätte, mit ihr die Stufen hinabgeeilt und verschwunden, was wäre geworden? Es ging alles irgendwie schnell. Ich stand da und rührte mich nicht. Wir sahen uns an. Und dann merkte sie wohl, dass diese Tür zu war, und ging wieder. Seither sah ich sie wirklich nie mehr. War diese Tür jemals offen? War Hannah jetzt dran mit Schmerz? Oder auch nicht? Aber was war in ihrem Leben wirklich los, ich weiß reichlich wenig von ihr, breitete vor ihr mich nicht aus, und sie tat das umgekehrt ebenso nicht. Hin und wieder dachte ich darüber nach, sie zu fragen, und jeder dieser Gedanken endete immer mit: Kommt nicht in Frage zu fragen. Sie sprach vor der Reise in ihrer Wohnung - wie in einem Nebensatz - von einem, dessen Namen ich vergessen habe, der sich wohl beklagte, dass sie so wenig Zeit für ihn hat. Wie auch, wenn sie drei Wochen mit mir reist. (Umba wird unruhig) Luca, wir müssen aufhören, wo ist denn nur der Knopf? Ach hier. (Er drückte den Knopf, und er blinkte rot) Tut mir leid, du musst jetzt wirklich gehen. Kommst du morgen wieder?

Ja, um die gleiche Zeit. (Dann kam die Schwester, und wir gaben uns die Klinke in die Hand).

Ich schließe das graue Buch und lege es vor mich auf den Tisch. Wanda sitzt da, die Hände gefaltet und hat das Kinn darauf abgelegt, sieht auf das Buch und sagt nichts. Ich sehe nach der Uhr.

„Luca, musst du gehen?"

„Ach nein, ich rechne gerade: Meine Frau müsste sich jetzt mit ihren Eltern an den Frühstückstisch setzen, es sind sieben Stunden früher."

„Zeit für ein Mittagessen."

„Gleich wird sie anrufen."

„Ich gehe in die Küche und kümmere mich –, du liest sehr schön."

„Gefällt es dir, es sind Umbas Worte, es ist kaum etwas verändert, bis auf Einfügungen in Klammern."

„Als säße er selbst da und erzählt."

In ihre letzten Worte meldet sich mein Telefon. Wanda steht auf und geht in die Küche.

„Ava."

„Wollen deine Eltern wirklich kommen? Eine Woche auf die Ranch? Wissen sie, was sie tun?"

„Freust du dich gar nicht?"

„Oh doch, sehr, Maggi und Tad auch."

„Ich sage ihnen, Gummistiefel brauchen sie nicht einpacken, die hätten wir in allen Größen."

„Dann ist es ja gut, der Dolmetscher reist ja zum Glück auch an."

„Sie können selbst. Langsam reden, dann kommen sie klar."

„Sie bekommen die Zimmer oben und das Bad. Tad fragt, ob er ein Auto besorgen soll."

„Wie ich meinen Vater kenne, regelt er das selbst."

„Also, wir freuen uns, der gleiche Flug?"

„Ja, hat er schon reserviert."

„Heute nachmittags um vier wieder am PC?"

„Ja."

„Grüße sie, auch von meinen Eltern. Jon wartet schon."

„Ich sag's ihnen gleich, bis bald."

Mein Vater nimmt es wie immer ziemlich trocken, zumindest tut er so, sagt danke für die Grüße und legt auch gleich wieder auf. Zuerst wird er die Flüge klar machen und dann zu Traudel gehen. Bis zur Abreise werde ich sie nicht viel zu Gesicht bekommen, wenigstens tagsüber. Die Firma muss während ihrer Reise laufen, dafür werden sie alles tun. Und Franz wird das Schiff steuern.

Ich gehe zu Wanda in die Küche. „Kann ich dir helfen?"

„Ja, wenn du den Salat wäschst?"

Während ich das tue, erzähle ich von der Reise meiner Eltern. Und sie fragt mich nach Ava, meinen Schwiegereltern und der Ranch. Dann essen wir am Küchentisch, und ich sitze auf Umbas Platz. Den Kaffee nehmen wir mit ins Wohnzimmer.

„Ava ist die Einzige, die Umbas Geschichten kennt, ich übersetzte sie aus dem Stand, genau genommen lagen wir dabei meistens im Bett. Ava will mit mir eine englische Fassung schreiben, die nicht nur so trocken übersetzt ist, wie ich es tat."

„Du übersetzt so, als liest du das Original?"

„Ava war nicht zufrieden, obwohl sie nicht Deutsch kann."

„Wie wird eine Fremdsprache zur Muttersprache? Sag es mir."

„Alle kleinen Kinder tun es einfach. Den Älteren bleibt nur der Verstand, der Vokabeln pauken und Grammatik lernen muss. Wie werden wir wie die Kinder ohne die Wachheit, die auch für den Verstand nötig ist, zu verlieren?"

Sie lacht: „Ich hatte diesen sehr strengen Lehrer und bin sehr froh, dass es ihn gab. Viele Bücher musste ich ihm vorlesen, weil er selbst nicht mehr sehen konnte. Wenn mich einige Zeilen sehr berührten, nahm ich sie mir manchmal abends allein vor und suchte die gleiche Berührung in meiner Muttersprache. Es war anstrengend, aber ein Glück, wenn es mir gelungen war. Ich kann deine Ava verstehen, weil ich einfach manchmal meine Freundinnen anrief, um mich in meiner Sprache zu erholen. Mit deinem Opa brauchte ich das nicht mehr, telefonierte jedoch trotzdem mit ihnen. Aber dann war es dein Opa, der sich wünschte, manche schönen Sätze im Polnischen zu hören. Nicht dass er die Sprache lernen wollte, er lauschte dem Klang nach, wollte manches immer und immer wieder hören. Ja, diese Hannah. Schade, dass du so bald wieder fliegen musst. Abgesehen von deiner sehr speziellen Handschrift gefällt es mir sehr, von dir vorgelesen zu bekommen."

„Bisher wusste ich nicht, dass mir Vorlesen Spaß macht. Und da meine Eltern bis zum Flug sehr zu tun haben, könnte ich die nächsten Tage auch kommen."

Sie sagt nichts mehr, scheint sich zu freuen und wird ein bisschen verlegen. Jetzt mag ich nicht mehr reden und suche wie automatisch nach dem Autoschlüssel. Wanda bringt mich zur Tür. Ich solle einfach kommen, sie wäre immer da.

Ich rolle langsam durch die Siedlung, weil mich Wanda, Hannah und die Schicksale so sehr einnehmen, bis mich die Autoströme durch die große Stadt saugen. Es ist noch nicht lange her, als mir das noch nichts ausgemacht hat in diesen Strömen zu schwimmen und ich hatte Spaß dabei. Natürlich, wenn es stockt, ist es nicht lustig. Wie schnell man sich entwöhnen kann auf so einer Ranch. Und jetzt strengt es an. Nicht, dass ich schwitze, es fesselt, und von mögen kann keine Rede sein.

Auf dem Chefparkplatz steht einer von den Firmenwagen und ich parke daneben. Der Hof ist wie ausgefegt, alle sind noch unterwegs. Schließen sie die Autos hier eigentlich ab? Den Schlüssel in meiner Tasche tut es der Wagen selbst, noch ehe mich das Haus auf dem Weg ins Büro meiner Mutter verschluckt.

Wir stoßen fast zusammen, Yvonne und ich, stehen nach mehr verschwommenen Lauten des Erschreckens voreinander und bringen beide kein Wort über die Lippen, einen viel zu langen Moment.

„Sollten wir jetzt reden?", frage ich zaghaft.

„Vielleicht sollten wir endlich reden. Ich muss in den Kindergarten, in einer halben Stunde in meinem Büro?"

„Ok." Sie geht eilig weiter. „Weißt du, wo meine Mutter ist?"

„Traudel ist kurz hoch in die Wohnung", ruft sie grad noch, bevor die Haustür zufällt.

Ich schleiche versonnen die Stufen hoch. Wie anders sie aussieht. Das kurze dunkle natürliche Haar, die Ohren nicht ganz bedeckt. Sie hatte die fünf Jahre langes blondes Haar, bis über die Schulter, und nie bemerkte ich diese dunkle Farbe. Sie sieht anders aus -, die Brauen scheint sie immer noch ein bisschen zu zupfen. Aber ihre Augen liegen tiefer, wiederum auch nicht, der Blick ist wärmer. Vielleicht ist es die unscheinbare Wärme, an die ich mich nicht besinnen kann. Wo ist ihr Büro? Die Tür neben dem meiner Mutter? Hier gibt es keine Türschilder. Meine Mutter ist nach oben in die Wohnung, hat Yvonne gesagt. Die Tür ist angelehnt, sie scheint wirklich nur kurz bleiben zu wollen. „Mama?"

„Bin hier." Ich sinke in der Küche am Tisch auf den Stuhl. „Geht's dir gut? Siehst geschafft aus. Habt ihr euch getroffen?"

„Wenn du Yvonne meinst, ja, eben im Treppenhaus, sie musste

wohl schnell in den Kindergarten. Wir sind in einer halben Stunde in ihrem Büro verabredet."

„Eine halbe Stunde sagst du? Dein Vater kommt gleich, trinkst du einen Kaffee mit uns? Er muss jeden Moment da sein."

Sie tut gelassen, ist sie aber nicht, hat wohl beschlossen, sich nicht reinzuhängen nach all den Neuigkeiten. Sie meint wohl auch, nichts mehr hinzufügen zu müssen, alles gesagt zu haben.

„Holt sie ihren Jungen?"

„Sie holt oft beide Jungs aus dem Kindergarten, bringt sie zu Liesa und kommt dann wieder zur Arbeit. Jetzt hören wir die Tür sich schließen und mein Vater schwenkt um die Türleibung. „Hallo Sohn, ich sah dich mit dem Auto kommen, warst du die ganze Zeit bei Wanda? Wie geht es ihr?"

„Den Umständen entsprechend gut, würde ich sagen."

„Ihr habt euch gefunden, nicht?"

„Kann man so zusammenfassen, und da die Zeit begrenzt ist."

„Unsere verlängert sich grad, wir sind nicht eifersüchtig, was meinst du, Traudel?"

Sie lächelt und serviert mit einem Zug von Theater Kaffee und Gebäck, immer noch Reste vom Buffet. Und dann geht es um die Reise, um die Ranch und unser Leben dort. Die Flüge wären klar und ein Auto von der gleichen Firma wie vor zwei Jahren. Schließlich ist es meine Mutter, die mich mit einem Blick an die Zeit erinnert. Nicht, dass ich die nicht auch im Blick hatte, aber meine Beine scheinen doch etwas mit Blei angereichert. Ich will mir nichts anmerken lassen.

Wir begegnen uns im Flur vor ihrer Tür. Yvonne geht voraus, setzt sich hinter ihren Schreibtisch und deutet auf einen kleinen runden Tisch mit zwei Stühlen. Ich nehme den, der etwas verdreht zum Schreibtisch steht.

„Meine Mutter erzählte mir von deiner Mail, danke übrigens."

„Man tut halt manchmal Sachen, von denen man eigentlich nicht so genau weiß, warum man das wohl tut."

„Trotzdem danke."

Dann ist es still, beklemmend still.

„Liesa erzählte mir von vorgestern Abend. Du bist also jetzt Landwirt, bist verheiratet, wirst bald Vater und deine Eltern reisen mit dir zurück."

„So ist es. Hat meine Mutter dir schon von der Reise erzählt?"

„Ja, heute Mittag. Es gibt eine Menge zu regeln, damit der Betrieb weiterläuft, sie waren außerhalb der Handwerkerferien noch nie weg. Euer Verhältnis scheint sich eingerenkt zu haben?"

„Ja, meine Mutter redete auch von eurem Weg miteinander."

„Hat sie mir gesagt. Ist in Ordnung. Wie auch anders, wenn ich die meiste Zeit in ihrer Nähe bin. Wir wissen also auf diesen Wegen das Wesentliche voneinander und brauchen uns nicht weiter auszubreiten, wenn die Geschichte an den verschiedenen Enden der Welt nun schon so gelaufen ist."

Meine Anspannung glättet sich, zumindest ein wenig, und ich kann nur froh sein, dass sie so trocken mit der Situation umgeht, auch wenn sie nicht ganz so entspannt aussieht, wie sie sich gibt. Ich bin wahrscheinlich viel weniger entspannt.

„Es ist für uns beide ein guter Vorschlag, finde ich, weil seit der Landung hier dermaßen viel auf mich eingestürmt ist, was ich in seiner Fülle noch gar nicht richtig in mich reingebracht habe."

„Und mich hast du wahrscheinlich am wenigsten erwartet."

„Genau -, so genau stimmt das allerdings nicht, ich habe dich überhaupt nicht erwartet, nicht die leiseste Ahnung hatte ich, von nichts -, also nehmen wir es gelassen, du lebst hier inmitten der Familie, ich in Minnesota mit meiner Familie und jetzt wird sich das - darüber bin ich sehr froh - zusammenfügen, soweit sich das auf diese äußere Entfernung zusammenfügen lässt."

„Ja, es ist wirklich weit."

„Wir wissen beide genug, warum ich diesem Sog gefolgt bin, welche Stürme die Leinen losrissen. Es fühlt sich für mich auch nicht falsch an. Wir brauchen uns darüber nicht auszubreiten, nicht jetzt, das sehe ich auch so. Da du hier lebst, werden wir voneinander hören, Anteil nehmen an unseren Leben, soweit wir das wollen. Irgendwie normal, würde ich mir wünschen. Obwohl, welche Normen können das sein? - Ich meine schlicht und einfach, sich gegenüber treten zu können und ehrlichen Herzens Guten Tag zu sagen, zumindest."

„Dann versuchen wir es so."

„Also wünschen wir uns jetzt einen guten Tag."

„Wenn deine Eltern wiederkommen, dürfen sie erzählen?"

„Was sie dir selbst erzählen und zeigen wollen. Ich lasse sie völlig frei."

Während dieses Satzes stand ich schon auf, sie auch, wir geben uns über den Schreibtisch hinweg die Hand und ich gehe. In der Tür sehe ich mich noch einmal um. Sie steht immer noch, eine sehr aufrechte Frau mit einem sehr ernsten Blick. Was gebe ich in Yvonnes Augen für eine Figur ab? - Kümmert mich das? Wenn diese Frage mir in den Sinn kommt, wohl irgendwie doch, aber wie genau? Brauche ich darauf wirklich eine Antwort? Wir sind beide vier Jahre älter geworden, und es hat uns beide kräftig geschüttelt, und jeder fragt sich auf seine Weise, wen er nun vor sich hat, wenn sie nun faktisch zur Familie gehört. Und es ist doch jetzt eben gut gelaufen. Das ist der Rahmen, in dem das gehen kann, einen anderen will ich nicht. Aufstöhnend, aber erleichtert nehme ich die erste Stufe nach oben.

Nun stehe ich vor der Tür, hinter der der kleine Luca in der Wiege schlief. Gleich frage ich meine Eltern, ob der Dreijährige auch im Kreis durchs Ehebett getobt ist. Ich starre auf das Schild auf der Tür und suche nach den frühesten Erinnerungen des einzigen Sprosses der Berends. Es ist ein graviertes Messingschild. Es hing wohl schon, als meine Eltern mich auf dem Arm durch diese Tür getragen haben. Ich suche nach meinen frühesten Erinnerungen. Alle sagen, jeder Mensch hätte die. So sehr ich mich auch anstrenge, ich finde mich im Bett meiner Großeltern und im Sandkasten unter den großen Bäumen ihres Gartens. Bin ich nicht normal? - Jetzt erinnere ich mich: Die Wiege stand nicht hier! Das erste Mal nahm mich meine Mutter schon unten geheimnisvoll auf den Arm und stand dann genau hier. Die Tür hatte drei dunkelgrüne Rechtecke übereinander und auf dem Obersten, genau vor meiner Nase, war dieses golden glänzende Rechteck mit den

Kratzern darauf. Glänzte es damals mehr, war es ganz neu? Es ist noch das gleiche, nur nicht mehr ganz neu, vielleicht wenn man es poliert. Aber die Wohnungstür ist neu, eine glatte Fläche hellbraunes schön gezeichnetes Holz, echtes Furnier, denke ich. Und schwer fühlt sie sich an, man hört nichts, denke ich, und Diebe beißen sich die Zähne aus, denke ich. Die Tür geht auf, und mein Vater sieht mich verdutzt an.

„Du bist ja schon wieder da?"

Was soll dieses *schon* in seinem Satz? Hatte er andere Erwartungen? Nein, das will ich nicht so annehmen. Ich will eher annehmen, dieses *schon* schlich sich nur aus alten Gewohnheiten ein, schließlich ging Yvonne fünf Jahre lang durch diese Tür mit mir zusammen, und sie ging auch oft allein hier durch in diesen fünf Jahren. Sie hatten von Anfang an einen guten Draht zueinander. Und faktisch, reime ich mir aus dem Gehörten der letzten Tage zusammen, änderte sich auch die letzten vier Jahre nichts mit vielleicht grad einem Jahr Pause am Anfang. Die Truhe, die mitten im Wohnzimmer steht, ist voller Kinderspielzeug. Das ist es, was sich änderte. Gibt es jetzt wieder eine Pause, weil ich da bin? Bin ich das Hindernis? Aber diese Pause wird nur diese zwei Wochen dauern, und die wird auch diese zwei Wochen dauern müssen, und das wissen meine Eltern auch, jetzt wissen sie es. Nun bin ich wirklich richtig froh, dass sie mitfliegen. Es wird wirklich Zeit. Da ich den Mund nicht aufmache, redet mein Vater weiter: „Luca, es gibt noch viel zu erledigen bis Dienstag. Jetzt ist übrigens ein Termin mit dem Architekten, wenn du Lust hast?"

„Ich würde wohl eine ziemlich müde Figur abgeben."

„Ok, würde mich freuen, wenn du einen Blick draufwirfst, sozusagen als jemand, der unbefangen nicht in der Mühle drinsteckt."

„Wenn du das so siehst. Aber das machen wir lieber mal allein."

Ich trete ein wenig zur Seite, sehe meinem Vater nach, wie er die Stufen hinab eilt, gehe hinein und treffe meine Mutter, die das Geschirr in die Maschine räumt. Kommt jetzt auch ein - *schon?*

„Möchtest du Kaffee?"

„Ich bin müde und fürchte, ein Kaffee hilft auch nicht mehr."

„Dann leg dich doch einfach hin."

„Ja, aber ich war den ganzen Tag weg."

„Edmund und ich haben jetzt eben aufgeschrieben, was wir noch alles erledigen müssen, die Löhne, die Umsatzsteuer und und. Dein Vater muss dafür sorgen, dass der Architekt arbeiten kann. Franz und Yvonne müssen das auch schaffen können. Wir wollen gern beruhigt weg sein, trotz des spontanen Entschlusses. Kurzum, ich muss sowieso wieder in mein Büro, und ein pünktlicher Feierabend wird es für alle nicht. Dein Vater sucht bestimmt mit dir in seinem Weinkeller eine gute Flasche aus."

„Ich tauge nicht zum Sucher nach Wein, bei mir ginge es nur nach dem schönsten Etikett, der schönsten Flasche und dem wohlklingendsten Namen, ich lass mich gern überraschen. Ich gehe jetzt ins Zimmer. Weckt mich, wenn ihr wieder oben seid."

„Tu ich."

Meine Mutter ließ mein Zimmer wie es war, nichts ist verändert. Sauber ist es, hat sie es selbst gemacht? Seit wir die Studentenbude hatten, schlief ich nicht mehr hier. Die in meiner Erinnerung oft so kühl rüberkommende Mutter rührt mein Zimmer nicht an, außer zum Saubermachen. Es rührt mich. Die letzte Nacht hier, die letzte vor der Studentenbude, war ich in diesem Bett auch nicht allein, und etliche davor auch nicht. Diese Erinnerung hätte es jetzt aber wirklich nicht gebraucht, aber warum drängt sich die verdammt noch mal jetzt so rein? Und das nicht nur so ganz allgemein. Da kann einem ja richtig angst werden. Davor, zu Gymnasiums Zeiten, gab es auch schon Gäste in diesem Bett, kurze Sequenzen, aber Yvonne war dann keine Sequenz mehr, das erste Mal war es keine kurze Sequenz. Wenigstens dieses Bett hätte meine Mutter austauschen können. Ich kehre mich ab von diesem Bett, ziehe die Gardine vom Fenster und sehe auf den grauen Hof. Unter mir das Auto meiner Eltern mit dem Schlüssel in meiner Tasche. Links parkt eben einer dieser Transporter mit Firmenlogo ein. Der Fahrer springt raus in dunkelroter Firmenkombi mit dem Logo auf dem Rücken, öffnet hinten und trägt etliche Kartons zu einem dieser Tore an der Längsseite. Ich erinnere mich ja doch:

Die dunkelroten Kombis gab es schon immer. Auch mein Vater trug die. Die Gebäude gab es noch nicht immer. Als mich meine Mutter auf dem Arm in dieses Zimmer trug, war das Zimmer auch noch anders, das Bett war kleiner, die Regale, der Teppich mit den Spielsachen, der kleine Tisch mit den winzigen Stühlen, das alte Fenster mit drei Quersprossen. Und wenn ich die kleine Bank ans Fenster schob, draufstieg und hinausschaute, war dort unten Wiese, die Wäsche hing auf der Leine, und der Wald, mein Wald, musste noch nicht dem langen Quergebäude weichen. Dort, wo mein Vater jetzt ist, war ein Haus aus grauem Holz, großen Toren und spitzem Dach. Zwischen Haus und dieser Scheune lag Splitt, alles voller Splitt, wo die Autos standen. Parterre war die Werkstatt, zwei Etagen unter mir. Emil in seiner roten Kombi schickte mich nicht weg. Emil ging über den Splitt in die Scheune und trug von dort Kartons in die Werkstatt. Da drin waren wieder kleine Kartons mit so schwarzen und silbernen Dingern mit Drähten dran, die er auf verschiedene Platten schraubte. Die kleinen verschiedenen Schachteln trug ich zum Splitt, machte sie voll und baute Türme und Häuser. Wenn Emil wieder vorbeikam, sah er sich das an, und wir redeten drüber. Wenn es lange regnete, sank es ein, und es sah traurig aus. Dann baute ich neu. Die vom Regen eingesunkenen waren irgendwann weg, ich glaube, es war Emil, als ich nicht dort war. Im Sandkasten am Wald war ich auch, wenn Emil nicht arbeitete, denn dort musste er nie vorbei.

Ich lasse mich aufs Bett fallen. Ich kam dann in die Schule, aber davon will sich keine Erinnerung einstellen, nur ein Bild aus dem Fotoalbum meiner Eltern taucht auf, ein schmächtiger Junge mit frohem Gesicht und einer riesigen Zuckertüte.

Als ich wieder aufwache, ist es draußen dunkel. Ich stehe auf und dehne mich vor dem Fenster. Über den Bäumen mischt sich ein Rest Helle vom Tag mit dem dünnen Licht aus der Stadt.

Meine Eltern sehen von irgendwelchen Papieren auf, ausgebreitet auf dem Küchentisch. „Ihr solltet mich doch wecken!"

„Hätten wir schon gleich getan, das hier würde sicher nicht dein Interesse wecken. Aber wir sind fertig, gehen wir doch ins

Wohnzimmer auf die Couch." Und dabei legen sie schon die Blätter zusammen. Mein Vater greift den Wein vom Bord, geht voraus und nimmt drei Gläser aus der Vitrine. Wir stoßen an, und dann frage ich nach Emil. Er wäre neunzig und bei seinen Kindern an der Nordsee. Sie bekämen jedes Jahr zu Weihnachten eine Karte, aber die letzte schrieb wohl seine Tochter. Die Worte plätschern so am Rande des Tages dahin. Ich bin wohl noch nicht ganz munter, oder schon wieder müde. Meinen Eltern reicht's wohl auch, obwohl es noch nicht um elf ist. Mir ist nicht klar, wie ich das Skypen überstehe, wenn ich schon jetzt dauernd ein Gähnen unterdrücke. Um diese Zeit sind wir schon im Bett, und dann wandert meine Hand dorthin, wo es sich immer mehr rundet, und dann bin ich mit meinen Lippen auf ihrer schwarzen Mähne, wo darunter das Ohr ist. Und dann sagen wir uns gute Nacht, wenn zwischen vier Lippen überhaupt noch ein Wort ins Freie kommen kann. Dann kuschle ich mich an ihren Rücken, der Schlaf räumt uns hinweg. Wenn er das vor Elf tut, sind alle Glieder frisch erquickt, lange bevor wir uns bei Maggie am Frühstückstisch einfinden. Aber wir sind nicht im Bett, und es ist nicht mal die gleiche Zeit. Ich kann doch jetzt schon fliegen, und meine Eltern kommen am Dienstag nach.

Meine Eltern und ich sagen: Bis morgen früh und ich schleiche in mein Zimmer. Mit jedem Schritt taucht ein Grund auf, warum das nicht geht, angefangen beim Notar am Montag und Wanda mit dem grauen Buch. Mein Handy schluckt eine Nachricht an Ava, ich säße schon am Laptop, falls sie doch schon könne: Sie ruft an: „Luca, es geht nicht."

„Was sind das für Geräusche? - Ach Gott, der Mähdrescher."

„Ja, der Mähdrescher, Jon löst mich gleich ab. Aber meine Mutter fragt ständig nach deinen Eltern, was sie mögen, was sie gern essen. Mach du das, sie hat den Laptop in der Küche. Bitte rede mit ihr. Ich kann nicht eher."

„Ok." Ava auf dem Mähdrescher? Sollte sie das nicht jetzt lassen? Ich wähle Maggie an.

„Hallo Luca, alles ok?"

„Hallo Maggie, Avas sitzt auf dem Mähdrescher, sag mal, ich mach mir Sorgen."

„Ach was, ich hab' bei Ava die erste Wehe auf dem Traktor bekommen, es hat ihr nichts geschadet, oder?" Ich sage nichts, scheine aber doch so zu kucken, dass sie weiterspricht. „Ich rede mit Tad, vielleicht ist Ava deshalb vierzehn Tage eher gekommen, du hast ja recht. Aber du weißt, sie hat ihren eigenen Kopf."

„Versuchen wir es."

Und dann löchert sie mich wegen meiner Eltern: „Was koche ich, was trinken sie gern, ich weiß überhaupt nichts."

„Was sie gerne essen, kann ich aufzählen, aber sie leben in der Großstadt und ihren wenigen Urlaub verbrachten sie auch in der Großstadt, irgendwo anders auf der Welt. Selbst vor zwei Jahren sind sie aus Minneapolis und Saint Paul nicht herausgekommen. Ich kann nicht sagen, wie das die Woche läuft."

„Oh, mein Gott!"

„Locker bleiben! Aber es sind noch ein paar Tage, ich rede mit ihnen. Es wird schon, sie sind ok."

Endlich ist Ava dran. „Ava, du bist so weit weg!?"

„Hast du Mum beruhigen können?"

„Bin ich mir nicht so sicher. Sie soll locker bleiben. Meine Eltern wollen dich kennenlernen, Maggie und Tad. Und wie es scheint, auch ihren Sohn. Nie hätte sich bei mir der leiseste Gedanke eingestellt, sie könnten mitkommen. Ich war fassungslos. Es wird gut, mag's auch manchmal ein bisschen holpern."

„Ja, aber Maggie. Werden wir auch so, wenn die nächste Farm fünf Meilen weit weg ist, und es dazu noch solche Nachbarn sind, mit denen man schlecht klarkommt?"

„Vielleicht sollten wir mit ihnen den Bullen tauschen."

„Du siehst müde aus."

„Bin ich auch. Hier ist es nach elf, und ich sehne mich danach, wie es sonst um diese Zeit ist, bevor dieser Flieger abhob."

„Es wird wieder. Stell dir vor, wir hätten es nicht getan. Ich bin froh wegen deiner Eltern. Und es ist erst nach vier, und Jon hat noch andere Sachen vor."

„Fährst du wieder den Mähdrescher? Ist das gut für euch zwei?"

„Ach was!"

„Ach was, wie deine Mutter, die gleichen Worte."

„Auf diesem behäbigen Koloss sitzt man wie im Wohnzimmer-sessel, nur muss man da hochklettern, aber das ist wie Schwan-gerschaftsgymnastik. Aber was hast du, wenn der kleine Farmer sich so breitmacht, und das Lenkrad auf den Bauch drückt, ist die Ernte lange vorbei, und der Koloss steht in der Halle. - Hast du mit Yvonne gesprochen?"

„Ja, heute Nachmittag in ihrem Büro, hat keine viertel Stunde gedauert. Ihr war unser Leben schon zugetragen worden. Am Ende gaben wir uns über den Schreibtisch die Hand und wünsch-ten uns einen guten Tag."

„Findest du es in Ordnung so?"

„Ja, es war in Ordnung. Sie fragte, ob ihr meine Eltern erzählen dürften, wenn sie zurück sind. Ich hatte nichts dagegen, oder?"

„Geh doch schlafen, du hast eben wieder gegähnt."

„Am liebsten würde ich gleich fliegen."

„Schlaf gut, es sind nur noch drei Tage."

„Vier." Und dann kamen die zwei Finger von ihrem Mund und dann war sie weg.

Mir zieht es die Lider zu, ich rieche ihr wildes Haar, was hätte ich ihr gern alles ins Ohr geflüstert. Ich gehe ins Bad und denke an die ernste Frau hinter dem Schreibtisch. Vier Jahre ist es her, ein Jahr weniger, als die Zeit miteinander. Wie es doch alles so läuft? Wer kann es verstehen! Ich hätte das graue Buch nicht bei Wanda lassen sollen. Welche Geschichte lese ich ihr morgen vor?

6

Meine Eltern - ich war wieder zeitig auf und wir sitzen gemeinsam am Tisch in der Küche - löchern mich wieder mit dem Leben auf der Farm. Es scheint sich leise Panik einzustellen, weil an beiden solche Erfahrungen in ihrem Leben völlig vorbeigegangen sind. Ich muss erzählen von den Rindern, den Pferden, was alles auf den Feldern wächst. Meine Mutter hatte ja zumindest als kleines Mädchen Thymian und Sauerampfer in ihrem handtellergroßen Garten hinter der Hütte, und sie hat ihre Zimmerpflanzen und ihren grünen Finger. Aber meinem Vater scheint niemals Erde durch die Finger gerieselt zu sein. Jedenfalls schieben sie noch einen Einkauf in ihren Terminplan für heute. Mein Vater geht jetzt, auf zwei der Baustellen wird auch heute am Samstag gearbeitet, und er hat mit Franz im Büro zu tun, und er trägt mir Grüße für Wanda auf. Meine Mutter macht noch die Küche, fragt mich, worüber Ava sich denn freuen würde und wir gehen schließlich zusammen nach unten, wo sie auf halbem Wege in ihr Büro verschwindet. Der Weg zu Wanda läuft schon fast im Traum, und es geht hin und her, welche Geschichte ich heute vorlese. In die Einfahrt biegend bin ich bei Natascha angekommen, das Mädchen mit den drei a's im Namen, aber es ist der Tisch gedeckt. Heute gibt es Schlagsahne zum Apfelstrudel, sie hätte so eine Anwandlung gehabt, meint sie. Wanda scheint wieder Appetit zu bekommen, nur gut, so durchscheinend, wie sie ist. Natascha ist sie gewogen. Natascha, Wanda, lauter a's, kein Wunder.

Umba erzählt von Natascha

Jedes Jahr fuhr unsere Truppe im Sommer in eines der Hochgebirge, die uns als Bewohner der Deutschen Demokratischen Republik zugebilligt wurden: die Hohe Tatra, die Südkarpaten, die Hochgebirge Bulgariens Rila und Pirin. Eigentlich ging auch noch Kaukasus und alles, was die riesigen russischen Weiten sonst noch haben. Aber die freien Reisen Einzelner in die Sowjet-union wurden doch sehr erschwert. Eigentlich ging es, wenn überhaupt, nur mit Reisegruppen der staatlichen Touristikunter-nehmen. Das war nicht unser Ding.

Eines Tages erfuhr ich: Jugendtourist hat eine Städtereise im Programm: Moskau, Petrosawodsk, Murmansk, Leningrad. Das war die Gelegenheit: Kolahalbinsel, die Arktis. Es war allerdings schon Herbst. Ich telefonierte und bekam noch einen Platz in ei-ner Reisegruppe, die von Cottbus aus startete und hatte die wei-teste Anreise. Wir trafen uns dort am Bahnhof. Der mit einer Mappe in der Hand war der Reiseleiter Stefan, ein wirklich di-cker, großer junger Mann: fröhlich, witzig, mit langen strähnigen blonden Haaren. Er hatte die Truppe im Griff, erledigte schnell und präzise alle bürokratische Arbeit, freute sich, dass alle pünkt-lich da waren und schließlich entspannt im Zug nach Berlin Schö-nefeld fuhren, ein Haufen junger Leute, Jungen und Mädchen, offenbar nur ein Pärchen. Eine hübsche langhaarige Blondine und ein schlanker großer junger Mann, wirklich gutaussehend. Die beiden waren erstaunlich nicht nur mit sich selbst beschäftigt, sondern gesellig und interessiert. Die Anzahl der Pärchen vergrö-ßerte sich während der Reise ständig.

Luca, frage mich nicht nach Namen, ich habe alle vergessen, au-ßer dem Boss, aber völlig sicher bin ich auch nicht mehr. Nur ein paar Gesichter tauchen noch verschwommen aus der Erinnerung. Und noch einer blieb hängen, aber das später. Nachdem Stefan eine erstaunlich große Schachtel voller Kuchen auspackte und al-ler Kuchen durchaus rasant in ihm verschwand, sprach er ständig und war wohl vor dem Aussteigen über alle im Bilde. Ich sah kei-nen Grund, mit meinen Absichten hinter den Berg zu halten. Er wäre dafür da, allen zu ihrem Spaß zu verhelfen, sagte er, aber wir würden in Moskau noch einen Reiseleiter bekommen und es käme sehr darauf an, wer das am Ende sei. Er hätte schon welche erlebt, die es sehr eng nehmen, aber schauen wir mal. Wir lande-ten in Scheremetjewo, und dort bekamen wir Natascha. Luca, ei-gentlich können wir die ersten Tage überspringen. Ich war wohl auch ein Kulturbanause und pflastermüde, oder asphaltmüde. Na ja, mit dem Auto geht es schon. Bei der dritten Kirche, oder Palais, oder Schloss, oder Museum, reicht es mir. Und in einer so großen und alten Stadt hat es da keinen Mangel. Obwohl durch Napoleons Anwesenheit 1812 fast die ganze Stadt niederbrannte. Ich bewundere die Leute, die das durchhalten, und auch noch mit Begeisterung. Die Kultur ist wirklich beeindruckend. Im Leninmausoleum waren wir auch. Der Rote Platz ist wirklich groß. Den kannte ich bisher aus dem Fernsehen, voller mächtiger Lafetten mit Atomraketen, voller Soldaten im Stechschritt, voller Fähnchen schwenkender Menschen und honorisch grüßende Staatschefs auf der Tribüne. Kann auch gut sein, ich verkroch mich ab und zu im Hotelzimmer, an dessen hohe Stuckdecke und das hohe Fenster ich mich noch erinnern kann. Und den Kloschrank, einen großen Holzschrank mitten im Zimmer mit einer Tür in der Mitte. Drinnen war ein WC auf der einen Seite und ein großes Waschbecken auf der anderen Seite. Ich kam zum ersten Mal in das Zimmer und wusste, was ich vor mir hatte. Diese Kuriosität erzählte uns einer unserer Freunde, der schon in Moskau war, am Tisch der Töpfer. Natascha war für mich gar nicht da, denn sie könnte es sein, die uns auf dieser Reise an das vorgegebene Programm nagelt. Und was würde ich dann von der Arktis sehen?

Petrosawodsk in Karelien, Murmansk, Leningrad, so war die weitere Reihenfolge und das mit dem Zug. Es bedeutete: Ein passabler Teil unseres Lebens fand im Zug statt, und das hieß Tee aus dem Samowar. Man denkt im Ernst daran, völlig auf Tee umzusteigen. Im Zug Tee aus dem Samowar, das war's. Warum hat man es später nicht gemacht? Wohl fehlt einfach das Land dazu, und das Land zog zunächst am Fenster unseres Eisenbahnwagons vorüber, die weißen Stämme endloser Birkenwälder mit gelbem Laub, ja, es war wirklich schon Herbst. Die dunklen Nadelwälder Kareliens, die Seen. Petrosawodsk liegt am Onegasee. Wenn du einen großen See willst, da hast du ihn, einen sehr großen. Und wenn gerade heftiger Wind geht und du auf einem kleinen Schiff zur Insel Kischi unterwegs bist, dann schaukelt es schon heftig. Stundenlang fährt man auf einem Motorschiff zu diesem einsamen Ort, der nun durch uns, die wir zu den Touristen zählen, nicht mehr einsam ist, weil dort die alten Holzkirchen stehen mit dutzenden dicht an dicht gedrängten Zwiebeltürmen, gedeckt mit abertausend kleiner Holzschindeln. Wie war das vor hunderten von Jahren? War die Kirche voll zu den heiligen Handlungen, wo kamen sie her zu diesem abgelegenen Ort, wie kamen sie her? Mit ihren kleinen Booten? Mit den Schlitten über das Eis? Man schließt die Augen und kann es sich nicht vorstellen. Was erfüllte ihre Herzen? Jetzt strömen die Menschen hindurch, die Fotoapparate klicken. Ja Luca, damals klickten die Fotoapparate noch, heute klickt nichts mehr.

In Petrosawodsk wohnte schon Florian mit mir zusammen im Zimmer, fast ebenso groß wie ich, rundliches Gesicht, verschmitzte Augen, kräftig, aber nicht dick, der aus einem kleinen Dorf stammte. Er redete nicht viel und ging mir nicht von der Seite. Anfangs mochte ich das nicht, es war mir lästig, schon weil ich gelegentlich mich selbständig machte, nicht heimlich: Ich wollte wissen, wieviel Natascha und Stefan mir zugestehen, schon um sie daran zu gewöhnen, denn in Murmansk wollte ich dann wirklich weg. Florian machte kein Aufheben um sich, und ich merkte nicht gleich, dass er gut russisch sprach. Russisch war zwar erste Fremdsprache in den Schulen der DDR, aber ich konnte sie nicht, hab mich irgendwie durchgemogelt. Die Sprache gefiel mir nicht. Aber Florian konnte perfekt russisch. Wir kamen uns näher, und es war nicht das Ergebnis aufmerksamer Schulstunden, sondern er liebte einst ein Mädchen in diesem Land. Er wollte nichts Näheres erzählen, diese Geschichte ging ihm wohl noch ziemlich nahe. Mit Florian an meiner Seite kamen wir überall durch. Florian regelte alles mit seiner selbstverständlichen, unaufgeregten, zurückhaltenden Art, er bewegte sich in diesem Land, als wäre er hier zuhause.

Dann ging es weiter nach Murmansk. Ich fand mich im Zug auf einem Platz über den Gang schräg gegenüber von Natascha. Sie sprach deutsch, wirklich flüssig, und es klang aus ihrem Munde, dass man sich über die eigene grobschlächtige Aussprache hätte schämen können. Und wenn doch ein Wort ihr nicht gegenwärtig war, dann umwob sie es zusammen mit den anderen so, bis sie es gegessen hatte, und es war als hätte man es selbst ganz neu gefunden. Ich sah nur zu, nahe genug, um zu hören. Mir entgingen wohl viele Landstriche Kareliens. Alle mochten Natascha, es war ein reges Tauschen der Plätze, jeder wollte in ihrer Nähe sein, ja, auch im Gang standen sie manchmal und ich konnte nichts mehr sehen, von ihren vollen Lippen, die keinen Lippenstift nötig hatten, ihrem aschblonden Haar, das gerade die Schultern berührte, füllig und luftig, als könne man sich drin verstecken, wie ein schwereloser Flaum. Nie sah ich ihre Ohren. Alles an ihr war Anmut, jede Bewegung ihrer Hände, hingebende, unverschlossene Anmut. Aber doch so wach, ihr nicht zu nahe rücken zu können. Wenn sie in ihrer Muttersprache redete, mit den Zugbegleitern, oder mit denen von uns, die sich darin versuchten, schien mir, als höre ich Russisch zu ersten Mal. Wie schön die Sprache ist von ihren Lippen. Als hätte ich nie diese Sprache wirklich gehört. Alles Bisherige war hart und verknöchert aus dem Mund unseres Lehrers oder das Parteirussisch der Reporter und Bonzen aus dem Fernseher. Wie hat mich das erschüttert, und wie bedauerte ich es, nicht gelernt zu haben. Bin ich einfach nur zu faul?!

Wir waren wohl schon auf der Kola, als ich aus dem Fenster sah und staunte, wie der lange See sich schmiegend in die Niederungen streckte, vom Zug aus streifige Hügel mit lockerem Wald ohne Eile sich in ihn ergossen, und anderen Ufers sich steile zerklüftete Berge heben, ein Kegel am anderen, auf denen der erste Schnee schon liegenblieb. Kein Baum wagte sich nur einen Fuß in diese Hänge. Der See wellte sich in sanften und spitzen Buchten am Gebirge entlang und hatte kein Ende, in welche Richtung man auch eines suchte. Sein Blau ruhte gelassen und erhaben über seinen Geheimnissen. So viel Schönheit.

Es ist nun wirklich schon lange her, Luca. Je mehr ich mich an die Städte erinnern will, kann ich es nicht, es gelingt einfach nicht. Der Zug fährt in Murmansk ein, dort wohnen dreihunderttausend Leute, und ich kann mich an kaum etwas erinnern. Aljoscha schon, jener Soldat aus tausenden Tonnen Stein, der von seinem Hügel über die Stadt schaut, weithin ins Land, dorthin, wo einst im Weltkrieg den Eindringlingen Halt geboten wurde. Die Kräuter, Sträucher und Bäume haben die Krater, Gräben und blutigen Wüsten des Krieges längst mit ihrem unschuldigen Leben begraben. Aber was ist mit den Menschen dort? Werden sie je verzeihen können?

Über Aljoscha schien die Sonne, und meine Nase klebte, wie so oft, am Boden bei den Pflanzen, die oben auf den sturmgepeitschten Hügeln sich dicht an die Erde schmiegen. Es gibt Arten von Pflanzen, denen das gefällt, ein paar davon wuchsen schon, als ich mich ein wenig entfernte. Die Blonde und der Lange waren plötzlich bei mir und fragten, was ich da mache. Die beiden und Florian saßen am nächsten Morgen mit mir im Taxi, das uns über die einzige Brücke nach Nordwest in die Hügel fuhr. Nicht weit, wir hatten die Stadt noch im Auge. Dank Florian gab es eine rege Unterhaltung mit dem aufgeschlossenen netten fröhlichen Taxifahrer, der uns dann drei Stunden später an der gleichen Stelle wieder abholte. Es war Herbst und die Pflanzen glühten. Viele waren einfach nur rot, als würden sie das jetzt brauchen, um die lange Zeit Schnee und Eis und Finsternis zu überstehen. Allen voran die Alpenbeerentraube. Sie wollten mir das herbstliche Rot zu Hause nicht glauben, als ich die Bilder zeigte. Das Wetter dieser Tage war schön in Murmansk. Es hätte auch schon Schnee liegen können, oder eben schneien können, oder es könnten diese ewigen herbstlichen Regenwochen sein. Nein, es gefiel dem Wetter, uns die Sonne scheinen zu lassen. Tags darauf saßen Florian und ich wieder im Taxi, ebenso vergnüglich uns mit dem Fahrer unterhaltend wie tags zuvor. Die Taxis waren alle nur Wolgas, große gelbe Limousinen, in denen man gemütlich saß, wie auf der Couch. Wir fuhren eine reichliche Stunde Richtung Kirkenes und zweigten dann nach Norden ab. Plötzlich hielt der Fahrer an und war nicht zu bewegen, auch nur einen Meter weiterzufahren und erklärte uns das auch nicht. Wir waren aber zufrieden, weil es von der Straße weg gleich etwa zweihundert Meter den Hang hochging, botanisch vielversprechend. Der Fahrer stellte das Auto von der Straße und wartete. Weiter oben sahen wir in der Ferne, doch schon etwas dunstig, die Meeresbucht, und jetzt wussten wir, warum er nicht weiterwollte und so wortkarg war. Wir meinten, Schiffe zu sehen, und nicht nur eines. Dort war ein Marinestützpunkt, nicht weit entfernt vom NATO Partner Norwegen. Nicht auszudenken, wenn wir in die Nähe des sowjetischen Militärs gekommen wären.

Holger erzählte zu Hause vom Botanischen Garten Kirowsk, von dem er gelesen hatte, und wenn wir schon mal hier sind, können wir es ja versuchen. Kirowsk liegt inmitten der Halbinsel Kola, zwanzig Autominuten von einem Ort, in dem unser Zug auf der Fahrt gen Süden anhielt. Es wäre doch schön, Pflanzen zu sehen, die uns bisher noch nicht über den Weg gelaufen waren. Wir erkundeten einen Linienbus, der bis Kirowsk fuhr, und sie sagten ja. Natascha und Stefan sagten ja. Also stiegen Florian und ich früh morgens in diesen Bus und fuhren zweihundert Kilometer durch die herrliche Kola. In Apatity, am Fuße der Berge, deren Hänge sich schnell auf tausend Meter erheben und dünner Schnee auf ihnen uns schon fast vor die Füße kam, stiegen die meisten Leute aus. Dann schwenkte der Bus in ein Tal hinein in diese Berge. Es weitete sich zu einem See, an den sich die Stadt schmiegte, umringt von einer Krone weißer Gipfel. Die letzten Leute stiegen aus. Endstation. Florian fragte den Fahrer nach dem botanischen Garten. Der Mann hieß uns wieder setzten, fuhr am Ufer des Sees entlang bis zum Eingang des Gartens, einfach so, das war kein Katzensprung. Hier war so etwas möglich. Eine Frau wies uns zum Arial der heimischen Pflanzen. Zum ersten Mal sah ich eine Diapensie, die bestimmt von den Bergen sozusagen vor der Haustür stammt und sich jetzt schon dort oben unter dem Schnee verbirgt. Als uns die Sinne schwirrten von all den Pflanzen, jede mit Namen auf den Etiketten, gingen wir wieder den Weg zurück zur Stadt, bis wir ein Taxi fanden, dass uns in diesen Ort mit diesem Bahnhof fuhr, den Weg des Abschieds von dem wilden kargen Land, den weißen Bergen, den endlosen Seen, auf die sich langsam die Schatten der Dämmerung senkten. Wir saßen auf der Bank am Bahnsteig vor dem Gebäude und aßen unser Brot. Es kam der Zug. Dann stürzte uns der Lange entgegen, sichtlich erleichtert. Sie hatten sich im ganzen Zug verteilt, um uns aufzulesen. Auch Stefan wirkte froh, als er sich berichten ließ, und Natascha war ganz schweigsam. Ihnen wurde wohl zu spät klar, was sie uns erlaubten. Zwei Ausländer allein unterwegs in sicherheitspolitisch sensiblem Gebiet. Auch wenn wir nur schlicht und einfach den Zug verpasst hätten. Die waren damals nicht zimperlich. Vor allem Natascha hätte es abbekommen. Es gab Tee aus dem Samowar und vor uns die Nacht, die uns nach Leningrad trug, die Stadt Nataschas, ihre Heimat. Jetzt heißt die Stadt wieder Sankt Petersburg, wie vordem seit Zar Peter dem Großen auch schon, der sie vor rund dreihundert Jahren begründete. Sie wurde sogleich Hauptstadt dieses riesigen Reiches bis zur Oktoberrevolution. Die Peter-und-Paul-Festung ist der älteste Bau, dreihundert Jahre alt, den Zar Peter bauen ließ, (die kleine Festung der Schweden auf der Haseninsel ließ er völlig platt machen) gefolgt von tausenden Bauten an Palästen, Schlössern, Prachtvillen, Kirchen und Museen, wuchs sie zu einer riesigen Stadt, die sich in neunhundert Tagen deutscher Belagerung trotz unermesslichen Leidens und mehr als einem Drittel verhungerter Bürger, sich nicht in die Knie zwingen ließ.

Alle klebten an Natascha, die uns die drei Tage auf den Beinen hielt, und es wurde uns nicht zu viel, mit ihr bekam alles eine Seele, die Eremitage, die Paläste, der Panzerkreuzer Aurora. Meistens fuhren wir mit der Metro. Wer staunt nicht über diese Metro. Die Rolltreppen gehen tief in die Erde. Von oben ist das Ende nicht zu sehen, und wenn man ein Stück gefahren ist, immer noch nicht. Ist man schließlich unten, fühlt man sich wie in einem Märchenpalast, inmitten der Erde, jeder Halt ein anderes Märchen. Und oben fließt die Neva. Die Wellen treiben auf ihr dahin, woher der Wind auch weht, aber fließt sie überhaupt? Es heißt, sie schüttet in gleicher Zeit fast ebenso viel Wasser in die

Ostsee, wie der Rhein in die Nordsee. Die Neva kommt aus dem Ladogasee, dem größten See in Europa, und hat nur vierundsiebzig Kilometer bis zum Osten der Ostsee, dafür aber gerade mal vier Meter Unterschied in der Höhe, wenig mehr, als dieses Zimmer hoch ist. Das sind auf hundert Meter fünfeinhalb Millimeter. Sie muss so riesig breit sein, wie sie ist. Fünfeinhalb Zentimeter Gefälle pro Kilometer. Wie macht sie das, überhaupt zu fließen?

Ich hatte Nataschas Telefonnummer und ihre Adresse. Handy und so, gab es ja noch nicht. Und wie sehr es mich eigentlich erwischt hatte, merkte ich erst zu Hause. Wie soll das gehen: Es wird vergehen, dachte ich. Als die Filme aus dem Labor kamen, waren auch Fotos von ihr dabei. Ich brauchte anfangs auch keine Bilder, sah sie, so oft ich wollte, die Augen schließend, vor mir. Manchmal ging ein Brief auf die Reise, ohne von meinem Zustand zu schreiben. Ich scheute mich, es war alles so unreal. Und es kamen Briefe von ihr. Aber es ließ auch nicht nach, den ganzen Winter über ließ es nicht nach. So ging das nicht weiter. Ich visierte ein Wochenende an. Sie wäre da, stand in ihrer Antwort, und ich solle anrufen, wenn ich gelandet wäre. Das tat ich vom Flughafen aus und sie war dran. Sie freute sich, und ich solle zu ihr nach Hause kommen. Endlich würde ich sie wiedersehen. Jetzt war aber Florian nicht dabei und ich mühte mich durch die riesige Stadt. Es dauerte schier eine Ewigkeit, ehe ich schließlich in die richtige Straßenbahn einstieg, in die richtige Richtung fuhr, an der richtigen Straße ausstieg und an ihrer Wohnungstür klingelte. Es stand tatsächlich ihr Name auf dem Schild. Von hier aus hatte sie mit mir telefoniert. Es war niemand mehr da. Meine Irrfahrt durch die Stadt hatte zu lange gedauert. Sie ahnte wohl auch nicht, dass ich nur wegen ihr geflogen war. Außer mit diesem Telefon hinter dieser Tür gab es keine Lösung mit ihr in Verbindung zu kommen. Mit den Handys heutzutage kann man sich eine solche Situation gar nicht vorstellen. Wie lange ich im Treppenhaus und vor dem Haus wartete, weiß ich nicht mehr, fuhr dann zurück zum Zentrum und irrte planlos umher. Streifte ich eine Telefonzelle, versuchte ich es. Irgendwann war sie wieder dran. Sie war ebenso fassungslos, wie ich. Jetzt wollten wir uns in der Stadt treffen. Immer noch nicht sagte ich, nur wegen ihr hier zu sein. Ich wollte sie sehen nach diesen Monaten und hoffte zu fühlen, was denn wirklich los ist mit mir, mit uns. Wir trafen uns wieder nicht, gut möglich, weil es ein Missverständnis wegen des Treffpunktes gab. Ich weiß weder noch, wo ich schlief, in welchen Museen und Kirchen ich war, aber sah nach Telefonen. Das weiß ich noch. Natascha ging nicht ran. Ich stand an der Neva, diesem mächtigen, ruhigen Fluss, sah zu den Dächern, Kuppeln und Türmen, fern und klein auf der anderen Seite. Wenn sie grad jetzt dort ist? - Das Wasser war viel zu breit.

Luca, so war das. Ich musste wieder zum Flug und ging in der Halle ein letztes Mal zum Telefon. Natascha ging ran, sie war echt betroffen, und ich faselte irgendwas wie: vielleicht beim nächsten Mal. Ich ging zum Flieger und hatte das Gefühl, hier stand ein Fuß dazwischen, der beharrlich ein Einandersehen verhindern will. Es hat kein nächstes Mal gegeben, ich schrieb wohl nochmals, aber es kam nichts zurück. Wie kann auch jemand so ein Depp sein, in einer Stadt mit dem Weg sich so anzustellen.

An mehr kann ich mich nicht erinnern. Tut mir leid Luca. - Du sagst nichts, du fragst nichts, du gähnst auch nicht, obwohl du schon den ganzen Tag gearbeitet hast?

Noch nicht gegähnt? Das freut mich, denn ich will auch nichts verpassen. Ich will auch nichts fragen.

Es sind nur Gefühle, an die ich mich gern immer noch erinnere: Die Schönheit ihrer Sprache von ihren Lippen, ihre Anmut, und die hellen Augen, die, was sie auch sehen, es dazu bringen, sich nicht verstecken zu wollen. Ach Luca, ich weiß auch nicht, wie ich es sagen soll.

Alles ist gut Opa.

Das Buch klappt zu, landet auf dem Tisch und wie schon gestern ist es still, bis auf den Specht, der fortwährend sein Trommelsolo durch die halboffene Tür zu uns ins Wohnzimmer schickt.

Wanda sieht versonnen hinaus in den Garten, oder durch ihn

hindurch. Dann strebt ihre Hand zum grauen Buch mit ihrem Blick mein Einverständnis suchend.

„Wollen wir weiterlesen?"

„Musst du nicht nach Hause?"

„Nein, meine Eltern erwarten mich erst zum Abend. Sie müssen arbeiten, wenn sie am Dienstag ins Flugzeug steigen wollen."

Wanda schlägt das Buch auf. „Wie finde ich die Geschichte von Natascha?"

„Ich suche sie dir." Sie gibt mir das Buch und ich gebe es ihr aufgeschlagen zurück. Sie schaut lange hinein. „Vielleicht kann ich es doch lesen."

„Behalte es hier."

„Ja, aber das Vorlesen?"

„Ich lese dir was du willst vor." Wanda scheint sich zu freuen. „Wie wär's mit frischer Luft, wir laufen ein Stück und ich lade dich zum Essen ein. Fahren wir zum Seepark?"

„Dort sind heute zu viele Leute, aber nicht weit von hier war ich mit Umba an einer schönen Stelle."

Wanda sitzt neben mir, sagt links, rechts, geradeaus - wir fahren durch noch nie gesehene Teile der Stadt - und gelangen nach den letzten Häusern auf eine Allee mit Obstbäumen voller Früchte, von denen so mache Birne ihr Leben verlor, als sie auf den Asphalt fiel. Dahinter harrt der Mais auf den Häcksler und das Korn auf den Mähdrescher. Feldwege zweigen ab. Dann Wiesen und ein Gut mit einem großen Stall. Der grüne Mähdrescher und ein Traktor mit Hänger stehen auf dem Hof nahe dem Haus, an dessen Fenstersimsen rote Geranien üppig blühen, hinter denen sie vielleicht eben am Mittagstisch sitzen. Dann biegen wir auf die große Straße, die nie lange genug geradeaus ging, um den Sattelschlepper zu überholen. Er zieht davon als Wanda rechts sagt, wir mitten im Wald anhalten und aussteigen, weit genug weg vom Lärm der Straße und einer Ruhe, in der das Klappen der Autotüren schon zu laut ist. Wanda geht vor, schwenkt vom Weg ab zwischen die Stämme hoher Fichten. Wir gehen auf weichem Moos wie über grüne Wolken und hocken plötzlich vor einem

Pilz, dann sehen wir hier und da noch mehr.

„Wanda, wolltest du mit mir in die Pilze?"

„Nein, aber magst du Pilze?"

„Kennst du dich aus?"

„Keine Sorge, wir kommen hier wieder vorbei, aber gehen wir doch erst Umbas Weg." Ein Weg über Moos, und Laub vom letzten Herbst.

„Mag ich Pilze? Sehr sogar." Vorbeilaufen geht einfach nicht, die braunen runden Kappen im grünen Moos sind gar zu schön. Lange wachsen ihre Strähnen verborgen und lassen sich kurz nur blicken, morgen sind sie schon größer, übermorgen groß und wurmig. Vielleicht kommen noch mal neue, oder auch nicht. Wenn wir sie auf dem Teller haben wollen, dann jetzt. „Hast du mit Umba Pilze gesammelt?"

„Hier nicht, aber lass uns doch zuerst zum Weiher gehen, es ist nicht mehr weit."

Es war nicht wirklich ein Pfad, auf dem Wanda voranging, eher laufen hier die Rehe auf ihren schmalen Füßen zur Tränke.

Zwischen den über das Wasser hängenden mächtigen Weiden baute ein Mensch einen schmalen Steg, am Ende breit mit Platz für eine Bank. Der kleine Kahn liegt Kiel über am Ufer. Er baute einen Platz für zwei. Und jetzt sitzen Wanda und ich dort und sehen auf den Teich, als hätte sich die Tiefe ein Auge geschaffen mit Wimpern aus hohen Bäumen. Dieses große Auge schaut still. Gleich vor uns Wasserläufer, schlank und leicht, die stehen und laufen mit ihren sechs langen Beinen auf dem Wasser. Nur manchmal tippt draußen in der Sonne ein Fisch von unten an, glitzernde Kreise von Wellen breiten sich aus und verlaufen. Wanda scheint versonnen. Sieht sie Umba für die Fische kleine Brösel Brot ins Wasser schnippen? - Dann wendet sie sich zu mir: „Gehen wir?"

„Gehen wir."

Wir lassen den Weiher, den Steg und die Bank zurück, denn die Pilze im Moos drängen sich sowieso immer wieder in den Sinn. Wanda knotet ihr Tuch zusammen und wir steifen kreuz und quer zwischen den Stämmen über das federnde weiche Moos. Als das Tuch sich füllt, nehme ich's.

Es ist ein schönes Gefühl, die Pilze im Moos zu entdecken. Wir nehmen nur die Röhrlinge, bei den Blätterpilzen ist Wanda sich nicht sicher und sie hat immer ein Auge auf die, welche ich ins Tuch legen will. Dann lässt sie mich von einem ein winziges Stück kosten: „Der ist gallebitter und sieht so schön aus."

„Sie sind nicht giftig, aber ein einziger würde das ganze Gericht verderben."

Mit der Zeit kann ich sie auseinanderhalten und lasse sie stehen.

„Wanda, das Tuch ist voll."

„Hast du großen Hunger, oder kannst du noch warten?"

„Meinst du, es gibt ein spätes Mittagessen?"

Ein Halt beim Bäcker verschafft ein knuspriges Brot, und dann sitzen wir im Garten und putzen Pilze. Wanda geht mit den ersten schon mal rein, und als ich den Rest bringe, duftet es schon nach gedünsteter Zwiebel und gebratenen Pilzen. Wir schnippeln die letzten in die Pfanne.

„Für solche Gelegenheiten hatte Umba immer einen Wein auf Lager. Wenn du magst, sieh nach. Ich nehme an, das einzige Enkelkind kennt sich aus im Keller seiner Großeltern."

Natürlich weiß ich noch den Weg in den Keller, dort standen auch die Säfte. Oma schickte mich und ich durfte mir einen aussuchen. Die Stufen hinunter war Umbas Werkstatt, in der wir viele Stunden gemeinsam arbeiteten, und später durfte ich auch allein. Aber die Hobelmaschine mit Absauge ist neu. Ich finde das Regal - ein ziemlich leeres Regal - und nehme einen Rotwein.

„Wanda, entschuldige, ich war zu lange in der Werkstatt. Oft war ich dort, bis mich später die Computer überrollten."

„Ist schon gut."

Wir decken den Tisch im Garten, und als wir die ersten Pilze auf der Zunge haben ebbt das Reden ab und lebt erst wieder auf, als wir reichlich satt beim restlichen Wein sitzen. Wir reden über Umba und Natascha und die Arktis. Wanda fragt mich, ob er mit mir und Oma je solche Reisen unternommen hat. Umbas Umzug mit Oma in den Westen, sein neuer Beruf als Lehrer, das völlig andere Leben, lies wohl alles hinter sich. Aber ich erzähle Wanda von einer Reise nach Italien: Florenz, Pisa und das Meer: Sie führte im Auto über die Alpen und Umba nahm nicht den großen Tunnel, sondern die Passstraße, stellte oben das Auto ab, und wanderte mit uns stundenlang durch die Berge, oft mit der Nase am Boden und freute sich über jede neue Pflanze: Wohl doch alte Bekannte.

„Es kommen im grauen Buch noch Geschichten, die ihn in die Hochgebirge Rumäniens und Bulgariens führen, die Alpen waren ihnen durch den Eisernen Vorhang verwehrt."

„Luca, gehen die Geschichten alle so weiter? Warum erzählte er sie mir nicht auch?"

„Schnee von gestern, Wanda, du halfst ihm aus der Krankheit heraus, die Krankheit war eine so schwere Zeit für ihn, wie er es in seinem Leben zuvor noch nie erleben musste, und dann warst du da. - Es gibt im grauen Buch eine kurze Geschichte, um den Wein aus meinem Blut zu bekommen. Wenn du willst? Ich kann sowieso nicht eher ans Steuer."

„Wenn ich mich nun neben dich setzte, du liest langsam, und ich versuche, mich in deine Schrift hineinzufinden."

„Dann machen wir es doch."

Wir räumen das Geschirr in die Küche und ich will Wasser einlassen und abwaschen.

„Nein, nicht doch, das kann warten."

Wir setzen uns im Wohnzimmer.

Umba erzählt von Jolien

Als du gestern weg warst, die Schwester für die Nacht kam, meinte ich, es stände Jolien an meinem Bett. Es war natürlich nicht Jolien, aber es schien mir so: ebenso schlank, ebenso groß, eigentlich ja nicht groß, aber auch nicht klein, zusammengestecktes bräunliches Haar. Wenn es sich löste, fiel es gleich um den langen Hals. Und ihr Gesicht, wie das einer der Elfen. - Ach

Quatsch, das klingt so kitschig. Es käme den Elfen schon näher, wenn nicht diese Stirn wäre. Nein, versteh mich nicht falsch, es war auch die Stirn einer Elfe. Und die Augen: Elfenaugen sind himmelblau, vergissmeinnichtblau und voller weichem Licht, aber Joliens Augen waren braun, dunkelbraun. Diese hohe Stirn zusammen mit den Augen verbargen einen Zug, der einen schon von der Matte stoßen könnte. Nein, versteh mich nicht falsch. Sie war auch heiter, und ein Schimmer dieses Heiteren war selbst um ihre Lippen, wenn sie ernst war.

Aber Opa, wie war sie denn nun?

Ach, vergiss es. – Zu Jolien gehörte ihr Sohn Maik, der, als sie davon ging, eben drei geworden war und die krausen Locken seines Vaters hatte. Knut kam eine Zeitlang zu unserer Truppe, gelegentlich ein oder zwei Tage, hätte sich aber nie unseren Reisen angeschlossen. Eines Tages brachte er Jolien mit, nicht ganz so schlank, weil sie im vierten Monat war, brachte sie auch noch mit, als Maik schon laufen konnte. Es waren eigentlich alle Leute, die ab und zu bei uns ein uns aus gingen, irgendwie nett. Hinter dem Steingarten stand die Holzhütte. Man trat in einen kleinen Vorraum mit dem Nötigsten, um etwas kochen zu können, und dann dem Raum mit Matratzenlager, Klavier, einem Tisch unter dem Fenster, zwei Regalen, und einem eisernen Ofen. Die Tür war klapprig und quietschte und bei Sturm ächzte die Hütte in allen Fugen. Dort wohnte die kleine Familie. Jolien kam mit Maik morgens recht bald vor ins Haus, während Knut noch schlief. Der kleine Lockenkopf hatte es mir angetan, wir spielten miteinander, er saß auf meinem Schoß am Küchentisch und er schlief nach dem Mittag vorn im Haus in meinem Zimmer in meinem Bett. Sie waren selten da. Ich weiß jetzt wirklich nicht mehr, wie es gelaufen ist. Jolien und Knut trennten sich und Jolien war trotzdem wieder bei uns. Der kleine Maik schlief in meinem Bett und ich schlief bei Jolien im Bett. Fast alle die darauffolgenden Wochenenden fuhr ich die anderthalb Stunden zu ihr, wir gingen in den Zoo, oder waren anderswo, oder blieben bei Regen zu Hause. Es fühlte sich richtig gut an, es war Frühling, es wurde Sommer, und wir wollten einfach nun eine ganze Woche beisammen sein. Ich konnte es kaum fassen, wie schnell es ging, mit Jolien eins zu werden, sicher zu sein, mit ihr und Maik leben zu wollen. Ich richtete die Holzhütte und freute mich. Dann waren sie da. Auch die anderen freuten sich, und wir saßen alle zusammen bei den Töpfers am Tisch zu Mittag. Maik auf dem Arm gingen wir dann durch den Garten zur Hütte. Im kleinen Raum war hinter einem Vorhang ein Doppelstockbett und unten hatte er seine Höhle. Und wenn er dann schlief, würden wir zwei Stunden nebenan in den Betten für uns haben. Noch in der Tür dahinein sagte sie mir, Knut wäre die letzten Tage da gewesen, und sie hätten wieder miteinander geschlafen. Sie sagte diese Worte schon mit einem gewissen Ernst, aber das war's dann auch schon. Mir war gleich, als würde sich eine faule Glut durch mein Inneres fressen. Jolien fragte nicht, ob sie wieder gehen soll, redete auch sonst nicht und schlief bald danach ein. Ich lag daneben und hätte zu gern geschlafen, zu gern alles vergessen. Aber nein, der schwelende Schmerz hielt mich wach. Als Maik munter wurde, kam er rüber zwischen uns, kuschelte und hielt uns auf Trab, als wäre es wie bisher. Es blieb so die ganze Woche. Wir waren oft vorn im Haus und besonders die Töpferin kümmerte sich so manche Stunde. Wir waren tagsüber in die Abläufe im Haus eingebunden, und ich arbeitete manchmal im Garten. Mutter und Sohn, Jolien und Maik waren schon ein Gespann. Die beiden fühlten sich gut an. Obwohl viel und oft mit ihrem Sohn zu tun war, tat sie es in einer flüssigen und offenen Hingabe und ihr schien es nie zu viel zu werden. Mit dieser Mutter hatte der Kleine schon Glück gehabt. Ich war mit ihr diese Woche zusammen und musste mich doch von ihr lösen. Wie Jolien das Ganze empfunden hat, weiß ich nicht. Es schien, als hätte sich für sie kaum etwas geändert, sie war einfach diese Woche da. Ob sie das gewesen wäre, wenn Knut nicht schon wieder abgereist wäre, glaubte ich nicht. Wir redeten zwar noch über Gott und die Welt miteinander, aber nicht über Knut, ich wollte es auch nicht wissen. Später erfuhr ich, dass es wohl mit den beiden nie wirklich was geworden ist, er wohl schon zu dieser Zeit in ein fernes Entwicklungshilfeprojekt sich verzogen hatte. Er gehört zu diesen Schönlingen, die sich selbst alle Freiheiten herausnehmen, aber es nicht ertragen können, wenn ihr Besitzempfinden sich gekränkt fühlt, wenn dieser Besitz droht endgültig abzudriften und schon mal eine längere Reise unternimmt, um dem einen Riegel vorzuschieben, aber mehr auch nicht. Sicher tue ich ihm Unrecht, aber die beiden haben das wirklich nicht verdient, vor allem Maik nicht. Vielleicht war ich auch damals selber gekränkt, um meine Diagnose derart kleinlich auf diese Worte zu verengen.

Ja, den hellen Tag über ging es in dieser Woche: Die Bewegung, die Aktion drängte die Schmerzen der grauen Glut zurück, diese Abschiedstour mit Maik, ich war mit ihm auch so wie immer. Wie wird es sein, ihn nicht mehr um mich zu haben, ihn nicht mehr auf dem Arm zu halten, mit ihm zu spielen, seine kleine Hand in meiner. Ich hockte wohl länger an seinem Bett, wenn er schlief, den Daumen im Mund. Dann lag ich neben ihr, nicht annähernd so nahe, wie sonst, es war viel Platz auf diesen Matratzen in der Hütte. Es tat weh, und dieses glühende Schwelen ließ mich nicht schlafen, aber ich konnte die beiden in dieser abseits gelegenen Hütte auch nicht allein lassen. Vielleicht dachte ich auch nur so dahin, wenn es denn überhaupt Denken war. Und Jolien nahm es selbstverständlich, ja mir schien, sie hätte auch weiter mit mir geschlafen, wenn ich's denn darauf angelegt hätte. Aber das schien mir unmöglich, wie sollte dann jemals Ordnung einkehren. Soweit reichte es in meinem Kopf.

Die Ordnung war nicht ein Leben mit Jolien und Maik. Für Jolien schien alles in der Ordnung, wie sie neben mir schlief, als wäre es kein Unterschied zwischen dem, was diese Tage stattfand, und dem, was vorher war: ein Freund, der für sie da war. Warum erfasste mich so ein Leid, und sie ahnte es nicht einmal, zumindest sah ich es ihr nicht an. Kenne ich sie? Waren wir überhaupt zusammen? Von Tag zu Tag hoffte ich, nun endlich schlafen zu können, aber mein Gefühl war, die ganze Woche durchgehend wach gewesen zu sein. Ich meinte manchmal: Jetzt klapp ich zusammen und die Woche darauf war der erste Kurs in einer Berufsschule, was später meine Arbeit wurde. Ich brachte selbst in der wenigen Zeit, die ich mir in dieser Woche für die Vorbereitung nahm, nichts zustande.

Jolien und Maik fuhr ich sogar noch am Sonntag nach Hause, die knappe Stunde Umweg machten es auch nicht mehr. Ich nahm Maik ein letztes Mal auf den Arm und gab Jolien eine sehr weiche Hand.

Dann fuhr ich weiter zu meinem Kurs, der tags darauf begann, zog in eine Pension, in der ich ein Zimmer genommen hatte, schlief sofort ein, saß am darauffolgenden Morgen beim Frühstück mit tiefschwarzem Kaffee, und ebenso zur vereinbarten Zeit pünktlich beim Leiter der Schule.

Die jungen Leute, die Kollegen, der Stoff hielten mich in Trab und ich schlief, wenn auch kürzer als die erste Nacht. Ich dachte auch an die beiden, wenig, aber gründlich. Gründlich, wie alles in diesen fünf Tagen, wünschte ihnen wirklich sehr die rechte Ordnung. Ich sah sie nicht wieder. Luca, und jetzt, da du mich dazu gebracht hast, alles wieder heraufzuholen, würde ich schon gerne wissen, was aus ihnen geworden ist.

Allerdings hatte ich wohl nicht sehr viele Erinnerungen, so kurz, wie ich dir diese Geschichte von Jolien eben erzählt habe. Vielleicht war es auch nicht mehr. Noch nie war ich so mit einer Frau länger zusammen, als mit Jolien.

Luca, ich will dich aber noch nicht gehen lassen, und ich weiß auch schon, wer die Nächste ist, obwohl ich mir nicht sicher bin, wie dieses Mädchen sich in die Reihenfolge sortiert. Sieh mich nicht so an, werde du erst mal so alt wie ich.

Ich sehe' dich nicht so an, Opa, wie sehe ich dich denn an?

Ich vergesse immer wieder, du hast ja gerade fünf Jahre mit Yvonne hinter dir, von solchen Ewigkeiten konnte ich zwanzig Jahre nur träumen.

Dann kam die Oma. Ja, die Oma war mein halbes Leben, aber sie war auch dein Leben, und diese Geschichte kannst du dir selbst erzählen. Ja, die Oma... (Pause)

Wir können's auch heute gut seinlassen, Opa.

Luca, wir fangen doch morgen an.

„Wanda, Umba tat mir so leid, er lag in seinem Bett, Tag für Tag, Nacht für Nacht, so auch nach dieser Geschichte von Jolien. Schläft er schon, oder sucht Umba nach der nächsten Geschichte. Ich schien für ihn nicht mehr da und ging leise, kam eh nicht nach mit Schreiben."

Ich hatte vergessen, dass Wanda mitliest, und wurde schneller, ohne es recht zu merken, aber sie sagt: „Geht doch, Luca es geht, lass mir das Buch hier, bitte."

Jetzt wird es wirklich Zeit und ich fühle, Wanda will auch nicht mehr, bringt mich bis zur Zimmertür und als ich eben diese schließe, geht sie schon zurück. So geht's dann doch nicht und kehre an der Haustür wieder um, klopfe kurz und stecke den Kopf durch den Türspalt. Sie sitzt wirklich schon mit dem Buch im Sessel. „Wanda, morgen ist Sonntag, was denkst du?"

„Ich freue mich, wenn du kommst, ich will gar nicht an den Dienstag denken."

„Ich weiß nicht, was meine Eltern vorhaben, ich ruf' dich an."

„Bitte ruf' mich an."

Dann ist sie schon wieder im Buch. Ich schließe einfach die Tür und verschwinde. Aber ich war noch nicht draußen, kommt Wanda nach. „Luca, warte, nimm doch gleich die Schlüssel für die Hütte deinen Eltern mit." Sie ist schon bei mir, weil dort das Schlüsselbrett ist, sucht, bis sie alle hat und gibt sie mir.

Meine Eltern sitzen auf der Couch und schienen schon auf mich gewartet zu haben. Hinter ihnen prangen die Pflanzen meiner Mutter und ich will schon fragen, wer sich denn darum kümmert, wenn sie nicht da sind, lasse es aber im letzten Moment, weil ich es mir denken kann und meine Eltern vielleicht verlegen werden. Es sollte schon wieder normal zugehen. Hier steht die Kiste mit dem Spielzeug und Ben wird hier spielen, wenn seine Mutter die Blumen gießt, oder er ist bei Liesa, oder im Kindergarten.

„Ist bisschen spät geworden durch den Wein zu den Pilzen, der musste erst aus dem Blut."

„Was habt ihr den lieben langen Tag gemacht, außer Wein trinken?" Meine Mutter will es wissen.

„Der Korken ist noch in der Flasche, was ist jetzt mit einem Gläschen?", fragt mein Vater.

„Eher doch lieber einen Saft."

„Traudel, lassen wir den Korken drin, unser Sohn denkt sonst, wir hängen an der Flasche."

„Wanda hat Pilze gemacht?"

„Die sind uns über den Weg gelaufen."

„Wie über den Weg gelaufen, was habt ihr den lieben langen Tag gemacht, ich will ja nicht neugierig sein."

Weiß meine Mutter eigentlich von der vielen Zeit vor vier Jahren bei Umba? Warum sollen sie es nicht erfahren, schon weil ich die nächsten Tage wieder zu Wanda will, also frage ich meine Mutter und sie meint, ihr Vater sprach schon von meinen häufigen Besuchen, hätte ihr aber nicht wirklich was gesagt.

Ich erzähle ihnen von den Geschichten im grauen Buch und von Umbas Wunsch, zu seinen Lebzeiten darüber zu schweigen. Da er nun gestorben ist, Wanda es wusste, danach fragte und meine Schrift nicht hätte lesen können, wäre ich der Vorleser, wenn wir nicht gerade Pilze sammeln und putzen.

Meine Mutter schmunzelt wegen meiner Schrift. Sie wird das Buch einfach so lesen. Wenn sie es allerdings will, wird sie es auf der Ranch tun müssen. Und dann müssen wir es nunmehr abschreiben. Sie würde das am schnellsten können. Meine Mutter würde das können, sie tippt so schnell, wie man spricht. Keiner von uns kann das. Aber will ich ihr schon meinen Disput mit Umba wegen Yvonne zu lesen geben? Meine Mutter sieht auf die Uhr an der Wand hinter mir und ich auf meine am Arm. Es geht straff auf elf zu.

„Du bist mit Ava verabredet?", fragt mein Vater.

„Ja."

„Und was ist morgen? Franz fragte nach dir, sie würden dich

gern noch einmal sehen, vormittags mit den Kindern, oder auch am Abend, wenn sie schlafen."

„Plant ihr den morgigen Tag. Obwohl, Kinder würde mir gefallen. Und kurz zu Wanda, versprach ich ihr wegen des Vorlesens." Und bin schon auf dem Weg in mein Zimmer.

„Viele Grüße für Ava. - Kommst du zum Frühstück?"

„Fast hätte ich's vergessen, Wanda gab mir für euch die Schlüssel für die Hütte", ziehe alle aus der Tasche und lege sie auf den Tisch. „Also bis morgen früh."

Ava ist gleich dran: Wartete sie? Ich sehe den Kragen ihres Overalls, den sie meistens bei der Arbeit anhat, passt sie überhaupt noch rein? Wir sagen erst mal gar nichts, sehen uns an.

„Was ist mit dir?"

„Ich will wieder nach Hause."

„Ist es so schlimm, haben sie dich geärgert?"

„Nein, das ist es nicht, kein bisschen. - Es war so viel, es war einfach alles so viel und jetzt fließt es ruhiger."

„Ach ja, mir ist auch grad so, also jammern wir jetzt ein wenig. Wir waren zwei Jahre jede Nacht beieinander, und jetzt ist jeder schon fünf Nächte allein: nein, nein, nein."

„Und dann schlafen wir nicht einmal zur gleichen Zeit. Ich schlafe, und du steigst auf den Mähdrescher, du gehst ins Bett, und ich stehe auf. Noch drei Nächte, dreimal nein, und dann bin ich wieder da."

„Wir benehmen uns wie die Kinder. Den Kindern sagen die Eltern: Noch dreimal schlafen, dann kommt der Weihnachtsmann. - Wie war's heute?"

„Frühstück mit meinen Eltern, dann Wanda mit Natascha, Pilze suchen und dann Jolien, und eben wieder meine Eltern auf der Couch. Also, die meiste Zeit las ich, weil Wanda meine Schrift nicht lesen kann."

„Wanda, wie ist sie so?"

Ich erzähle von ihrer zierlichen Gestalt, die doch voller Kraft steckt, von dem schmalen Gesicht, ihren Augen, die zusammen mit den gelben Blüten im grauen Haar die Falten der Vergänglichkeit verschwinden lassen, erzähle von ihrer Vorliebe für lange Kleider, von der Bank im Weiher, auf der sie mit Umba saß, von den geschickten Händen beim Pilze putzen, und von dem Kummer über sich selbst, weil sie meint, früher ihre eigenen Kinder vergrault zu haben.

„Werde ich sie sehen?"

„Wenn du es wirklich willst, so richtig wirklich, dann wird dir was einfallen."

„So wie du redest, würde man sie gern kennenlernen."

„Es ist Umbas Frau und ich kann es jetzt für sie tun. Vielleicht bekommt sie das Buch, wenn es sich einmal vermehrt hat, aber ob ich Wanda je wiedersehe?"

„Sag ihr doch einen Gruß."

Mir ist, als stände alles auf einmal vor mir, alles seit Avas ernstem Blick, Ava in dem davonfahrenden Pick-up und alles danach. Meine Hände in ihrem Haar, meine Lippen auf ihren Lippen, als würden helle Ströme ineinanderfließen, meine Hände bei unserem Kind. Ihre Hand an meiner Wange, in die ich mich drein schmiege wie ein kleiner Junge.

„Ich seh' dich und kann dir die Locke nicht aus der Stirn streichen, ich seh' deinen Mund und würde dich so gern küssen. – Ja, ich grüße Wanda von dir."

Und dann sind ihre zwei Fingerspitzen länger als sonst auf ihren Lippen, und schweben langsamer als sonst zum Okular, und dann ist das Bild wieder weg. Es wird warm auf meine Lippen.

Ich sitze auf dem Bett, beuge mich, löse die Schnürsenkel, stütze mich hinten ab und meine Füße schnippen sich gegenseitig die Schuhe davon, und ich drehe mich aufs Bett, verschränke die Hände unter meinem Kopf. Ich sollte jetzt ins Bad gehen. Und was wird nun morgen?

Ich wache auf, die Lampe ist noch an, mir ist nicht warm. Meine Uhr zeigt fast drei. Ich liege obenauf und krieche einfach unter die Decke, nachdem meine Hand das Licht löschte. Avas Finger sind auf ihren Lippen und ich sehe in ihre Augen.

7

Ich komme wohl reichlich spät. Mein Vater sieht von der Zeitung auf und wünscht mir einen schönen Sonntag. Meiner Mutter Morgengruß kommt aus der Küche. Der Tisch ist gedeckt, die Kerze brennt und der Duft von Kaffee weht mir um die Nase: Es ist das unantastbare Sonntagmorgenfrühstück auf der Couch und den Sesseln, gedeckt auf dem niedrigen Couchtisch, einem ebenen nicht spiegelnden Glas auf einer riesigen Amethyst Druse, die durch verborgenes Licht den violetten Schimmer ihrer unzähligen Kristalle in den Morgen dieses Sonntags schickt, im Kreis das schneeweiße, hauchdünne Porzellan, die Schale mit knusprigen Brötchen. Ich setze mich meinem Vater gegenüber: „Warst du schon beim Bäcker?"

„Ja."

„Mit dem Rad?"

„Heute mit dem Rad, wenn das Wetter passt, mit dem Rad."

An diesem Tisch saß ich mit Yvonne vor fünf Jahren, bevor ihr Stress mit den Abschlussprüfungen losging. Aber ich werd' wohl nie erfahren, was in dieser letzten Zeit wirklich alles losging, nachdem ich seit wenigen Tagen nun weiß, wie es ungefähr gelaufen ist. Aber wir waren uns einig, diesen Tisch wollten wir erben. „Woher kommt eigentlich dieser Stein?" Und ich beuge mich versonnen über den Tisch.

„Du hast es vergessen? Die ersten Ferien, die du nicht mitwolltest: Sao Paulo. Von dort schickten wir ihn nach Hause, das war nicht so einfach."

„Sao Paulo, natürlich."

„Übrigens, als ich mit den Brötchen in den Hof einbog, traf ich Franz, der zur Mülltonne ging. Kurzum, sie erwarten dich dann."

Also ist der Lauf des Tages schon klar: der Vormittag mit Normen und Sissi nebst Eltern, am Nachmittag Wanda, und der Abend wieder mit meinen Eltern. Die Schlüssel brachten sie auf die Idee, heute zur Hütte zu fahren, sie hätten für die Reise alles beieinander, und dort ist vielleicht gut ausspannen, und ich hätte ja Sissi und die Windeln und Wanda. Sonntags spannten meine Eltern aus, immer schon. Sonntags besuchten sie Umba, als er krank war.

Sissi schläft schon wieder, als wir uns begrüßen, sie wird ins Schlafzimmer geschoben, damit sie es in Ruhe tun kann. Der Sohn hängt am Hosenbein seines Vaters, während wir uns unterhalten. Ich zeige auch einige Bilder, dauert aber nicht lange.

Norman und ich sitzen auf dem Boden mit seinen Bauklötzen, ich baue Türme und Normen wirft sie um und er kann nicht genug kriegen davon. Nebenbei fallen ein paar Worte über die kommende Woche. Franz wirkt schon angespannt, nein, nicht unsicher und sicher nicht verkrampft. Nur Liesa ist bei diesem Thema recht schweigsam, weil sie ahnt, zu Hause eher allein dazustehen, und sie auch Ben länger bei sich hat, weil Yvonne mehr tun muss. Aber es ist ja nur eine Woche. Jetzt ist Sissi dran, Ich werde platziert, habe Sissi in einem Arm und die Flasche am anderen, bekomme gesagt, wie ich die halten muss und Sissi trinkt, während Liesa sich ums Essen kümmert. Dann nimmt sie mir Sissi wieder ab und lässt sie ein Bäuerchen machen, das heißt, sie rülpst ungeniert. Liesa legt sie wieder ins Körbchen. Norman wird in seinen Hochstuhl gesetzt, bekommt ein Lätzchen um und isst die Makkaroni auf seine Weise. Na ja, das kann heiter werden. Auf der Ranch gibt es keinen Kindergarten. Wie hat das Maggi und Tad mit Baby Ava und Baby Maik gemacht? Wo ich wegen der Computer hinkomme, sind nicht selten auch nur Wiesen, Felder, Wald und Wasser. Man zieht eine lange Staubwolke hinter sich her, bis man auf den Hof fährt. Dann kucken manchmal Kinder, wer da kommt. Manchmal springen sie auch um einen herum, aber ich fragte mich nie, wie Tag für Tag das Leben so läuft. Zumindest wäre ich jetzt nicht geflüchtet, nur weil ich Liesa und Franz mag, auch wegen der Kinder wäre ich gern geblieben, mir ist jetzt noch warm, dort wo Sissi in meinem Arm lag, nicht weit vom Herzen. Aber Wanda wartet auf mich.

Die anderen auf der Straße tun mich als Sonntagsfahrer ab, weil ich Normans Lachen höre, wie die Klötzer der Türme fallen, sein Sträuben nach dem Essen ins Bett zu gehen, dann aber doch schläft, zur Seite gewendet mit dem Daumen im Mund. Und dann Sissi, die kleine Sissi. - Ich kann nicht anders, Wanda davon zu erzählen und sie freut sich mit mir. Ich sehe das graue Buch zwischen uns auf der Couch liegen, sehe zu Wanda mit der stillen Frage und unsere Augen treffen sich. Wandas Augen sind hell, doch wenn sie lacht, gibt es vielleicht noch Schöneres. Ja, sie hätte lange einfach von vorn gelesen.

„Du hast meine Geschichte gelesen?"

„Es ging langsam, aber ja, die Geschichte habe ich gelesen."

„Ich frage mich manchmal, wie wäre es ohne meinen Großvater und der langen Zeit mit der Arbeit an dem Buch gelaufen. Wie hätte ich sonst - wie überhaupt - aus diesem Schmerz herausgefunden?"

„Es hat halt jeder seine eigene Geschichte, hoffentlich hat jeder seine Geschichte."

Was sagt sie? Spricht Wanda von sich selbst? Kratzte sie mit den Worten aus ihrem Leben, die sie mir bisher erzählte, nur ein wenig an der Oberfläche und wollte von den wirklichen Stürmen ihrer Seele nicht reden? Vielleicht tat sie es schon mit Umba. Und so verbunden, wie ich mich mit Wanda auch fühle, sie wird es mir nicht erzählen. Das ist mir jetzt klar, sie wird das Band, welches sich um Wanda und Umba spann, nicht aufschnüren, nicht jetzt, wenn sie es überhaupt jemals tun wird. Aber weil sie so zusammengeschnürt sind und ihr Umbas Wege durch die Zeit seiner jungen Jahre fehlen, ahne ich, welche Fülle ihr diese frühen Geschichten geben, denn es mag meine Schrift sein, aber die Worte sind Originalton und sie wird seine Stimme hören. Und dann war es für Umba selbst auch schon ein Blick auf längst vergangenes, frühes Werden. Mehr als sein halbes Leben lag dazwischen, und wie er darüber sprach, lässt einen Schimmer von Sinn aufsteigen, Sinn nicht nur für ihn selbst. Den Schleier ein wenig zu lüften von dem, was über alle Zeiten hinausträgt. Davon wird über Wandas Lippen nichts kommen. Reden darüber ist manch-

mal nicht das Wasser, welche diese zarten Sprösslinge, die eben
die Erde durchbohrten, zum Wachsen bringt.

„Wanda, willst du selbst zu Ende lesen?"

„Mit deiner Schrift hab ich noch Mühe, aber wenn du liest, fühle
ich, Umba erzählt es selbst und das tröstet mich."

„Das Übersetzen für Ava war wirklich wie in einem Boot über
den Fluss zu setzen. Und Ava war nicht zufrieden mit meinem
Übersetzten. Es ist anders, wenn ich mir beim Vorlesen selbst zu-
höre. Vielleicht hilft das Vorlesen auch mir, als würde ich es erst
laut über den Fluss rufen, ehe man ins Boot steigt und übersetzt."

Ich sehe auf das Buch zwischen uns: „Welche Geschichte nehmen
wir, die von Simone?"

Sie nickte.

Umba erzählt von Simone

Die Geschichte ist nicht leicht, weil sie lange Jahre alles andere
war, als sie dann endete. Ich war noch lange nicht dreißig, als wir
sie das erste Mal sahen. Wir, das war unser Trupp: Holger, Basti,
der Töpfer und ich, die Töpferin blieb zu Hause. Nach der Ankunft auf dem Flughafen Bukarest fuhren wir mit dem Linienbus
Richtung Transsilvanische Alpen, Siebenbürgen, Graf Dracula
und so. Es war von der Haltestelle des Busses zu Fuß ziemlich
weit in die Berge. Dazu die schweren Rucksäcke: Zelte, Schlafsäcke, Spirituskocher und Verpflegung für fast zwei Wochen hoch
in den Bergen, abseits der Berghütten, falls es überhaupt welche
gab. Es dauerte eine Weile, bis wir uns an die Last gewöhnten. Es
ging langsam, aber unser Ziel waren nicht die Gipfel oder der
Sport des Kletterns, oder die Kilometer. Es waren die Pflanzen,
der lange Weg durch den Wald, die Klüfte, die Felsen, die über
Steine gurgelnden Bäche, über die Büsche und Stauden hängen,
der fast im Wasser wachsende Sternsteinbrech. Wenn weiter
oben die Fichten kleiner werden und lichter, die ersten Zirbelkie-
fern wachsen, die niedrigen Latschenkiefern die Hänge herab-
kommen, und der Blick frei wird auf die Schotterhänge am Fuße

der Felswände, die wiesigen Hänge, die Kämme und hohen Gipfel, in dessen von der Sonne abgewendeten Kerben noch Schnee liegt.

Aber soweit war es noch nicht. Die ersten Kilometer auf einem kaum steigenden schottrigen Weg unter warmer Sonne hatten wir schon, als links ein ausladendes, flaches Blockhaus stand, mit einer üppig großen quadratischen Terrasse, die zum Weg mit einer brusthohen Bruchsteinmauer abfiel. Sie war umfriedet mit einem Gatter aus Stangen geschälter Fichten, die obere einen Meter hoch, und darunter eine weitere unterhalb der Mitte. Dort oben quirlten Kinder. Wir waren fast vorbei, schon gezeichnet von der ungewohnten Anstrengung unter der drückenden Nachmittagssonne. Da redete uns eines dieser Kinder an: Dort ist ein Bär! Ihr könnt nicht weiter, dort ist ein Bär! Ein Mädchen steht mit nackten Füßen auf der unteren Stange, über den Knien an die obere gelehnt, zur Seite mit den Händen gestützt, leicht vornübergebeugt, und spricht uns von dort oben in fast akzentfreiem Deutsch an. Glaub mir Luca, dieses Bild könnte ich malen, so deutlich sehe ich es noch jetzt. Und das Bär höre ich jetzt auch noch: Ein wirklich volles B, ein ä mit gefährlichem Hall, und ein kurz rollendes r, als stände der Bär schon hinter uns. Das Mädchen lud uns ein auf die Terrasse nahe dem Haus an einen der langen Tische, dessen Beine einfach in die Erde geschlagen waren. Es gab zu trinken, und es war wohl auch noch etwas vom Essen übrig. Simone hielt das Gespräch in Gang. Sie erfuhr alles über uns. Die Kinder wären ihre Klasse aus Bukarest, eine der zwei Frauen ihre Mutter, die kein Deutsch konnte. Die Kinder verschwanden wieder zum Spiel, nur Simone hatte sichtlich Interesse, Deutsch zu sprechen. Schließlich ging die Sonne unter, wir suchten uns einen Platz im Wald in der Nähe des Flusses für die Zelte und gingen am Morgen zusammen mit den Kindern los, trennten uns alsbald, als unser Pfad abzweigte. Die Kinder waren uns sowieso zu schnell.

Wir waren im Urgestein. Das heißt, wir sahen schon an den Pflanzenarten: Es ist kein Krümchen Kalkstein im Boden. Vielen

Pflanzen ist das egal, aber einem großen Teil der Arten schmeckt das jeweils andere Gestein zwischen ihren Wurzeln nicht. Hier gab es jedenfalls keinen Kalk und man brauchte sich um Wasser keine Sorgen zu machen. Im Urgestein rieselt selbst bis in die hohen Lagen irgendwo, irgendwie immer Wasser, wunderbar weiches Wasser, perlend, sprudelnd, plätschernd, stehend, quellend, fallend, tropfend. Selbst aus breiten Bächen konnte man es trinken, wenn man sich sicher war, oberhalb kein Dorf, keinen Weiler, keinen Hof oder keine Viehweide zu wissen, durch die der Bach fließt. Wir hatten es nicht eilig. Um genauer, bzw. ehrlich zu sein, zählten zu den Gründen dafür nicht nur die vielen interessanten Pflanzen, die ständig der Grund waren innezuhalten bei unserem Aufstieg, sondern auch der schwere Rucksack und die schlechte Kondition. Wenn wir nach zwei, drei Tagen schließlich oben waren, blieben wir dort, sahen auf die ausgedehnten Wälder weit unten, die uns erst wieder verschluckten, wenn wir zum Flieger mussten, oder das Essen trotz strengen Einteilens zur Neige ging. Manchmal blieben die Zelte auch mehr als eine Nacht an einem Ort, wenn der kleine Bergsee gar zu schön, die Pflanzen im Rund gar zu lockend, oder wir einfach nur Ruhe wollten. Im darauffolgenden Jahr waren wir im Rila und Pirin, zwei kleinen nebeneinanderliegenden Hochgebirgen im Südwesten Bulgariens, deren höchste Berge fast dreitausend Meter messen. Das Rila ist Urgestein, das Piringebirge ist Kalk. Es gibt auch in diesen Hochgebirgen Pflanzenarten, die nur dort vorkommen, aber damit will ich dich verschonen, du kuckst immer so. Wir wollten wieder ins Pirin. Zwei Jahre zuvor liefen wir den Hauptweg zur Hütte unterhalb des fast dreitausend Meter hohen Wichren. Dieses Mal wollten wir es anders. Aber bevor wir von Bansco aus aufbrachen, besuchten wir den Töpfer dort, einen alten taubstummen Mann, dessen Tochter um ihn war und für das Verstehen sorgte, was schwierig war, weil wir des Bulgarischen so gut wie gar nicht mächtig waren. Er machte seine Töpfe, wie seit Urzeiten, ein uriger Brennofen für Holz und seine Töpferscheibe hatte keinen Motor. Er setzte sich sogar ran und drehte für uns eine flache Schüssel. Ich erlebte noch nie einen Töpfer, der die Scheibe nicht zwischen den Beinen hat. Der Mann saß so, dass er die Scheibe mit dem Ton rechts neben sich hatte, beide Beine links neben der Spindel und mit dem rechten Fuß auf dem unteren Treibrad die Scheibe drehte. Jedenfalls wuchs die Schüssel rasant schnell, ohne jedes Hilfsmittel, eine ebenmäßige Schüssel nur mit den Händen, fast im Augenblick. Er zeigte uns auch fertige Töpfe, zum Beispiel eine große umgestülpte Schüssel wie eine halbe Kugel, an der oben leicht schräg nach unten wie ein Rüssel dran war. Was war das? Der alte Mann machte torkelnde Bewegungen. Es war eine Destille, aus dem Rüssel tropfte der Schnaps.

Also, wir liefen einen anderen Weg und sind wohl doch abgekommen, fanden uns schließlich auf einem Holzweg, weil er weiter oben im Wald einfach aufhörte. Zurück wollten wir nicht und gingen weiter bergan durch den Fichtenwald bis der Tag sich neigte. Wir hatten kaum mehr Wasser und hielten uns mehr rechts hinab ins Tal. Wenigstens dort unten würde Wasser fließen. Wir kämpften uns durch dichtes Latschenkieferngebüsch gradewegs hinunter und gelangten schließlich zum Bachbett aus lauter großen Kalksteinen: kein Wasser. Man hörte es tief zwischen den Steinen leise plätschern, aber es war aussichtslos dort an das Wasser heranzukommen. Nein, wieder absteigen wollten wir nicht, hofften weiter oben doch auf Wasser zu stoßen. Es wurde dunkel, wir stellten die Zelte auf, nahmen die letzten Schlucke aus unseren Flaschen und schliefen. Luca, hast du schon mal morgens die Tautropfen von den Kiefernzweigen abgeschüttelt, um schließlich einen halben Becher Wasser trinken zu können? Wir stiegen trotzdem nicht ab. Nein, es ging das Tal hinauf, immer in oder neben dem leeren Bachbett. Das leise Gurgeln tief unter den Bruchsteinen hörte auch auf. Es war eine typische trockene Gegend in einem Gebirge aus Kalkstein. Das Bett des Baches wurde nackter Fels und den Hochwald ließen wir unter uns. Die Sonne flirrte im Tal, bleichte die hohen, hellen Berge, Felsen und die Schotterhalden an ihren Füßen, tauchte die der Sonne abgewandten Felsen in heimelige Schatten, und grüne Zungen krochen die Hänge hinauf. So kahl die Felsen aus der Ferne auch scheinen mögen, können in der Nähe in der engsten Felsspalte kugelige Poster graugrüner Steinbreche wachsen, oder es quillen kleine grüne Blättchen der Glockenblumen hervor, und an je einem wirklich dünnem, kaum fingerlangem Stiel hängen die himmelblauen Glocken und zittern inmitten leisestem Wind. Oder die Rosetten von Primeln. Wenn man Glück hat, überrascht man sie mit Blüten. Und vieles mehr. In den Felsspalten haben sie ihre Ruhe. Anders die Pflanzenarten, die meistens in den Wiesen wachsen, wo scheint's richtiges Gedränge herrscht. Aber ob der Frühlingsenzian sich zwischen Gras und anderen Pflanzen bedrängt fühlt oder sich nur verstecken will? Eine kurze Zeit will er sich bestimmt nicht verstecken, wenn er seine blauen Sterne ans Licht schiebt, und es ist, als würde er das Wort Gedränge überhaupt nicht kennen. Er wächst auch zuweilen allein, scheint's, um der schönen Fotos willen. Selbst den Schotter und feinen lockeren Grus, der oft in Bewegung ist, lieben manche Pflanzen in diesen Höhen. Dort oben waren es gelb und orange blühender Mohn in Mengen.

Ohne Wasser hätten wir am gleichen Tag wieder absteigen müssen, nicht alles erkunden können. Aber soweit waren wir noch nicht. Ein Stück vor uns stieg das Bachbett eine vielleicht fünfzehn Meter hohe Wand gradewegs in die Höhe und das Wasser hatte dort eine halbrunde Rinne in den Kalk gegraben. Wir stiegen an der rechten weniger steilen Flanke nach oben und es flachte dann ab zu stellenweise wiesigen Flächen, die Platz für unsere Zelte böten zwischen großen und kleinen Felsbrocken. Wir ließen die Rucksäcke ins Gras sinken, auch um zu verschnaufen. Ich ging zum nahen Bachbett, das trocken und in der Hitze glühend sich bis dahin streckte, wo es abrupt diese fünfzehn Meter nach unten ging. Ich wollte sehen, wie es von oben aussieht, und schob mich auf dem Bauch die letzte Armlänge heran. Das Wasser hatte in ewigen Zeiten eine aufgeschnittene fast meterbreite Röhre fallend aalglatt ausgeformt und auf halber Höhe einen Absatz zu einer Mulde gegraben, so groß, wie ein

Waschzuber, in dem das Wasser glitzerte, im dunklen Schatten glitzerte Wasser. Und das mit trockener Kehle, ohne die Chance hinunter zu kommen, oder von unten hinauf, ohne Seil. Ich lag dort oben mit dem Kopf über dem Rand und starrte in das Wasser dort unten. Eine Knäuel Strick hatten wir im Gepäck, ein Folienbeutel fand dich auch und zwei fingerdicke Holzstücke, die ich über Kreuz in den Rand des Beutels einband. Noch einen kleineren Stein hinein, der ihn ins Wasser zog, und schon hatte ich den ersten Beutel Wasser oben.

Ihr könnt schon mal die Zelte aufbauen, rief ich und brachte das Wasser. Es reichte für etliche Tage inklusive Zähne putzen. Ein Gewitter mit heftigem Regen füllte unseren Zuber wieder. Wir Jungen zogen uns aus und ließen die dicken Tropfen auf uns trommeln. Bald floss im Bachbett Wasser, schwoll reißend an und selbst von hier oben sahen wir dort unten, wo wir es vor Tagen unter den Steinen leise plätschern hörten, die Fluten über die Felsbrocken stürzen. Die Donner schmetterten zwischen den Bergen hin und her und die Blitze verwandelten die stürzenden Felswände in drohende Ungeheuer, die aus den schwarzen Wolken auf uns glotzten. Es war so schnell vorbei, wie es losbrach, eine erfrischende Kühle strich durch den Kessel, fast schon kalt. Es klarte auf, der Bach magerte zusehends ab und selbst das kleinste Rinnsal verschwand im nu noch ehe es dunkel war. Wir schliefen lange und krochen erst aus den Zelten, als die Sonne unsere Zelte in Backöfen verwandelte. Der Kalkstein flirrte wieder in der Sonne, nur die Pflanzen schienen quillend frisch.

Luca, warum erzähle ich dir vom Pirin. Wohl nur, weil es im Kalk mit dem Wasser so ganz anders sein kann, anders, als im Urgestein. Mit Simone hat das wohl kaum etwas zu tun, außer, dass wir sie nicht getroffen hatten, wir sind in Sofia gelandet und nicht in Bukarest. Wie auch, es gab einen losen Briefwechsel mit einem Kind, welches offenbar gerne schrieb, vielleicht sogar ein Talent fürs Schreiben hatte. Meine Antworten schienen mir hingegen ziemlich mager und ließen wohl meistens recht lange auf sich warten, manchmal erst, nachdem schon der zweite Brief von ihr da war. Wir trafen sie auch im Jahr darauf nicht, wieder mit den Südkarpaten als Ziel. Sie war in den Ferien nicht zu Hause und auch nicht im Gebirge. Ergab sich eben nicht -, fertig. Man hat nicht einmal das Wort schade in den Mund genommen. Der Briefwechsel schlief nicht ein. Briefe waren nicht mein Ding, aber sie schrieb, ich schrieb, wenn auch nicht so lange Briefe. Es änderte sich, als sie achtzehn wurde und in einem ihrer Briefe ein Foto von ihr war, das Bild einer jungen, bildschönen Frau. Ich sah sie wieder vor mir, das zwölfjährige Kind auf dem Geländer stehend, aufgeregt über uns gebeugt: Dort ist der Bär! Ja sie war es. Mit dem Foto wurden ihre Briefe anders, ich kann sie dir auch nicht zeigen, sie sind weg, ich weiß nicht wieso, aber sie sind schon sehr lange weg, und es ist auch jetzt nur die Erinnerung an ein Gefühl übrig, ja gemischter Gefühle. Die Briefe wurden bestimmter, häufiger, engagierter, um nicht zu sagen leidenschaftlicher, suchender, fragender, manchmal euphorisch, dann zunehmend düster, wie eine diffuse Sehnsucht, die mich ebenso ergriff. Ich hatte dieses schöne Bild und diese Briefe. Ich kann nicht beschreiben, was in mir rumorte, jetzt würde ich eher sagen, es war eine Art Trance. Ich buchte einen Flug und packte meinen Rucksack, saß allein unter lauter Fremden in dieser kleinen Iljuschin nach Bukarest.

Dann stand sie vor mir. Sie freute sich und Simone war wirklich nicht mehr das kleine Mädchen von damals. Klar stellte ich mir vor, wie es laufen könnte, aber in ihre Freude schien sich mir ein wenig von diesem Düsteren zu mischen, das ich auch in ihren letzten Briefen spürte. Also wurde diese erste Begegnung nicht überschwänglich, eher wohl zurückhaltend und der Weg mit der Straßenbahn zu ihr nach Hause bald schweigsam. Die Begegnung mit ihrer Mutter in der kleinen Wohnung im neunten Stock eines Bukarester Plattenbaus war herzlich und bestimmt durch mangelnde Verständigung, die nur durch die Übersetzung von Simone geschehen konnte. Was hatte Simone. War das alles ein Irrtum. Der Tisch war gedeckt, aber sie aß nichts, drehte nur die Spitzen ihres dichten, langen, welligen, dunkelbraunen Haars um ihren Finger, immer wieder und machte überhaupt keinen fröhlichen Eindruck. Zusammen mit der Mutter liefen wir durch die Stadt und irgendwann gingen wir in eine Kirche, saßen nebeneinander auf der harten Holzbank, und es spielte brausend die Orgel. Es waren noch einige andere Leute da. Sie rechts, ihre Mutter links. Es war drückend. Simons saß steif, die Hände im Schoß und sah unendlich traurig mit großen Augen zum Altar. Es war beklemmend. Plötzlich stand sie auf, verschwand und war nicht mehr zu sehen, als ihre Mutter und ich ins Freie kamen. Ich war ratlos. Die Mutter ging mit mir wieder nach Hause, schweigend, weil wir keine gemeinsame Sprache konnten. Wir fanden sie auf ihrem Bett liegend. Die Mutter ging in die Küche und ich zu Simone, mich neben sie hockend. Völlig neben der Spur, noch in der Nacht aus dem Bett, viele Stunden mit dem Auto zum Flughafen, die weite Reise und dann das hier.

Plötzlich war ich hell wach, das Blut schoss mir in den Kopf, ihre Augen, die immer kleiner wurden, das leere Glasdöschen auf dem Nachttisch: Du hast Schlaftabletten genommen! Keine Antwort, ich wusste es, stürzte in die Küche, holte die Mutter. Wie kann sie es nur begreifen, aber es ging schnell, als sie die leere Dose in der Hand hielt, hinauslief und telefonierte. Dann schickte sie mich ins Wohnzimmer und bedeutete mir, Widerspruch zwecklos, dortzubleiben. Ich hörte Stimmen, laute Türen, und dann war es still. Lange nagende Gedanken, ich weiß nicht wie lange. Und dann die Last auf meinen Lidern, als wären die Tabletten in mir selbst. Ich schreckte hoch von Stimmen und Geräuschen aus dem Flur und ging zur Tür. Die kräftige Mutter und noch eine Frau ihres Alters hatten Simone zwischen sich. Halb tragend, brachten die Frauen sie in ihr Zimmer und legten das stark benommene Mädchen in ihr Bett. Sie schlief unheimlich lange und immer wieder sah ich auf die dünne Sommerdecke, ob sie sich immer noch kaum merklich hob und senkte. Die Mutter ging den nächsten Tag weg, aber die Oma war da, mit der ich auch nicht reden konnte, aber ich musste essen und essen. Simone wachte am Abend des nächsten Tages wieder auf, trank etwas, ohne ein Wort zu sagen, schlief gleich wieder ein und stieg am nächsten Morgen aus dem Bett. Ich verstand nicht, was Mutter und Tochter miteinander redeten. Ich sprach auch mit ihr, kaum mehr als ein paar belanglose besorgte Worte, geht's wieder und so, sah, dass sie wieder auf den Beinen war, wenigstens auf den Beinen. Ich fragte, ob wir nicht ein paar Tage in die Berge fahren wollten. Wieder ein Gespräch Mutter – Tochter. Dann wurden zwei weitere Rucksäcke gepackt, meiner war noch kaum ausgepackt. Die Mutter fährt mit: Wie soll das gehen, wir haben nur ein Zelt? Ein kurzes Studium der Karte, auf der die Finger wanderten, reichte aus. Um mehr brauchte ich mich nicht zu kümmern, welche Straßenbahn, welcher Bus, einfach nur mitfahren. Am Ende stiegen wir am Fuße eines Bergdorfes aus und liefen den Ort hinan, eine staubige, steigende Straße und beiderseits locker gestreute flache einstöckige Häuser, ein wenig weg von der Straße, weiß getüncht, manche nicht sehr frisch. Alle hatten flache ockerbraune Ziegeldächer, und alle setzten mich in helles Staunen: Nicht ein einziges war einfach nur ein Viereck mit Dach drauf. Sie waren alle auf verschiedene Weise dreiteilig. Zwei im Grundriss versetzte Vierecke, manche mit ineinanderfließendem Dach, oder auch in der Höhe leicht abgestuft, und dann im Innenwinkel ein drittes kleineres als Vorhaus oder Erker, aber immer mit der Geste von den beiden größeren Teilen beschützt, geborgen, umhüllt zu sein. Bei einem einzigen dieser Häuser war dieses Dritte ein Turm.

Die Mutter hatte am Ende des Dorfes einen Transporter angehalten und sprach mit dem Fahrer. Er nahm uns mit hinauf in das Tal, eine Staubwolke hinter sich herziehend. Der Weg wand sich rechts den Hang hinauf, und dann sahen wir auf den Bau eines großen Staudamms, der schon begonnen hatte, Wasser zu stauen. Wir fuhren dort oben entlang bis zu den Vorflutern, das Ziel des Fahrers. Von dort liefen wir weiter hinauf dem Fluss folgend. Mittlerweile war dichter Nadelwald. Es war schon fast dunkel, als wir eine Herberge erreichten, hinter der sich der Wald ein Stück weit fast eben ausbreitete. Der Vorplatz war in helles

Neonlicht getaucht. Dieses Licht drang in den Wald hinein, und dort, wo es gerade noch schwach hin schien, stellten wir unser Zelt auf. Simone war immer noch recht schweigsam, wie gar nicht richtig da, wie uneins mit sich selbst, war bereits erschöpft, wenn sie eine Weile übersetzt hatte. Aber wir waren auch alle vom Wandern müde, krochen in die Schlafsäcke und lagen wie die Heringe zu dritt in diesem Zelt für zwei. Ich war viel zu aufgewühlt, um in den Schlaf zu finden. Was muss geschehen, um einen so jungen Menschen soweit zu bringen, sich selbst von der Erde zu befördern, eine ganze Packung Schlaftabletten zu schlucken, von denen die Ärzte ausreichend viel wieder aus dem Magen pumpen konnten. Ich konnte es nicht fassen, es war mir zu groß. Die beiden Frauen links neben mir schliefen, zum Glück konnte auch Simone schlafen. Ich aber lag lange wach, wälzte mich auf die Seite, vorsichtig, um die Mutter neben mir nicht zu wecken, und sah hinaus, durch die Gaze gegen die Insekten und für die frische Luft, sah hinaus in den Wald, in dem das hier nur noch schwache Neonlicht von der Herberge wie matt schimmernd und bleiern zwischen den Stämmen stand. Erst meinte ich, es wären Glühwürmchen, aber wenn sie schon näherkommen, warum fliegen sie dann in genau gleichem Abstand. Und dann erstarrte ich bis ins Mark: Der Bär, die funkelnden Augen in einem mächtigen Kopf, der im Rhythmus der großen Pranken, leicht wiegend, geradewegs auf uns zuhielt, bis er schließlich drei Armlängen vor uns innehielt. Ich starrte vom Boden aus in die glühenden Augen eines großen Bären. Er drehte auf die Seite und ich sah, wie groß er wirklich war, sehe ihn jetzt noch vor mir, vom Boden aus, ja über mir, wie er majestätisch seine gewaltigen Pranken setzte, ein letztes Mal in meine Richtung sah, neben dem Zelt vorbeilief und mit einer seiner Krallen eine der straff gespannten Zeltleinen zupfte, wie die Saite auf einem Bass. Dieser Ton klingt auch noch in mir, wenn ich jetzt noch daran denke.

Sonst kann ich mich an kaum etwas erinnern von diesen Tagen, nicht einmal, ob es drei oder vier Tage waren, oder weder drei, noch vier. Jedenfalls lag ich starr im Zelt und lauschte angestrengt in die Nacht. Wenig später schlugen die Hunde der Herberge an, eine ganze Weile. Der Bär ließ sich wohl von ihnen nicht stören, als er sich über die Abfalltonnen hermachte. Dann ebbte das Bellen ab. Der Bär ging nicht den gleichen Weg zurück, und vielleicht schlief ich trotzdem noch ein wenig. Die beiden Frauen hatten nichts gehört, es gab auch nichts zu hören, außer das kurze Zirpen der Zeltleine und die fernen Hunde. Und ich sagte auch nichts, nein, ich wollte sie nicht beunruhigen. Ob er wieder einmal nachts am Zelt war, und ich ihn im Mondlicht hätte sehen können, weiß ich nicht, denn ich schlief. Noch weniger erinnere ich mich, ob nicht gerade Neumond war, war jedenfalls tagsüber viel bei den Pflanzen am Weg, und hoffte Simone etwas dafür zu wecken, für diese Wesen, die trotz aller Rauheit und Widrigkeit des Hochgebirges wachsen und blühen.

Einmal rasteten wir an einer Felswand, eher niedrig, leicht überhängend. Es war heiß, die Sonne schien hoch vom wolkenlosen Himmel, und es fiel Wasser über den Felsen, ein einziger Strahl, so dick, als würde man ständig gemütlich einen Eimer Wasser auskippen, der von etwas höher als eine Art Dusche am Überhang frei auf flachen Stein platschte. In der Nähe saßen wir und aßen. Simone hatte die Bergschuhe neben sich, die gebräunten Beine in der Sonne, stand auf, ging zum Wasser, hielt die hohlen Hände hinein und trank. Dann drehte sie sich um und stellte sich darunter. Den Kopf leicht im Nacken traf der Strahl ihre Stirn. Die Augen zu, glättete das Wasser ihr welliges Haar an Haupt, Hals und Schultern. Ihr weißes Short saugte sich glänzend an ihren Körper. Ja, sie war eine bildschöne junge Frau. Mütter haben halt manchmal einen unaufgeregten Instinkt für eherne Notwendigkeiten, obwohl sie vielleicht nicht mehr so gern ohne Unterlage im Schlafsack in einem engen Zelt auf dem Boden schlafen wollen.

Im Flugzeug streifte mir alles unaufhörlich durchs Gemüt, aber es reichte nur dazu, zwischendrin langsam den Kopf zu schütteln. Das ging - allein im Auto - die Stunden nach Hause ebenso. Ich wollte die Geschichte auch nicht erzählen. Die Story mit dem

Bären musste vorerst reichen, und das tat sie auch.

Ich nahm auch die letzten Briefe von ihr und las sie wieder und wieder. Jetzt sah ich eher die Not sich anbahnen, eines Suchens nach sich selbst, welches um sich herum nichts fand zum Festhalten. Sie suchte und erhoffte diesen Halt durch den fernen Freund zu finden ohne es wirklich zu wissen.

Der Freund kam, und alle Hoffnung darauf brach vollends zusammen. Der Freund war unfähig das für sie zu sein, was sie brauchte, ohne selbst aussprechen zu können, was es denn wäre. Und dieser Freund war weit davon entfernt, die Aufgabe zu sehen, geschweige denn diese Aufgabe zu begreifen, die jenseits seines eigenen banalen, hoffenden Vorstellens war. Während ich wirklich lange Zeit inmitten einer Wolke stocherte, um schließlich zu diesem letzten Schluss zu kommen, magerte der Kontakt aus und schlief ein.

Nach Jahren kam Weihnachtspost, nur ein Glückwunsch und ein Schwarzweißbild von ihr, ihrem Mann, und einem vielleicht zweijährigen Mädchen mit einem Reif über der Stirn, mit einem sicher goldenen Stern. (Lange Pause)

Wen haben wir denn noch? - Ach ja, die Nächste ist Gertraude. Und Gertraude war im Schatten der Nichte der Töpferin, und Basti schnappte auf, dass sie von ihrer Freundin Drude genannt wurde. Dieser Name setzte sich auch bei uns fest. Drude: Wenn man da noch ein I reinmacht, heißt sie Druide, wie jene weisen Männer der alten Kelten. Und wenn ich so zurückdenke, war sie eigentlich immer auf der Suche nach diesem I, besonders, wenn ich sie an ihrer Geige erlebte. (Wieder Pause, Umba versank in seinen Erinnerungen.) Es ist schon spät, machen wir doch morgen weiter.

Wie du willst.

Ich klappe das Buch zu, behutsam und leise, als könne es sonst das Echo vertreiben. Und in Wanda hallt dieses Echo nach -, was hört sie von dort? Unmöglich kann ich sie jetzt fragen.

Dann sieht sie mich an „Morgen ist unser letzter Tag."

„Ja, morgen ist der Termin beim Notar, ich hole dich ab."

„Gerne, sehe ich dich dann nicht nur bei diesem Notar?"

„Umba begann schon von Drude zu erzählen."

„Drude kenne ich noch nicht, ich meine, alle anderen Geschichten jedoch schon."

„Wirklich? Alle anderen hast du schon selbst gelesen, auch diese ganz frühen Geschichten?"

„Ja, auch diese. Umba hat dich schon sehr gemocht, wenn er dir auch diese Geschichten erzählte. Wie er nach Hause kam, schließlich neben seiner Mutter saß und ihm einfach so die Tränen kamen wegen dieses Mädchens aus seiner Klasse, die ihn ihrerseits schon mochte, aber nicht wollte und seine Mutter eher lächelte."

„Und ich Umba betroffen fragte, ob ihn seine Mutter auslachte."

„Und er, so alt er nun schon wäre, dieses Lächeln noch deutlich sähe, aber sich sicher war: Seine Mutter sei wohl eher froh gewesen, bei ihrem Sohn überhaupt solche Regungen zu spüren, weil es dafür schon spät war. Sie lachte ihn nicht aus."

„Und die Geschichte von einer Klassenfahrt etliche Jahre davor. Er bemerkte schon das Wachsen der Weiblichkeit bei seinen Mitschülerinnen und wurde neugierig, wie sich eine solche Rundung anfühlt, es dann einfach im Badesee probierte und sich eine heftige Ohrfeige einfing."

„Ja, Mädchen erzählen solche Ereignisse eher vielleicht ihrer besten Freundin."

„Sicher bringe ich dich nach dem Notar wieder nach Hause, und es wird noch früh am Tag sein, genug für die Geschichte von Drude, wenn du sie bis morgen nicht schon gelesen hast."

Ich meinte, doch nun endlich zu meinen Eltern fahren zu müssen, aber sie sind nicht da, benutzte zum ersten Mal die Schlüssel, die mir meine Mutter am ersten Tag gab, liege jetzt auf meinem Bett, die Hände hinter dem Kopf verschränkt, und sinne darüber nach, wie lang so eine Woche schließlich werden kann, wenn man Sehnsucht hat. Sitzen sie bei Maggie am Tisch? Heute ist Sonntag. Die Hand wandert zaghaft zur Tasche in meiner Hose, dann hielt ich das Handy über mich, starre auf den schwarzen Schirm und öffne ein Bild von Ava. Das Zimmer ist schon richtig dunkel, und das Bild über mir ist die einzige Lampe. Dann tapsen die Daumen über den Schirm: *Bin allein mit einem Bild von dir und wünsche mir, es bewegt sich.* --- Neue Nachricht: *In drei Minuten am Laptop.* Meine Hand langt zum Lichtschalter, die Beine schwingen aus dem Bett, strecke mit dem Laptop unterm Arm mich in die Federn, schiebe das Kissen in den Nacken, Klappe auf und einschalten. – „Ava."

„Du liegst im Bett, bist du krank?"

„Nein, ich kam von Wanda und meine Eltern sind nicht da. Es wurde Nacht, ich ließ mich aufs Bett fallen und träumte, die Sonne nähme mich mit. Vielleicht bin ich krank, vielleicht ist so ein Traum ein wenig wie krank."

„Du musst durch Wolken, denn hier regnet es und wir können nicht auf die Felder. Tad und Jon schrauben am Mähdrescher."

„Was sehe ich bei dir liegen?" Sie hält einen kleinen Socken ins Bild. „Du strickst für unser Baby?"

„Es wird in den Winter geboren."

„So kleine Söckchen."

„Wie war dein Tag?"

Ich erzähle von Sissi und Normen und von Wanda und welche Geschichte ich ihr vorlas. Ava weiß welche Geschichte und ich solle das Buch nicht vergessen. Und dann erzähle ich ihr von der Hütte und etwas vom Leben dort, als meine Mutter und ich noch Kinder waren. Im Hof klappen zwei Autotüren zu. „Ava, meine Eltern steigen eben aus dem Auto."

„Dann sehen wir uns morgen zum letzten Mal am Laptop."

Und dann kommen wieder die zwei Finger von ihrem Mund und sie ist weg. Ich will nicht vom Bett und meine Augen sind zu: Avas Haar weht vor mir im Wind, Bos Schweif aufgestellt, Taras Ohren sind gespitzt dicht vor meiner Nase, sie greift aus und lässt Bo nicht weg. Vor dem Wald fällt Bo in Trab und dann geht er, Tara neben ihm. Es ist der Weg zur Eiche.

Ich höre die Tür und Stimmen im Flur: „Luca, bist du da?" Ich schwinge mich hoch und gehe zu ihnen. „Wir sind spät." Meine Mutter sieht mich wie um Nachsicht bittend an, aber nicht zerknirscht. Überhaupt erwecken die beiden den Eindruck, einen wirklich schönen Tag zu haben, und wenn sie alle Zeit auf der Hütte waren, und sie noch so ist, wie Umba sie gelassen hat; wenn sie wirklich den lieben langen Tag dort waren - nicht in einem schicken Restaurant - und eine solche Wärme verströmen, dann hatten sie wirklich einen richtig schönen Tag zusammen. Das Essen scheinen sie auch vergessen zu haben, so wie mein Vater auf den Kühlschrank zugeht und meine Mutter fragt, ob wir zusammen einen Happen nehmen.

Sie reden nicht über die Hütte und scheinen doch noch gar nicht wieder da zu sein. Erst als sie satt sind, dreht es sich um den nächsten Tag, meinem Vater es wohl gelegen kommt, morgen noch in die Firma zu können, während meine Mutter, Wanda und ich beim Notar sind. Am Nachmittag wird meine Mutter in ihrem Büro sein wegen der Übergabe an Yvonne, während ich die letzten Stunden bei Wanda bin. Wirklich die letzten Stunden mit Wanda, zumindest kann ich mir nicht vorstellen, meine Familie allein zu lassen oder mit ihr auf Reisen zu gehen.

Wir räumen den Tisch ab und dann reden wir noch ein bisschen über die Ranch und ich gestehe ein, über deren Anfänge eigentlich nichts zu wissen, mich von den alten Bildern an dieser Wand immer nur dieses eine fesselte, auf der Avas – ja wie viel Ur müssen da eigentlich hin - vielleicht Ur-Urgroßmutter zu sehen war, von der sie mindestens das Haar geerbt hat. Wie waren diese Menschen dort hingekommen? Hatten sie irgendwo in Europa mit ein paar Habseligkeiten auf einem Dampfer platzgenommen, oder war es gar noch ein Segelschiff, ohne zu wissen, was auf sie zukommt, aber mit der Gewissheit nie wieder zurückzukommen? Oder wie verschlug es gar dieses Mädchen von den Philippinen dort hin? Ich kann meinem Vater kaum etwas erzählen, aber er wird an Maggies Küchentisch darauf zurückkommen.

Übermorgen steigen wir in den Flieger und das kommt einem schon schrecklich lang vor. Jedenfalls gehen wir heute zeitig zu Bett und ich will nach Hause, es wird wirklich Zeit.

8

Die Reisekoffer meiner Eltern stehen schon im Flur, als ich in die Küche wanke, den beiden einen guten Morgen wünsche und mich an den Tisch setze. So richtig kommt ein Gespräch nicht in Gang, es scheint sich eine gewisse Nervosität einzuschleichen. Nichts ist mit beschwingt in den Urlaub fliegen wie sonst: Auf welcher Stadt auch immer der Zeigefinger grad mal auf dem Globus landet, der unverbindliche Service der Hotels, die Attraktionen, das flüchtige Gedränge der Märkte, der Klang altehrwürdiger Gemäuer und das anheimelnde Flirren der Bars, in denen man den großzügigen Schein unauffällig mit der Rechnung in der Mappe tauscht, oder sie gleich drin lässt. Und ein Geschäftstermin ist es per Definition auch nicht. Nein, es sind eine Handvoll Menschen, mit denen ihr einziges Kind seit zwei Jahren zusammenlebt, wo in den Weiten höchstens die Tiere sich in den Gattern zusammendrängen, und es gab keine Zeit, in der man hätte zusammenwachsen können. Das einzige sind ein paar Bilder und die Worte ihres Sohnes. Wie wird das gehen?

Mein Vater steht schon mal auf und sagt in der Tür: „Falls du Lust hast auf die Baupläne, wäre wohl heute die letzte Gelegenheit, mir würde was dran liegen."

„Beim Notar wird es nicht allzu lange dauern. Wanda fährt nun selbst und wir haben uns erst für den Nachmittag verabredet. Mama und ich kommen nach dem Notar wieder nach Hause."

„Wie gesagt, wir treffen uns drüben im Büro, wenn du willst, Franz kümmert sich schon ab heute um das alltägliche Geschäft."

„Ich komme."

Dann ist er weg und ich sehe mir mit meiner Mutter noch einmal die Sachen für den Notar durch, wäre ja dumm, wenn das Prozedere ins Stocken geriete. Dann müssen wir auch schon los.

Ein Testament zu eröffnen, welches jeder schon kennt und sich damit arrangiert hat und in einem Zug alle Formalitäten erledigt sind, die Einträge in den Grundbüchern veranlasst, und das alles noch vor dem Mittagessen, grenzt an ein Wunder. Wanda freut sich auf mein Kommen und meint, noch zur KFZ Zulassungsstelle zu fahren, wenn wir gerade bei den Formalitäten sind.

Meine Mutter fragt mich im Auto, wie ich es mit Opas Haus denn machen wolle: die Verwaltung, Versicherungen, Steuern und Abgaben, Strom, Wasser, Abfallgebühren, Instandhaltung, Reparaturen. – Jetzt haben wir den Salat, mein völliges Neuland der Freuden eines Hausbesitzers bis hin zum Schneeschippen im Winter. Schafft Wanda das überhaupt? Ich kann mich um nichts von allem kümmern vom anderen Ende der Welt.

„Luca, wir sollten das regeln bevor wir fliegen, wegen der aufreibenden Irritationen, die sonst bestimmt kommen, wenn wir es nicht gleich tun."

„Ich hab so etwas noch nie gemacht, woher weißt du das alles?"

„Der bürokratische Teil dieser Arbeit für alle unsere Gebäude wandert über meinen Schreibtisch -, seit Jahrzehnten."

„Ich kann unmöglich bis morgen noch etwas regeln." Welcher Traumtänzer bin ich denn? Bis auf die Frage, ob Wanda das Haus schafft und das ganz allgemein, war nichts von all dem auf meinem Schirm, aber jetzt gehört das Haus mir.

„Luca, es ist klar, dass du das nicht schaffst, es ist dein Haus, aber ich biete dir unsere Hilfe an, allerdings musst du dir klar werden, wieweit du Wanda mit einbeziehen möchtest. Wie willst du das machen mit den Wohnnebenkosten, mit der Arbeit, die an dem Haus hängt. Darum hat sich bisher sicher Opa gekümmert."

„Was kann Wanda, was will sie, kann sie überhaupt schon wissen, was sie will."

„Wir rufen jetzt deinen Vater an, wir bestellen Pizza, und dann reden wir."

Sie hat das Telefon am Ohr - was auch sonst - und erledigt diese zwei Anrufe. Jetzt artet alles doch noch in Stress aus. Ich muss mit Wanda heute noch darüber reden. Will ich ihr solche Gespräche schon zumuten? Wie viel weiß sie von allen diesen Angelegenheiten. Weil ich nicht rede, tut es meine Mutter: „Luca, wir wollen dir sicher unsere Hilfe nicht aufdrängen, es gibt Firmen die alles rund um ein Haus betreuen, aber schauen wir es uns doch erst einmal an."

Wir essen Pizza und reden darüber. Meine Mutter meinte, eine Akte mehr in ihren Schränken im Büro würde nicht auffallen, und mein Vater meinte, das Haus sei ja keine Ruine, Wartung und Reparaturen sich sicher in Grenzen halten und seine versierten Leute das reinschieben könnten. Mein altes Konto gibt es noch, auf das mein Anteil vom Erbe sowieso transferiert wird und alle Nebenkosten erst einmal davon genommen würden. Es wäre meine Sache, wieweit ich Wanda mit einbeziehen würde, sagten sie.

So schnell geht das: Wie war ich froh auf eigenen Füßen zu stehen und flugs hänge ich wieder am Nabel meiner Eltern, zumindest was die Arbeit mit dem Haus betrifft.

Meinem Vater ist es wohl wirklich ernst, mir die Baupläne zu zeigen. Wir nehmen beim Gang in sein Büro den Umweg über die Straße zur alten Wäscherei, die noch so war, wie sie verlassen wurde. Sie erweckt den Eindruck, man könne gleich wieder loslegen und Unmengen Wäsche waschen, obwohl alles wirklich sehr gebraucht aussieht.

„Ich war am neuen Standort der Wäscherei, denen war das hier alles zu klein und zu alt", sagt mein Vater. „Du kannst dir nicht vorstellen, wie man heute im großen Stil Wäsche wäscht."

Und dann zeigt er mir, wie sie es bauen wollen und dann sehen wir uns die Pläne an, stehen danach am Fenster seines Büros und ich stelle mir vor, wie es gegenüber aussehen wird, die neuen und die umgebauten Gebäude, die Plätze für die größere Fahrzeugflotte. Jetzt kann es weiterwachsen.

„Du ziehst also gleich über die Straße."

„Von hier aus kannst du mir in die Fenster sehen."

„Und Mama und Yvonne."

„Bleibt so."

„Wie wäre es mit einer Brücke für Fußgänger hier oben über die Straße, unter uns einen großzügigen Bereich für deine Kunden, in dem du ihnen etwas zeigen kannst, sozusagen eine kleine Ausstellung. Und ich denke, wenn es weiterwächst, brauchst du eine eigene Projektierung und für die Büros ist es im Wohnhaus zu eng und zu abgelegen." Mein Vater sieht sinnend in sein zukünftiges Büro. „Ich mein ja nur, du hast mich gefragt."

„Wann musst du eigentlich los?"

„So genau ist es nicht besprochen, aber ich will vorher noch zur Bank. Danke nochmal für die Hilfe mit dem Haus."

„Sagst Wanda einen Gruß." Und dann schien er mich faktisch rauswerfen zu wollen.

Meine Mutter finde ich in ihrem Büro zusammen mit Yvonne, die beide über irgendwelchen Papieren hängen.

„Hallo Yvonne." Das klingt schon ganz normal und die Befangenheit von gestern war weg. Gestern? Nein, das war auch nicht vorgestern, es war vor-vorgestern, ja, am Freitag traf ich sie. Muss ich mir jetzt Sorgen machen? Ich frage meine Mutter: „Willst du nicht kurz mit zur Bank, die wollen sicher deine Unterschrift, ich bring dich wieder her."

Meine Mutter sieht zu Yvonne auf und Yvonne sagt zu ihr: „Wir machen dann weiter." Yvonne lässt die Augen nicht von den Akten und als der Stuhl leer war, ließ sie sich darauf nieder.

Meine Mutter fragt mich im Auto: „Was sagst du zu dem Bau?"

„Wird ne schöne Sache."

„Ist es nicht zu üppig?"

„Nein, denk doch nur an den Hof, wenn alle Autos da sind, und auf der Straße stehen sie auch schon."

Was ich meinem Vater eben sagte, wiederhole ich ihr nicht und meine Mutter schien wirklich schnell zurück in ihr Büro zu wollen. Nur gut, dass ihre Koffer schon im Flur stehen und meinen sollte ich auch langsam packen.

Nun bin ich wirklich auf dem letzten Weg zu Wanda, wann fahre ich wieder durch diese Stadt, in der ich geboren wurde und sie bis vor vier Jahren nie wirklich verließ. Meines Großvaters Auto steht in der Einfahrt, ich parke auf der Straße und nehme den kurzen Weg durch den Vorgarten, vorbei an den gelben Sternen wie in Wandas Haar. Was wird damit, wenn Wanda nicht hierbleiben will. Ich bin etwas verklemmt: Ob ich mit Wanda über die Hausverwaltung reden kann, wie würde ich überhaupt mit ihr reden, aber irgendetwas muss ich ihr sagen, sie wird sich auch solche Gedanken machen. Wanda kommt mit dem Klingeln an die Tür, hat den Tisch schon gedeckt und fragt nach Kaffee. Wir beide wissen, es ist bis auf unbestimmte Zeit das letzte Mal. Auf dem Schreibtisch war der Laptop aufgeklappt und ich frage sie, ob sie damit klarkommt.

„Ja schon, es war sein Laptop und ich benutzte ihn auch", sagt sie. „Was soll mit seinen Sachen darauf werden, die vielen Fotos? Damit hat dein Großvater mit Anton telefoniert, wie geht das?"

„Ich zeige es dir. Wir können auch gleich eine Kurzwahl für uns beide einrichten."

„Das wäre praktisch."

Wanda probiert es dann mit Anton gleich selbst, der eben auch an seinem Computer war. Und dann kamen wir auf das Haus zu sprechen, weil einer der Rollläden klemmte. Ich merkte, dass sie zwar sich um einiges kümmerte, als Umba lag, er aber sagen konnte, wie sie es machen solle. Wir schafften es zusammen den Rollladen wieder zum Laufen zu bringen und dann sagte ich ihr, alles würde erst einmal so weiterlaufen, alles sei bezahlt, sich meine Mutter darum kümmert und meines Vaters Leute die Wartung und die Reparaturen besorgen. Sie solle einfach Traudel anrufen, wenn etwas nicht mehr geht. „Und wir beide haben wenigstens den Laptop und reden miteinander."

Das Buch liegt auf der Couch und Wanda sieht, dass ich es sehe. Und wie von selbst sitzt Wanda im Sessel, ich auf der Couch und schlage das Buch beim Lesezeichen auf.

Umba erzählt von Drude

Der Töpferin Nichte Rebeca kam mit Katrin und Gertraude, als sie eben die Diplome ihrer Hochschule für Musik in der Tasche hatten, vergnügt und ausgelassen durchs Land tourten und länger bei uns blieben, als sie eigentlich vorhatten. Gertraude wurde von ihren Freundinnen Drude genannt und sie schliefen in der Hütte, in die sie oft erst spät abends mit ihren kleinen Taschenlampen wie die Glühwürmchen den sich windenden Weg durch den Steingarten schlichen. Schleichen betraf allerdings nur das Tempo. Ansonsten hörte man sie kichern und schnattern, bis die Tür der Hütte knarrte und dann laut ins klapprige Schloss fiel. Von meinem Fenster aus sah ich die Hütte, deren zwei Fenster matt von den Vorhängen durch die Nacht schimmerten, auch dann noch, als ich mich ins Bett streckte und die Decke über den Kopf zog. Gemeinsames Frühstück war nicht, frühestens das Mittagessen, wenn sie sich nicht schon vorher mit einem Brötchen in der Hand auf den Weg in die Stadt machten. Sie waren wieder da am Abend, dessen Kurzweil verging mit Essen, harmlosen Getränken, Reden über Gott und die Welt, Dias, ein bisschen Musik. Drude gefiel mir, ihre blonden halblangen Strähnen schienen im hellen Licht so, als würden sie ständig überlegen, doch mehr rot wachsen zu wollen. Sie war nicht sehr groß, gertenschlank und ihres Wesens so, als würde mehr Fülle des Körpers sie nur am Leben hindern wollen. Aber ihr Gesicht war nicht so schmal. Die anderen zwei gefielen mir auch, aber so genau kann ich mich nicht besinnen. Sie waren nicht blond, an blond hätte ich mich erinnert, irgendwie mehr oder weniger braun und es war langes, fülliges Haar, nicht nur das Haar. Ich mag füllig, eigentlich. Wenn du dir jetzt dick vorstellst, liegst du völlig falsch, sie waren bei Leibe nicht dick.

Opa, so genau musst du es mir auch nicht sagen.

Hast ja recht, die Kleider sind sowieso mehr für die Phantasie. Wann aber ein Mensch einem nahe rückt, obwohl er auf seinen Füßen genau so weit weg steht, wie die anderen, wer kann das sagen. Und Drude rückte mir nahe. Nein, sie fiel mir nicht um den Hals. Willkommen und Abschied waren schon Umarmungen, aber sie fiel mir nicht um den Hals, niemals. Sie merkte, dass meine Arme offen waren und das hat sie sehr beschäftigt. Und sie kam auch wieder. Ich kann nicht sagen zu mir, wir waren ja alle da, vor allem die Töpfer, aber es knisterte. Sie hatte eine Stelle in der Philharmonie ihrer Region bekommen, nahe ihrer Heimat. Und es waren die ersten Konzerte, in denen sie mitspielte. Was da auf dem Programm stand, lockte mich hin.

Ja, natürlich nicht nur die Musik. Ich war ein paar Tage bei ihren Eltern zu Gast und wurde dort sehr verwöhnt. Sie waren sehr angenehm, die Gespräche anregend. Der Vater war Schlosser im Maschinenbau und als ich dann endlich annähernd verstand, was er da machte, welche schwierigen Teile äußerst genau zu fertigen waren, staunte ich über dieses Können.

Wir redeten auch über die Musik ihrer einzigen Tochter und welch mühsamen Weg sie durch die Kindheit hindurch bis dahin gegangen war. Wenn es nicht ihr Ding gewesen wäre, hätte sie es nicht durchtragen können. Und dass es ihres war, erlebte ich: Sie gleich am ersten Brett dort im Orchester sitzen zu sehen.

Ein halbes Hundert Musiker sind beieinander und jeder Einzelne tut jede Millisekunde das Richtige, und es klingt nur, wenn jeder es auch tut. Die selbst Musiker sind, lächeln bestimmt müde über solche Beschreibungen ihres Spiels, Worte von Leuten wie mich, die keine Ahnung haben.

Schon ein Mann, kaufte ich mir eine Lyra, oder Leier, so eine Art Miniharfe, mühte mich schon, die vielen Seiten zu stimmen, geschweige denn die einfachsten Stücke für Anfänger, so kurz sie auch waren, so zu können, um ohne groben Fehler durchzukommen. Wenn jemand zuhörte, klappte gleich gar nichts. In Drudes Zeiten hatte ich es noch nicht aufgegeben.

Drudes Eltern fragten mich, ob ich auch mit Musik zu tun hätte, und ich klagte über meine Mühe, allein beim Stimmen der vielen Seiten.

Damals lieber Luca übrigens nur mit einer Stimmgabel für das a und dann alle anderen Töne über die Quinten. Das schaffte ich schon leidlich. Aber ich klagte über meinen Stimmschlüssel, der viel zu klein wäre, nicht richtig auf die Wirbel passte, der viel zu dünne Holzgriff nicht richtig fest wäre. Tags darauf kam der Vater von der Arbeit mit einem neuen Stimmschlüssel aus Edelstahl. Er hatte ihn in der Mittagspause einfach mal nebenbei gemacht.

Luca, ich habe ihn immer noch, samt dem Instrument. Du kannst die Leier haben, wenn du willst. Nein? Du schüttelst den Kopf? – Nun, du musst ja nicht.

Drude also saß dort oben auf der Bühne am ersten Brett. Auf dem Brett stehen die Noten, meistens einmal für zwei Musiker. Die haben die nicht direkt vor der Nase, das ist bestimmt ein Meter. Wie kann man auf einen Meter die Punkte auf oder zwischen den Notenlinien, die Punkte hohl oder voll, mit Hals, oder ohne Hals, mit Fähnchen, oder ohne Fähnchen, mit Vorzeichen, oder ohne Vorzeichen, und und und, überhaupt erkennen. Die Streicher haben vier Seiten zu stimmen, die müssen erst mal stimmen, bevor es losgehen kann. Eine Oboe gibt das a. Alle stimmen ihr a. Und dann geht ein höllisches Durcheinander los. Wie geht das überhaupt, in diesem Lärm die eigene Geige wirklich zu stimmen, zu hören, wenn es auch nur vier Seiten sind. Wie geht es überhaupt, mit jedem einzelnen der vier Finger die Seiten an genau der richtigen Stelle auf das darunter liegende völlig nackte Griffbrett zu drücken. Dabei ist noch gar nicht die Rede von der rechten Hand und dem Bogen, für dessen Herstellung und Reparatur es einen eigenen Beruf gibt.

Was hat die Geige mit Drude gemacht, allein schon den Willen in Gang zu halten, fast ihr ganzes Leben neben allem anderen, der Schule, den Freundinnen, durchgehend die vielen Stunden nahezu täglich zu üben, zu lernen, um diese Stunde dort oben zu sitzen und allen Leuten im Saal diese Musik zu schenken. Und ich weiß, sie hat sie sich auch selbst geschenkt, geschenkt bekommen, jene Momente erlebt, die sie bis ins Mark durchglühten.

Später versuchte ich mein Erleben dieser Musik zurückzuholen, kaufte mir davon eine CD, neuerdings holt man sich es einfach aus dem Netz. Aber es wurde bestenfalls nur eine Hilfe, sich an jene Aufführung zu erinnern, es waren andere Künstler, anders gespielt, wenn auch die gleichen Noten. Und ich saß mit meinen Kopfhörern auf meinem einsamen Stuhl.

Wir fuhren zusammen auf ein Festival, jeder von uns wohnte in einer anderen Unterkunft. Und sie war auch wieder bei uns, alle mochten sie. Basti nahm sie auch mit zum Klettern in die Felsen und brachte ihr die ersten Anfänge bei. Ja gut, Basti war vielleicht auch nicht mehr als ein Anfänger, aber immerhin. Der Winter verging, ich besuchte einige ihrer Konzerte, und sie kam auch zu uns. Mit steigender Sonne redeten wir über unsere nächste Reise, wie jedes Jahr im Sommer, hinauf in die hohen Berge. Es wurden die Südkarpaten, wieder einmal. Die Auswahl war halt beschränkt für uns im Osten, wenn man bedenkt: Viel weniger weit hinter dem Eisernen Vorhang wäre man schon in den Alpen. Auch um die Flüge mussten wir uns zeitig kümmern, weil sonst alles belegt war. Dieses Mal war es eine kleine Karawane, die mit schweren Rucksäcken sich die Berge auf unwegsamen Pfaden nach oben wand, auch Drude und Florian. So viele zählten wir noch nie. Der Hochwald lag schon unter uns, und in dem langen steilen Anstieg lud uns ein Stück ebenes weiches Gras zur Rast. Wir streckten uns neben unsere Rucksäcke, die Sonne über uns und hinter dem Rand der weite Blick über die grünen Hügel der Vorgebirge, die fern im Dunst versanken. Wir stiegen eben bis zu dieser Rast den schmalen, schroffen Pfad an dem Bergrücken entlang nach oben, hinter dem die Sonne lange vor dem Abend verschwinden wird. Unsere kleine Wiese fällt nicht weit von uns jäh tief und steil ins Tal. Den Weg säumte dichter übermannshoher Filz aus Latschenkiefern und Grünerlen. Er schwenkte in kleine Täler wie steil fallende Kerben im steilen Berg, wo unter üppigem Grün kleine Bäche gurgeln, willkommene Frische in gleißender Sonne für erhitzte und schlappe Körper. Latschenkiefern krallten sich mit einer Leichte in die Hänge und verloren sich im Tal zwischen den Fichten. Hier und da dazwischen große Stauden, zu deren Blüten man sich kaum bücken musste, der Alpenlattich, dessen große spitze Blätter nach oben kleiner werden und sich verwandeln zu violetten Blüten, Gamswurz, Eisenhut und viele andere. Die großen Stauden hören auf, je höher man steigt, auch die ausladenden Wacholderbüsche gehen nicht weiter hinauf, sie folgen selbst dem Rhododendron nicht.

Dann durchbrachen fallende Felder von Schotter die Pflanzen, stille Ströme kleiner und großer, mächtiger Steine, die auch weit nach unten reichten, oft schon lange zur Ruhe gekommen und voller Flechten waren. Weißt du, Luca, ich könnte mich in den Pflanzen verlieren, den verschiedenen Arten großer Enziane, was auch immer, und alle Namen weiß ich sowieso nicht. Wir müssten Holger fragen, oder auch den Töpfer, die kennen selbst die verschiedenen Gräser, zum Beispiel meine ich.

Wir lagen also ziemlich erschöpft und verschwitzt auf dieser kleinen ebenen Wiese, als plötzlich vom Weg, der von unten einmündete, einer nach dem anderen unsere Wiese flutete und sich ebenfalls niederließ: Vielleicht zwanzig Jungen und Mädchen lagerten um uns herum und unterhielten sich angeregt miteinander. Verstanden haben wir nichts. Holger kam ein Stück von uns entfernt wieder den Hang herunter. Er war der fitteste von uns, hatte Pflanzen gesucht und sprach mit einem Bärtigen, dem einzigen nicht so jungen Menschen dieser Gruppe. Ich war still und hörte um mich dem Klang dieser Sprache nach, dem Klang fremder Sprachen lauschen tat ich schon immer und diese großen Teenager waren wirklich gesprächig. Holger setzte sich wieder zu uns. Und dann merkte ich es, aber wirklich erst nach einer gefühlten Viertelstunde: Sie sprachen Deutsch! Immer mehr Worte verstand ich. Dann sagte der Bärtige etwas, und eine lange Reihe verschwand auf dem Pfad zwischen den Latschenkiefern, wir waren wieder allein. Holger sprach mit dem Lehrer einer Klasse aus Hermannstadt, die nach den Abiturprüfungen auf Abschlussfahrt war. Siebenbürger Sachsen mit einem Dialekt, den ich auch nicht wirklich verstand, nachdem ich es merkte. Wir wuchteten unsere schweren Rucksäcke wieder auf den Rücken und folgten ihnen. Wo sie hinwollten, wussten wir nicht. Von folgen konnte auch keine Rede sein wegen der Last auf dem Rücken und den Halts, wenn uns ein Flecken gefiel, kleine Glockenblumen die Felsspalten entlang krochen und die Glöckchen sich ihr Blau vom Himmel geholt hatten - oder aber andersherum -, oder eine Quellflur, in der wieder andere Pflanzen beieinander waren. Wir waren nunmehr so hoch, dass die Latschenkiefern, über die wir weiter unten nicht hinwegsehen konnten, übers Knieholz es nicht hinausbrachten und keine weiten Flächen mehr bedeckten. Hier und da war ein kleiner Flecken ihres wirklich dunklen Grüns. Schon von fern waren sie an den steilen Hängen zu sehen. Alles andere verschiedene Grün, Graugrün, Braungrün, Gelbgrün, war aus der Ferne nur Farbe. Es dröselte sich auf, wenn man dort war, und erst dann wirklich, wenn mancher Grashalm schon die Nase kitzelte, und die kleinen grünen Triebe kleiner Enziane auch dann im grünen Filz entdeckte, wenn sie nicht ihr Blau der Blütensterne in die Sonne streckten. Und dann saßen wir im Gras und auf den Steinen zu dem Rund hoher Massive gewendet, die sich schier unerbittlich durch das Grün hindurch in den Himmel schoben. Seit ewigen Zeiten nagen mit unendlichem Langmut die Wetter an diesem totgewordenen Stein. Stück für Stück, klein und groß brachen sie heraus.

Wir sitzen im Gras und sehen die stoisch schönen, schroffen, hohen Berge und wenn der milde Wind Stirn und Wange kühlt, die Sonne gleißt, durchbricht die Stille manchmal leise rieselnd oder polternd laut der Fall von diesem Stein. Das Auge sucht ruhelos im Berg die Quelle der Gefahr und kann doch nichts finden, weil die Brocken oft nicht all zu groß und das Echo macht, als wär' es überall. Dann ist's auch schon vorbei.

Höher führte uns der Weg und an einem kleinen Bergsee schlugen wir die Zelte auf. Es war schon dämmrig und nach dem Essen schwand langsam der blaue Schleier von den Sternen. Wir krochen in die Schlafsäcke und querten am nächsten Tag über den Pass ins nächste Tal, welches nicht tief und schroff war, sondern eher hoch und eben und weit blieb, wirklich eben allerdings doch nicht, aber dort gab es keine Sorge auf Schritt und Tritt Platz für die Zelte zu finden und wir bauten sie mittags auf. Wir waren alpin, die Latschenkiefer gab es dort oben nicht, alles Leben duckte sich, und es tummelten sich nur die am Boden, die die raue Höhe und das Urgestein wollten, und weiter unten sowieso im hohen Kraut ersticken würden. Wasser gab's genug, und jeder tat, was ihm beliebte. Ich war wohl eher auf Ruhe aus nach dem

Aufstieg und froh endlich die Last vom Rücken zu haben. Holger tauchte ab und zu zwischen den Felsbrocken und Hebungen auf, erst zusammen mit dem Töpfer, dann war er weg. Basti zog es zu einem Felsgrat mit drei markanten Spitzen, der unser weites Rund nach Westen einfriedete. Wie gesagt, er hatte neuerdings das Klettern für sich entdeckt. Allerdings war ihm klar, auf diese Art unserer Wanderungen sich nicht auch noch seine Ausrüstung aufpacken zu können, sie war zu Hause, aber sie wollten auch nur mal kucken, Basti und Drude, Florian ging auch mit, der wirklich nur kucken wollte. Und es war auch nicht gleich nebenan. Nach Norden zu fiel es leicht ab, bis es dann offenbar recht steil abwärts ging. Und dort wo es abfiel, reckten sich schon ein paar Latschenkiefern, und trauten sich nicht weiter. Unsere Karte zeigte nur einen einzigen Weg in dieser Höhe quer durch unser Tal. Selbst diesen Weg sahen wir nicht, hier zog es wohl eher wenig Wanderer hin. Jedenfalls zog die Sonne ihre Bahn und neigte sich schon bald hinter die Berge. Plötzlich stand Basti da, Drude wäre abgestürzt und verletzt. In meinem Rucksack war das Verbandszeug und wir rannten den Weg zurück, es war bestimmt mehr als ein Kilometer. Und ich war so außer Atem wie noch nie. Am Fuße des Felsgrates angekommen, aus dem sich die drei Spitzen erhoben, mussten wir eine steile Schotterhalde hoch. Über die unteren großen Steine ging es noch, dann wurde es feiner und rutschte einfach weg und es ging nur langsam höher. Dort oben mittendrin saß Florian und hatte Drude in seinen Armen - den rechten unter ihren Armen, den linken unter ihren Knien - und auf seinen Beinen und war nur noch in der Lage zwei verzweifelte Schreie von sich zu geben. Wie lange saß er schon so, was sollte er auf dieser steilen und ewig langen Schotterhalde auch anderes tun. Zwei weiße Augen schauten mich an aus einem völlig schwarzen Gesicht – schwarz von eingetrocknetem Blut -, was mich in einen furchtbaren Schrecken versetzte. Etwa zwanzig Schritte daneben war wieder Fels und nahezu auf gleicher Höhe ein schmaler Absatz mit dichtem Gras. Mir war klar, wir kommen mit Drude hier nicht weg, nicht ohne Hilfe, und es fing schon an zu dämmern. Aber bis zu diesem Absatz muss es erst mal gehen. Ich nahm sie Florian mit meinen Armen ab, suchte Schritt für Schritt Halt, nur ja nicht abrutschen, langte dort an, und legte sie ins Gras. Daneben ging es gradewegs nach unten einerseits, und gradewegs nach oben andererseits. Wir brauchten Hilfe, und wir wussten von unserer Karte, dass weit unten in diesem Tal eine bewirtschaftete Berghütte eingezeichnet war. Einer musste versuchen, diese Hütte zu erreichen, wir sahen keine andere Möglichkeit und Florian war ausgeruht, zumindest körperlich. Also machte er sich auf, gradewegs das Tal hinunter, ohne Weg. Basti lief zu den Zelten, um Drudes dicken Daunenschlafsack und Wasser zu holen. Ich blieb da, und sah sie mir an. Sie hatte die Augen zu und atmete matt. Das Blut im Gesicht schien aus dem Haar gekommen zu sein und lief nicht mehr. Die Hände waren blutig und die Hose um die rechte Hüfte völlig von Blut durchweicht. Ich sah nach und fand an der Hüfte ein kreisrundes Loch, aus dem es nur noch schwach blutete, legte eine dicke Kompresse auf und drückte sie einfach mit dem Schließen der Hose an. Ich wusste nichts weiter zu tun. Sie atmete, und ob sie nun schlief, oder vor Mattigkeit nicht mehr konnte, wusste ich nicht. Wie viel Blut sie verlor und was das zu bedeuten hat, wusste ich auch nicht. Ich sah Basti unten kommen, wir brauchten dringend den Schlafsack, der Himmel war klar und es würde kalt werden. Ich ging einen Schritt zurück und sah nach oben. Gleich an den Felsspitzen begann ein Schneefeld, eine Zunge, die weit sehr steil abfiel und in großen am Hang liegenden Steinen endete. Dann wurden die Steine kleiner und schließlich weiter abwärts so fein und so steil, dass man kaum Halt finden konnte. Basti hatte mir noch nicht wirklich erzählt, wie es geschehen ist, und was er später sagte, verstand ich auch nicht richtig. Aber mir war klar, sie ist das Schneefeld hinuntergerutscht, durch die enorme Steile und Länge immer schneller geschlittert und schließlich durch all die großen Steine geschleudert worden, blieb im Schotter irgendwann liegen. Sie muss gar nicht vom Felsen gefallen sein, die Wunden können alle von den Steinen nach dem Schneefeld stammen. Basti langte an, und wie wir sie schließlich in den Schlafsack hineinbrachten, weiß ich nicht mehr. Jedenfalls steckte sie schließlich in der Mumie. Dann wurde es stockdunkel, bis auf die Sterne am Himmel. Der Mond ging nicht auf, nicht die schmalste Sichel, es war wohl grad Neumond. Und es wurde bitterkalt. Nie wieder fror ich so. Mir fehlen jetzt noch die Worte für die Not jener Nacht. Wird Florian es schaffen? Kann sich in der Nacht überhaupt jemand auf den Weg machen? Drude atmete und sie steckte warm. Ja, mir fehlen die Worte für diese frostige Nacht auf diesem kleinen Felsabsatz. Basti hockte da und machte sich wahrscheinlich furchtbare Vorwürfe. Noch in der Nacht bemerkten wir oben auf dem Felsgrat einen Lichtpunkt, der sich bewegte: eine Taschenlampe. Wir schrien, aber sie werden uns nicht gehört haben, es war zu weit. Florian hat es geschafft. Wir waren grenzenlos erleichtert. Aber der flackernde Schein verschwand wieder und von dort oben können sie uns sowieso nicht erreichen. Später erfuhren wir, es war der bärtige Lehrer der Schulklasse, der sich mit einigen seiner Jungs nach Florians Ankunft und dem Alarm für die Bergrettung in der Nacht auf den Weg machte. Es wurde wieder Tag, Drude atmete, als wir die Männer von unten kommen sahen. Der Arzt war der erste, der uns erreichte, den Reißverschluss der Mumie aufzog und sich kümmerte, und wir ihm erzählten, was wir wussten, was trotz einiger Sprachhürden gelang. Er sah auch nach der Wunde an der Hüfte, sagte einfach nur gut, legte eine neue Kompresse auf und verschloss alles wieder, rief die nachkommenden Männer, die sie erst einmal den Schotterhang hinuntertrugen. Sie war auch während dessen munter und hatte wohl Schmerzen. Unten wurde eine Trage zusammengebaut, sie betteten sie darauf, machten sie fest, und dann ging es an den Abstieg, drei Mann auf jeder Seite, das Tal hinunter, in dem es keinen Weg gab. Ich ging mit und Basti zurück zum Töpfer und Holger, die allein bei den Zelten sich sicher sehr sorgten. Es war ein schwerer Weg, steinig, felsig, teils mit kaum zu durchdringendem Latschenkiefergebüsch, manchmal sehr steil. Ich hatte Mühe, dabei war ich nicht einmal einer der Männer an der Trage. Wie schaffte das Florian nur in der Nacht. Es dauerte bis zum späten Nachmittag. Nach der Hütte wurde der Weg im Wald breiter, der Rettungswagen wartete dort und schließlich fuhr Drude mit dem Arzt ab. Einer der Männer der Bergrettung gab mir die Adresse des Krankenhauses und seine eigene, zu der ich kommen sollte. Dann waren auch die Männer weg. Vierundzwanzig Stunden waren vergangen, Drude war im Krankenwagen unterwegs ins Krankenhaus und lebt. Ich musste erst wieder zu den anderen, aber es würde Nacht werden, ehe ich nur die Hälfte des Weges geschafft hätte. Dieses Tal wollte ich nicht wieder hinauf, sondern einen anderen Weg nehmen. Ich kam zur Hütte, fand einen Platz zum Schlafen und machte mich im Morgengrauen auf. Ohne Gepäck ging es schnell, aber ich war nie der Sportsmann und kam zu Mittag erschöpft bei den Zelten an. Florian hielt gerade seinen wirklich blauen großen Zeh, den er sich in dieser Nacht zugezogen hatte in ein Rinnsal zum Kühlen. Sie waren sehr erleichtert nach meinem Reden.

Einer von uns musste wieder zurück. Florians blauer Zeh hinderte ihn. Alle zusammen ging also nicht. Also fiel es auf mich, weil ich die Leute schon kannte. Auch fühlte ich mich Drude am nächsten. Allerdings sagte ich das nicht laut. Vor allem wollte ich sofort wieder zurück, räumte alles aus meinem Rucksack, was die anderen noch brauchen konnten. Basti baute mein Zelt ab, ich suchte einiges aus Drudes Sachen, vor allem ihre Papiere, und stieg wieder ab. Es machte keinen Sinn aufeinander zu warten, auch für den Rückflug nicht, wie sollte man sich auch finden. Ich nahm den gleichen Weg, den ich eben gekommen war, hielt bei keiner Blüte, die ich aus dem Augenwinkel sah, hob nur die Augen, um nach Markierungen am Weg zu suchen, denn der schien wenig begangen, sonst wäre er mehr ausgetreten, hielt nur kurz zum Trinken und um ein paar Hände Wasser über den erhitzten Kopf zu schütten, eilte dort vorbei, wo der Krankenwagen wartete, und kam in der Dämmerung an der kleinen Straße an. Ich konnte echt nicht mehr, suchte zwischen den Feldern einen Platz für das Zelt und schlief bis in den Morgen, trank vom Wasser aus den Bergen in meinen Flaschen, und aß von dem, was in unseren Rucksäcken war. Das hätte ich nicht tun müssen, denn im nächsten Ort wohnte der Mann von der Bergwacht, von dem ich die Adresse hatte, der mich herzlich empfing und sofort Essen auftischte nebst einer Flasche Klaren, einer Flasche ohne Etikett, vielleicht selbst gebrannt. Er konnte einige Worte Deutsch. Nein, ich wollte keinen Schnaps, lange schon wollte ich keinen Schnaps, es war schier unmöglich, es auszuschlagen, bis ich auf die Idee mit dem Arzt kam, deutete auf meinen Bauch, machte eine leidende Miene, neben den abwehrenden Gesten zur Flasche hin. Ok, ok, sagte er, sprang auf und kam mit Bier. Jetzt gab ich auf und trank Bier. Das passte zwar gar nicht zu dem leckeren Kuchen, von dem ich immer wieder nahm, aber ich trank Bier. Wir sprachen über Drude. Das Wort Sprache traf zwar nicht so sehr zu, aber wir verständigten uns. Er war wohl sehr glücklich, dass Drude lebt, oft würden sie nur Tote aus den Bergen tragen. Ich versuchte es mit dem Thema Hubschrauber. Ja, sie hätten einen, aber der wäre in Bukarest zur Reparatur und die Armee würde keine Einsätze über zweitausend Meter fliegen. Luca, ich sag dir jetzt nur die Essenz aus den Wortfetzen, Gesten, Mienen, Lauten, die wir austauschten. Am Ende wusste ich auch, wie ich zum Krankenhaus komme, er brachte mich zur Haltestelle und setzte mich in den Bus. Ich war froh um das Leben Drudes, und auch dafür, dass es solche Leute, wie diesen jungen Mann gibt.

Drude strahlte, als sie mich sah, sie strahlte, als die Schwester kam, sie strahlte, als sie aus dem Fenster in den hellen Tag sah. Sie lag in ihrem schneeweißen Bett, in einem freundlichen Zimmer, nur für sie allein, und es wurde sich offenbar rührend um sie gekümmert. Der Ernst kam nach der Frage, wie es denn um sie stehe. Der Kopf war verbunden, wegen einer großen Platzwunde. Die Haut war blass mit vielen blauen Flecken, beide Hände etliche Male gebrochen, und das Becken wäre gebrochen. Deshalb könne sie wohl so bald nicht wieder aufstehen.

Die Hände und deine Geige, was soll da werden? Sie zuckte nur mit den Schultern. Es wäre jemand vom Konsulat dagewesen, und sie würden sich auch um den Flug nach Hause kümmern. Ich stellte den Beutel mit Sachen ans Bett, legte ihre Papiere auf den Nachttisch und blieb den Nachmittag bei ihr. Die Papiere wurden sogar gleich gebraucht, als zwei Herren in Zivil kamen, die sich eingehend damit und auch mit meinen beschäftigten. Es sah aus wie Ceausescus Securitate.

Drude wurde wenig später in einer Linienmaschine zurückgebracht, in der einige Sitze durch ein Bett ersetzt wurden, sagte sie mir später. Ich fuhr mit dem Nachtzug nach Bukarest, dann zum Flughafen, und als die Schalter der Fluggesellschaften öffneten, war ein Platz gleich in der nächsten Maschine frei. Die anderen kamen zurück, wie wir es gebucht hatten. Florian fuhr von Berlin direkt zu sich nach Hause.

Ja, und wie ging es weiter: Drude heiratete Florian und ich wurde Pate eines ihrer Kinder.

So läuft das: Auf einer Reise mit Jugendtourist in die Arktis, dem russischen Norden Skandinaviens, bei der Natascha unsere Reiseleiterin war, wurden Florian und ich Freunde. Er kam manchmal übers Wochenende zu uns, und ich besuchte ihn gelegentlich bei seinen Eltern im Dorf. Drude tauchte später bei uns auf, und beide fliegen mit uns in die Berge, ohne dass sie sich kannten.

Er sitzt am steilen Berg auf hartem Stein, hat sie auf den Beinen, hält sie in den Armen und wartet quälend lange, das Blut rinnt über ihr Antlitz, bedeckt es ganz und wird schwarz. Und dann rennt er um ihr Leben, kämpft sich in stockdunkler Nacht ins Tal hinab zu dieser Hütte, die davor nur ein winziges Zeichen und eine Schrift irgendwo auf einer Wanderkarte war.

Ach Luca, es sind alles ewige Geschichten, und wenn man sie erzählt, halt, was einem grad noch einfällt nach langer Zeit, fühlt es sich an, als hätte ich kaum etwas gesagt. Nur so viel, wie Wind um die Nase: Wo kommt der Wind her? Wo geht er hin? Dieser Wind um die Stirn. – Aber jetzt musst du gehen.

Auch ich muss wieder gehen und es wird eine lange Umarmung an der Haustür.

Das Buch liegt neben mir und die Blechströme ziehen mich durch die Stadt. Morgen ändert sich das Leben wieder gründlich. Trotz aller Abschiede sehne ich es herbei und so sehr ich auch sinne, findet sich kein Grund, stark genug, mich in die Stadt zurückzubringen, und Ava und Stadt geht schon gar nicht. Ich bin spät dran, aber die Tür zum Büro meiner Mutter steht einen Spalt offen und wenn ich mich nicht irre, sind es die Stimmen von Yvonne und meiner Mutter. Nach einigem Zögern klopfe ich, ein kurzes Hallo und es wird klar, mein Vater ist auch noch in seinem Büro und ich solle es mir schon mal bequem machen, ein Weilchen würde es noch dauern. Mir kam es gelegen, weil mein Koffer noch zu packen war und als der auch im Flur steht, kommt meine Mutter: „Entschuldigung."

„Wofür?"

„Ach nur so, weil ich mir es so nicht gedacht habe."

„So so."

„Ach du, trotzdem freue ich mich."

„Der Tag morgen wird sieben Stunden länger."

Mein Vater kommt, als das Skypen mit Ava schon nahe ist und meine Mutter fragt nicht, wieso er noch so lange zu tun hatte, aber das tat sie sowieso nie, der Teil auf ihren Schultern reicht ihr auch so schon und wenn sie es wissen müsste, würde er es sagen. Aber ich ahnte, es würde sie vielleicht doch etwas angehen, wenn sie schließlich mit ihrem Büro umzieht.

Ava will von meinem letzten Tag wissen und sie findet es gut so, wie ich es mit Wanda gemacht hatte. Sie könne nach meinem Reden über die Woche nachempfinden wie mein Großvater und Wanda verbunden waren und Wanda braucht jetzt Zeit: Die Arbeit mit dem Haus, der Nachlass überall im Haus verstreut. Irgendwann wird sie wissen, was sie will und sie würde es mir schließlich sagen. Ava kann solche Worte aus der Ferne einfach so reden, als wäre man beieinander.

„Wie geht es Maggie, hat sie sich beruhigt?"

„Ach, ich weiß es nicht. Erinnerst du dich an das alte Bootshaus am Westufer?"

„Du wolltest es mir zeigen, als wir uns über unsere Kindheit unterhielten, weil du so gern dort warst."

„Ja, und dann fanden wir nur noch Gerümpel und Dreck und ich war so enttäuscht. Keiner hatte mehr Zeit, weil die Farm so gewachsen war, und dann war ich auch noch so oft weg."

„Was ist denn nun mit Maggie."

„Der Mähdrescher hatte es wohl nicht so nötig und Tad fuhr mit Jon zum Bootshaus. Sie sagten gar nichts und dann nahmen sie sogar Maik mit. Am Abend sind wir dann alle hin, außer Jon, der einen Fensterflügel reparierte und Maik, der sich auf den Weg nach Saint Paul machte. Alle verstanden nicht, wieso wir über die Jahre das Bootshaus nicht vermisst hatten. Nur das Boot war nicht mehr zu retten und Maggie wollte einen neuen Kamin, dann sahen wir ihn alle an, und es war nicht schwer, ihre Ansicht zu teilen. Und heute nach den Tieren und dem Frühstück sind wir wieder hin und machten sauber, schrubbten Stühle, Tische, Bänke, Boden, putzten Fenster. Jon reparierte Fensterläden, ölte Scharniere, machte Schlösser gängig, kümmerte sich um den Brunnen, wechselte einige Planken auf der Terrasse und verbrannte alles, was nicht mehr taugte."

„Ja warte doch, und die Ernte?"

„Es hatte so sehr geregnet und wir können immer noch nicht auf die Felder, vielleicht morgen Nachmittag wieder. Wann werdet ihr ankommen?"

„Wenn alles nach Plan läuft, spät am Abend. Warum denn plötzlich das Bootshaus?"

„Vielleicht wollten meine Eltern eine Fluchtmöglichkeit anbieten vor dem Getriebe auf der Ranch, das wir ja nicht einfach abstellen können, aber deine Eltern waren jetzt nur der Anstoß, weil es meinem Vater schon lange auf der Seele lag. Ich weiß, er war gelegentlich dort und kam nicht mit bester Laune wieder. Weißt du, als ich wegen unserem Skypen auf dem Weg zurück war, kam er im Pick-up mit Hänger und einem neuen Boot. Er hielt an und trug mir Grüße auf und ich fragte, was er denn außer dem neuen Kaminofen noch alles hätte. Nichts weiter sagte er, nur zwei neue

Angeln, einen neuen Gasherd mit Flasche, einen Tisch für die Terrasse mit zwei Sesseln und eine Solaranlage, nicht zu klein."

„Danke für die Grüße und grüße auch."

„Ich sag es ihm, und dann hatte er ja auch noch die Liste von meiner Mutter."

„Das Bootshaus, ich fass es nicht."

„Siehst du? Wenn wir nicht selbst Appetit auf Fisch haben, können wir es an Feriengäste vermieten."

„Und wenn Robin mit seinen Kühen sie besucht?"

„War nur so eine Idee. Überlege dir, ob du mit deinen Eltern über den wilden Stier redest."

„Ist schon gut, jetzt kommen wir erst einmal und ich finde, es wird langsam Zeit."

Ihre Finger waren lange auf ihrem Mund, bevor sie riesengroß wurden.

~~ 9 ~~

Am letzten Morgen müssen wir nicht früh raus, aber meine Mutter kann es nicht lassen ein ordentliches Frühstück auf den Tisch zu zaubern. Dann bringen wir Männer die Koffer ins Auto und sie räumt den Tisch ab, während nach und nach ein Transporter nach dem anderen vom Hof fährt. Ich laufe ins Nachbarhaus und finde nur noch Liesa und Sissi. Yvonne war mit den Jungs schon auf dem Weg in den Kindergarten. Ich sinke in den Sessel und bekomme Sissi in den Arm. Ihre Mama holt die Flasche und gibt sie mir. Leider ist nur Zeit für die halbe Flasche und dann muss ich los. Uns fehlen beide die großen Worte, nur Sissi schmeckt die kurze Unterbrechung nicht.

Mein Vater fragt mich, ob ich fahren will, und ich war schon am Auto, als Yvonne auf dem Weg ins Büro ist. So richtig locker waren wir beide nicht, aber immerhin huschte ein kurzes Lächeln über ihr Gesicht und sie sagt, es würde jetzt nicht ausreichen sich einen guten Tag zu wünschen, es müssten doch gute Tage sein, viel gute Tage. Also wünschten wir uns viele gute Tage und dann hatte sie es eilig.

Franz kommt sich zu verabschieden mit herzlichem Umarmen und er hoffe, es würde nicht erst wieder sein, wenn die Haare auf der Brust grau werden. Franz winkt noch, als wir ums Eck biegen.

Nach einer Weile fragen sich meine Eltern im Wechsel, dieses und jenes auch nicht vergessen zu haben. Bei mir konnte es höchstens ein paar Socken sein, die noch im Bad liegen, das Wichtigste war in der Tasche: Alle Papiere, das Buch, der Laptop und die Tasche stellte ich selbst in den Kofferraum. Dann tritt große Stille ein und ich will schon fragen, was denn mein Vater an Multimedia zu bieten hat, als er sein Handy ans Ohr nimmt, dessen Vibrieren zu hören war und nach einer Weile war klar: Der Mann am anderen Ende war der Architekt.

Eigentlich wollte ich zuhören, aber ich fahre und das Ziel dieser Reise fasst nach meinem Gemüt. Ich kann es nicht so recht steuern, weil ich dieses Auto steuern muss, und hier ist nicht ein einsamer staubiger Weg zwischen endlosen Feldern, oder ein mager benutzter Highway durch Wälder und Seen. Und schließlich frage ich meine Mutter auf Englisch, ob alles in Ordnung wäre und die Antwort kam auch auf Englisch und dann mussten wir lachen und mein Vater nahm verdutzt das Handy vom Ohr, aber nur kurz.

Die große Maschine steigt durch die Wolken während uns der Kapitän auf unserem Flug nach Toronto begrüßt und dann nimmt uns die Ruhe endloser Wolkenteppiche, die sich entfernen und nun tief unter uns scheinbar still von der Sonne begleitet dahinschweben. Wohlwissend, der Tag zieht sich heute zusätzlich sieben Stunden in die Länge, neigen wir unsere Lehnen dieses kleine mögliche Stück nach hinten und versuchen in den Schlaf zu finden, der uns auch entgegenkommt, nebst reichlichem Essen und Trinken, diverser Lektüre an Zeitschriften und Illustrierten und den Bildschirmen. Aber eigentlich schieben sich die Erwartungen dessen, was jetzt auf uns zukommt wohl oft dazwischen, über die keiner mehr reden will, weil schon viel gesagt worden ist und ich hoffe inständig, dass es nicht so sehr knirscht und alle

Frieden schließen mit den Wegen, die jeder gegangen ist.

Der große See glitzert in der sich neigenden Sonne und die Maschine schwenkt über die Stadt.

Wir können uns nur kurz am Boden die Beine vertreten und ich schreibe Ava eine Zeile und es kommt eine zurück. Schon sind wir wieder in der Luft. Toronto entschwindet, weit unter uns dehnt sich der Wald und jetzt gibt es schon wieder etwas zu essen. Bei meinen Eltern zuhause würde ich jetzt vielleicht schon im Bett liegen, aber wir fliegen der Sonne hinterher.

Es war klar, in Saint Paul erwartet uns niemand, aber es war Maik, der uns mit einem Gepäckwagen entgegenkommt, also lernten sie meinen Schwager kennen, der noch hier studiert und wie es aussieht, auch in der Stadt bleiben will. Er würde am Wochenende nach Hause kommen. Der Mietwagen steht bereit und wir halten uns nicht auf, wollen die schnellste Strecke nehmen und ich soll selbst fahren. Dämmerung ist schön, auch wenn man in die untergehende Sonne fährt, aber ich muss mich erst an das neue Auto gewöhnen. Die Straße verlangt Wachheit und wir haben noch den größten Teil der Strecke vor uns und schon bald fressen sich die Lichtkegel durch die Nacht, bis die Straßen immer schmaler werden und schließlich der Weg zur Ranch kommt, auf dem, wenn es trocken ist, der Staub aufwirbelt und die Wolke aus Staub der Wind behäbig in die Felder treibt. Aber jetzt sieht man nichts von Staub, aber auch der Regen, von dem Ava sprach, scheint vorbei.

Der Hof ist hell und es kommen uns alle drei entgegen, aber ich habe nur Augen für Ava, nicht nur die Ava vom Bildschirm, und sie wohl für mich und dann senkt sich mein Blick und es schien etwas runder und sie lächelt darüber und ich hätte sie am liebsten gleich in die Arme genommen. Sie aber geht auf meine Eltern zu, langsam und scheu und irgendwie ehrfürchtig. Das muss sie doch nicht. Ich bin etwas voraus und sehe meine Eltern an: Meine Mutter wohl eher abwartend und mit gutem Willen, aber was ich bei meinem Vater sehe, bei meinem spröden, unnahbaren, manchmal fast kalt wirkenden Vater sehe, und ich glaube auch nicht, dass die anderen, vielleicht nicht einmal Ava, es auch merken: Mein Vater hat seine Schwiegertochter vom ersten Sehen an ins Herz geschlossen. Mein Vater hat ein Herz. Sehe ich das jetzt wirklich? Denn er lässt es nicht raus. Sicher will er sich's nicht anmerken lassen, mein Vater nicht. Aber in seinen Händedruck, in seine sonst recht kräftig zudrückende Hand wird gleich ein wenig dieser Zuneigung strömen und Ava wird es spüren.

Wir Männer tragen das Gepäck ins Haus und das meiner Eltern gleich nach oben in ihre Zimmer. Sie wissen also schon mal wo sie wohnen werden und dann sitzen wir alle in der Küche, wer wollte, konnte essen und die Männer stoßen mit Tads Bestem an. Es wurde schon etwas durcheinandergeredet, und ich erinnere Tad und Maggie, doch etwas langsamer und deutlicher zu reden, und gelegentlich gibt es auch etwas zu übersetzen, aber es ließ sich ganz gut an. Bald breitet sich bei den drei Ankömmlingen hinter vorgehaltener Hand das Gähnen aus und alle gehen schlafen. Als die Tür hinter Ava und mir ins Schloss fällt, sinken wir uns in die Arme und unsere Lippen verschmelzen, meine Hände krallen sich behutsam in ihr Haar. Dann löst sie sich und sagt:

„Du bist zum Umfallen müde."

„Eigentlich war die letzten Tage gerade jetzt die Zeit aufzustehen", und ich gähne schon wieder.

„Maggie flüsterte mir im Gehen zu, wir würden morgen früh nicht gebraucht, auch wenn meine Schwiegereltern schon auf wären. Das klang so, als würde sie mit ihnen gern auch allein sein."

„Wunderbar, also schlafen wir aus." Ava sorgt schon mal für das Schweigen des Weckers.

Als wir den nächsten Tag in die Küche kommen, unterhalten sich Maggie und Traudel, hatten sich die beiden wohl schon einen weiteren Kaffee gemacht und sagen, die Männer wären schon raus zu Jon und was wir denn zum Frühstück wöllten.

Und so lief das alles recht gut, bis Maggie und Tad wohl das Gefühl hatten lange genug so dicht aufeinander gehockt zu haben und zwei Tage später während eines ausgedehnten Rundgangs zu den Tieren, über die Felder und Wiesen auch den Weg zum See nehmen und im Bootshaus landen, mein Vater interessiert eine der Angeln in die Hand nimmt und sagt, er hätte das in seinem Leben noch nie gemacht. Ted ihm sagt, er sich deswegen an seinen Sohn wenden solle, meine Eltern am nächsten Tag ins Bootshaus ziehen, ich meinem Vater mit den Angeln helfe, aber nur einmal ausgiebig, und dann läuft das. Sogar Traudel kommt nach dem Angeln mit den größten Fischen zu Maggie in die Küche und sie zaubern gemeinsam für das Mittagessen. Selbst Jon freut sich auf Neues aus der Küche.

Und dann fragen sie, ob sie ein paar Tage länger bleiben dürfen, sie hätten von zuhause wegen der Firma schon mal grünes Licht. Mein Vater und Tad verschwinden in sein Büro und kommen wieder mit dem neuen Abreisedatum.

Traudel hatte auf ihrem Handy viele Fotos von zu Hause, die sie eines Abends auf den Beamer umlegten mit Bildern vom Haus, der Wohnung, von ihren üppigen Pflanzen, der Firma, und es waren auch Bilder dabei mit den Kindern auf dem Spielplatz, Normen, Ben und Liesa mit Sissi im Arm und Yvonne stand auch dabei. Ava bittet ihre Schwiegermutter die Bilder auf dem Handy nochmals ansehen zu dürfen. Traudel gibt ihr das Handy, Ava wischt sie durch, bis sie die Bilder vom Spielplatz hat und zoomt sich das Gesicht von Ben heran, bis es fast das gesamte Display füllt. Die anderen sind in ihre Gespräche vertieft, und die neben mir sitzende Ava hält mir dieses Bild hin. Lange tut sie das, und langsam, ganz langsam ahne ich, warum sie das tut. Nun war es unpassend, in der Runde darüber zu reden, nein das will sie nicht. Aber bald machen sich meine Eltern mit ihren Taschenlampen auf den Weg zum Bootshaus, meine Schwiegereltern ins Bad und wir sitzen uns in unsere Wohnung gegenüber:

„Sahst du Yvonnes Sohn, Ben heißt er?" Ich nicke. „Hast du ihn in dieser Woche gesehen?"

„Nein, nicht einmal von fern."

„Hast du gesehen, was ich gesehen habe?"

„Ja, ich weiß, wie ich aussehe."

„Es kann auch nicht sein, viele Menschen ähneln sich."

„Meinst du, Yvonne achtete darauf, dass ich Ben nicht sehe?"

„Erzähle mir doch noch einmal, was deine Mutter dir von Yvonne gesagt hat, alle die Sätze, so genau du kannst."

Ich versuche mich zu erinnern, Ava hakt nach, bis sie schließlich sagt: „Yvonne hat es vielleicht selbst nicht gewusst, weil, als sie zusammen mit deiner Mutter auf dem Speicher die Geburtsurkunde suchte und plötzlich die Wehen einsetzten, war sie überzeugt, die Geburt kommt drei Wochen zu früh? Das Kind ist womöglich nicht zu früh gekommen."

„Kann sich eine Mutter irren?"

„Wenn das Leben allzu sehr durcheinander kommt, ist es schon möglich."

„Und nun?"

„Nehmen wir an, sie hat es doch irgendwann gemerkt, ein Babygesicht ist ein Babygesicht, nach drei Jahren hat es sich gründlich verändert und wie es mit diesem Spanier nun genau gelaufen ist, weiß deine Mutter auch nicht, sonst hätte sie es dir weitererzählt. Vielleicht hatte Yvonne mit diesem Spanier keinen Kontakt, geschweige denn für Ben Unterhalt bekommen."

„Ava, was redest du da?"

„Denke nicht, mir macht das Spaß, nein, ganz im Gegenteil."

„Ava, hör auf!"

„Oh, Luca, das wäre fahrlässig. Dass du Bens Vater bist, ist doch theoretisch rein rechnerisch möglich, nicht nur theoretisch, nein rein praktisch. Deine Mutter rechnete. Es ist doch rein praktisch möglich?"

„Ja, verdammt!"

„Nein, nein, Luca, sie dir doch dieses Bild an, wir beide kennen nur dieses Bild und das erst seit heute. Seit eben wissen wir: Aus dem Leben vor vier Jahren hat sich dieser Junge herausgeschält, von dem du vielleicht der Vater bist, sein leiblicher Vater. Es hat sich unserer Kenntnis entzogen, selbst Yvonne irrte sich vielleicht jahrelang. Und jetzt sieh dir nur dieses Bild an, schon dieses Bild, wie kannst du da verdammt sagen? Ja, wir sind dazu verdammt oft recht wenig zu wissen von den Folgen unseres Handelns. Was siehst du auf diesem Bild: Dieses Kind will leben, es braucht dieses Leben, das Gesicht, die Augen, sein Lachen, und wie kannst du es dafür verdammen. Und es ist auf die Menschen um sich herum angewiesen, auf die Liebe der Menschen um sich herum."

„Ach Ava, du ahnst nicht, was ich am ersten Tag zu Hause durchmachte, habe es beim Skypen so nicht gesagt. Als meine Mutter von Ihrer Begegnung mit Yvonne erzählte, sie auf dem Speicher nach ihrer Geburtsurkunde suchten und dann die Wehen einsetzten. Meine Mutter dann rechnete und das Ergebnis sie erschütterte, dass sie ihr Auto kaum unter Kontrolle halten konnte, und ich ein paar Minuten mit der Vorstellung leben musste, Vater zu sein. Und das fast um die halbe Erde von dir entfernt. Kannst du dir das vorstellen? Die Minuten, bis sie dann sagte, der Spanier wäre der Vater?"

„Nein -, oder vielleicht doch. Es hat mich schon, gelinde gesagt, überrascht, Yvonne bei deinen Eltern zu wissen, fast um die halbe Welt von dir entfernt."

„Was machen wir denn nun, lassen wir es? Vielleicht ist die Ähnlichkeit ja nur reiner Zufall."

„Schlafen wir doch jetzt und sehen, wie dieses Thema aus der Nacht zurückkommt."

Und wir nehmen uns ein bisschen zu fest in die Arme. Ava schläft wirklich bald ein und unser Kind mit ihr. Wie froh bin ich, ihren langen, gleichmäßigen Atem zu spüren. Lange tu ich das, bis ich auch schlafe.

Tags darauf wecken mich die Geräusche der Motoren, gehe ins Bad, schaue aus dem Fenster, sehe ein Gespann auf dem Hof mit dem Hänger voller Getreide, mein Vater springt aus dem Traktor und geht zu Jon, der an der neuen Presse hantiert. Warum ist mein Vater nicht auf dem See zum Fischen? Hier geht das Leben wohl grad an uns vorbei. Erst jetzt sehe ich auf die Uhr, ja, das Leben geht an uns vorbei und das Frühstück ging auch an uns vorbei. Es war so gesagt: Keinen Stress für uns, solange meine Eltern da sind und gemeint haben sie, ohne es dazu zu sagen, weil ich so lange nicht bei Ava war. Aber der Stress ist mit über den Ozean geschwappt. Ich gehe zurück ins Schlafzimmer, schlüpfe wieder ins Bett und sehe zu Ava, die auf dem Rücken liegt mit Augen zu inmitten der Wolke ihres lockigen schwarzen Haars. Sie schläft nicht mehr, ich weiß es, die Wimpern bewegen sich, auch die Augen unter den Lidern und sie denkt. Und weil Ava meinen Blick spürt, wendet sie sich mir zu und mich zieht es zu ihrem Mund, und als dieser wieder sprechen kann: „Wenn du nun mit deiner Mutter redest?"

„Mit meiner Mutter?"

„Kuck nicht so entsetzt, sie ist deine Mutter und wenn ich es auf den ersten Blick schon auf einem einzigen Bild sehe, dann sie schon lange, wie dir der Junge immer ähnlicher wird."

„Aber sie und Yvonne leben fast zusammen, im Wohnzimmer steht eine große Truhe mit Spielzeug. Yvonne würde es ihr doch gesagt haben."

„Es wird wegen das Vaters von Ben nur dieses eine Gespräch gegeben haben, lange bevor sie das einjährige Kind und seine Mutter nebenan ins Haus und in die Firma holte: Der Vater ist Spanier, der Yvonne seine Familie verschwieg und für den sich die Liaison erledigt hatte, als er von der Schwangerschaft erfuhr."

„Aber Yvonne?"

„Ja Yvonne, wir sprachen oft im Skype von ihr: Wie sie sich in den ersten Tagen für dich unsichtbar gemacht hat, dass du mehr als genug zu tun haben würdest mit der neuen Situation und vier Jahren eisiger Funkstille, und sie hat natürlich ebenso nichts gewusst von dir. – Wann hat sie von uns erfahren?"

„Vielleicht schon am späten Abend des Tags der Beerdigung von ihrer Freundin Liesa."

„Und ab dem Moment hat Yvonne vor allem dich beschützt. Stell dir vor, sie hätte dir das Paket gleich noch oben drauf geladen in dieser kurzen Zeit."

„Ich kann es mir nicht vorstellen."

„Siehst du wie recht ich damit habe, die wenigen Minuten, als dir deine Mutter von Yvonne erzählte, erdrückten dich schon fast, dass du es mir nicht gleich erzählen konntest, erst gestern Abend hast du es."

„Du kennst sie nicht und redest so von ihr? Es ist meine Ex, fünf Jahre und du redest so von ihr?"

„Das ich es so kann, habe ich von Umba gelernt."

„Ich glaub es nicht. Ja, Ben sieht mir ähnlich, ja, und nach den Rechnungen geht es auch, aber vielleicht könnte der Spanier mein Zwillingsbruder sein?"

„Mag er dir ähnlich sein, aber im Grunde genommen hältst du es auch nicht für wahrscheinlich."

„Da wir schon von wahrscheinlich reden: Wie wahrscheinlich irrt sich eine Mutter, wer der Vater ihres Kindes ist?"

„Also reden wir von wahrscheinlich, wieso schließt man aus dem Schein nicht das Wahre, sondern irrt sich. Und schon sind wir notgedrungen beim konkreten Schicksal. Ihr wart fünf Jahre zusammen und wie war es für sie?"

„Wenn du es so meinst, ich war ihr Zweiter."

„Und umgekehrt? – Du zögerst? Kommst du mit dem Zählen nicht nach?"

„Du erst."

„Lassen wir es, bleiben wir bei Yvonne. Ihr läuft als Dritter der Spanier über den Weg und für sie völlig neu überschneidet es sich, eine für sie wirklich völlig neue und unerwartete Situation. Und sie ist eigentlich nicht so eine, sie schlief bisher nur mit zwei

Männern und nun kommt der Dritte und es überschneidet sich, ihre Seele kommt ins Trudeln. Die äußeren Abläufe werden chaotisch, sie meint, die Pille genommen zu haben, obwohl sie noch gar nicht hat, oder was man sich nicht alles vorstellen kann. Dann meint sie, der Neue ist der Richtige und sie löst sich von dir. Du sitzt bei Umba auf der Bettkante und sie merkt schließlich, dass sie schwanger ist. Und dann kommt vielleicht noch ein übermüdeter Gynäkologe hinzu, der sich mehr auf ihren erzählten Schein, als auf die wahre Aussage seines Ultraschalls verlässt: Schon kommt das Kind drei Wochen früher und nur das Kind weiß von seinem durchaus richtigen Geburtstermin und seinem richtigen Vater."

„Wir liegen im Bett und führen solche Gespräche, es ist nicht zu fassen. – Ava, wenn ich jetzt bei Umba auf der Bettkante säße und er hätte sich das alles angehört, was denkst du, würde er sagen?"

„Was ist das für eine Frage, wenn du Umbas Bettkante brauchst, dann suche sie. Jetzt liegst du selbst im Bett, und zwar ganz und ich liege neben dir. Es ist heller Tag, wir liegen immer noch im Bett und die Menschen unten im Hof gönnen es uns und arbeiten. Lass uns doch über die Bettkante rutschen, in die Pantoffeln schlüpfen und frühstücken gehen, wir beide haben Hunger."

„Warum ist das alles so kompliziert?"

„Denk an Umbas Bettkante, denk an deinen Großvater, er war krank und schon lange an dieses Bett gefesselt und denke an deinen Zustand. Obwohl es ihm selbst schlecht ging, half er dir wieder auf die Beine."

„Ava: Sag mir, warum ich mich schuldig fühle."

„Jetzt, nachdem ich dir vor ein paar Stunden sagte, dass du einen dreijährigen Sohn hast, fühlst du dich schuldig?"

„Irgendwie schon."

„Dieses Irgendwie scheint dein Lieblingswort zu sein und irgendwie hast du recht. Man kann es überall davor schreiben: Irgendwelche Schulden, irgendwelches Vermögen, und es ist gut, wenn es ein wenig von Demut zeugt. Aber es bekommt gleich wieder einen faden Geschmack, wenn man sich damit entschulden will, nichts damit zu tun haben will, oder wegen seines Vermögens sich auf die Brust klopft. Das Irgendwie ist ein gefährliches Wort, weil es nichts über die innere Haltung sagt."

„Ava, bin ich schuld?"

„Vielleicht, irgendwie schon."

„Du nimmst mich nicht ernst, du machst dich über mich lustig."

„Keineswegs. Aber eines weiß ich, wenn jetzt Maggie den Frühstückstisch endgültig abräumt, sind wir selbst schuld."

„Wir reden mit meiner Mutter. Und du hast irgendwie recht, gehen wir frühstücken."

Maggie und Traudel waren beide in der Küche und unterhalten sich über Fischrezepte, denn in einer Schüssel liegen schon wieder Fische, die mein Vater fing. Und so stehen die beiden Mütter, die beiden Schwiegermütter vor dieser Schüssel und reden darüber, was sie daraus machen. Hab ich das jetzt richtig mitbekommen: Mein Vater setzte sich im Morgengrauen ins Boot, ruderte auf den See und eben stieg er aus dem Traktor und zwischenrein brachten sie die Fische und frühstückten miteinander.

Die beiden tranken noch einen Kaffee mit uns und es stellte sich heraus, meine Eltern saßen zusammen im Boot und sie könne nicht verstehen, wie ihr Mann in so kurzer Zeit fischen gelernt hat.

Aber die Reden und das Frühstück laufen für mich nebenher auf der ständigen Suche nach dem Weg, mit meiner Mutter zu reden, und ob ich es nicht zusammen mit Ava tue. Aber diese Idee sollte ich ihr besser erst allein nahebringen. Viel Zeit ist auch nicht mehr, denn in drei Tagen werden sie wohl endgültig zurückfliegen und dieses Thema auf die lange Bank schieben ist sicher nicht die Lösung, nein, nicht durch Skypen. Wenn mir nur nicht immer wieder Zweifel kämen, lieber nicht darüber zu sprechen und es Yvonne zu überlassen, wie sie damit umgeht, wenn ich denn tatsächlich der Vater bin. Fragte mich jemand jetzt, was ich gegessen hätte, könnte ich wohl keine Antwort geben.

Ava würde gern rausgehen zu den Männern, vielleicht auch nur, um den Kopf frei zu bekommen. Sie berührt einfach meine

Hand, aber was ihr Blick mir nun eigentlich sagen will, ist mir doch nicht klar. Jedenfalls sehe ich jetzt durchs Küchenfenster wie mein Vater und Ava sich einander zuwenden, dann kurz wohl einige Worte auf die Ferne mit Tad reden und schließlich Richtung Weiden davonziehen. Wenn die beiden jetzt wirklich zu den Tieren wollen, sehen wir sie so schnell nicht wieder.

Bei dem sonnigen Wetter wird Jon schon auf dem Mähdrescher sitzen, Tad das Getreide vom Feld holen und einlagern und ich werde dazu nicht dringend gebraucht. Maggie und Traudel brauchen mich auch nicht, denn sie scheinen jetzt zu wissen, wie sie uns zu Mittag verwöhnen wollen. Ich sehe meiner Mutter versonnen beim Tun zu und will sie nicht sofort mit der Frage zur Vaterschaft behelligen. Nein der Ball ist wirklich bei Yvonne, wenn es denn so wäre. Jetzt, aber wirklich erst jetzt würde ich mir von meiner Mutter ihr Handy geben lassen und ebenso wie Ava es mit mir machte, das Bild von Ben ihr ohne Kommentar zeigen, vielleicht indem ich es neben mein Gesicht halte. Dazu braucht es keine Worte. Aber die Gelegenheit ist nicht jetzt und auch nicht, bevor ich nochmals mit Ava darüber geredet habe. Aber Ava ist mit Ihrem Schwiegervater unterwegs und ich verziehe mich in den Ostflügel, also in unsere Wohnung, seit längerem endlich an meinen Computer. Und ja, es sind drei Nachrichten dabei, denen ich mich wirklich eher hätte zuwenden sollen. Einer der beiden Farmer will seine Buchhaltung umstellen und ich schlage ihm einen Termin in der nächsten Woche vor. Den anderen rufe ich an und erwische ihn, wo auch sonst bei diesem Wetter und um diese Jahreszeit, auf dem Mähdrescher. Nach den Aussichten für das Wetter könne er jetzt sowieso nicht und nach dem Datum seiner Nachricht schrieb er die in den Tagen des Regens. Der Computer müsse warten und er meldet sich wieder.

Und Wanda wäre eben aus dem Garten gekommen, würde sich kurz waschen und mich gleich wieder anwählen. Sie bringe den Garten gründlich in Ordnung, weil er die nächsten Wochen ohne sie auskommen müsse. Sie hätte das Ticket nach Australien schon, und wann denn meine Eltern zurück sein werden. Wir erzählten ein wenig voneinander und sie war erleichtert, meine Eltern vor ihrer Reise doch noch sehen zu können.

Ich wechsle die Schuhe und gehe zu Tad in die Halle. Ihm kam es gelegen, weil er mit Traktor und dem nächsten Hänger aufs Feld wollte und mir die Arbeit mit dem Getreide an den Silos überlässt. Wanda geht mir nicht aus dem Sinn. Wie ich sie so sah auf dem Schirm, wirkte sie frisch und voller Tatendrang, nein, ich muss mir keine Sorgen machen.

Wir schaffen es wieder zu Mittag an Maggies Küchentisch, nur Jon kommt zu spät, der den kleinen Rest auf diesem Feld nun wirklich nicht stehenlassen wollte. Am Abend sitzen wir am Bootshaus und sehen den See in die Nacht versinken und meine Eltern, die eigentlich einen Tag in die Stadt wollten, entschlossen sich am Ende doch, lieber die Zeit hier zu sein, ob wir für das nächste Jahr schon mal das Bootshaus reservieren könnten und dabei liegt der Blick meines Vaters einen winzigen Moment auf Avas Bauch.

Wir beide sehen uns zu Hause an, weil, den lieben langen Tag fand sich keine ruhige Zeit für das Thema: „Ava, was machen wir denn nun?"

„Uns bleibt erst mal nur deine Mutter."

„Wollen wir zusammen mit ihr reden?"

„Für den Anfang nicht, ich bin mir keineswegs sicher, wie es mit ihr steht. Bestimmt sieht sie schon lange, was wir sehen, aber redeten Yvonne und sie miteinander? Es kann auch sein, deine Mutter ist in großen Nöten, weil sie zwischen den Stühlen steht, und diese Stühle haben sich nun seit der letzten Woche brisant vermehrt, und wie will sie hindurchfinden. Sei einfühlsam, setze sie nicht unter Druck."

„Du willst nicht?"

„Am Anfang lieber nicht."

„Ich lass mir ebenso wie du von ihr das Handy geben und zeig es ihr neben meinem Gesicht. Meine einzigen Worte werden sein: Erst gestern hat Ava mit mir das Gleiche getan."

„Wir können es nicht auf die lange Bank schieben, nicht erst, wenn sie die Koffer im Auto haben."

Und so geschieht es auch. Meine Eltern bleiben am nächsten Morgen da, was sie am Abend zuvor sagten. Und ich fuhr mit dem Bike von der Weide kommend erst zum Bootshaus. Meine Mutter hörte es und kam mir entgegen. Mein Vater liest auf der Terrasse im Liegestuhl und lässt sich nur kurz stören.

Im Haus geschah es dann ebenso. In ihr Gesicht zieht ein tiefer Ernst. Sie nimmt das Handy, legt es auf den Tisch und lässt sich auf den Stuhl sinken. Wir sitzen uns gegenüber und zwischen uns liegt das kleine Bild des lachenden Ben. Mein Vater steht plötzlich neben uns, sieht das Bild und setzt sich ganz langsam neben seine Frau. Als nicht gleich jemand spricht, will sich meiner schon die Ungeduld bemächtigen. Aber das wäre wohl das Letzte, was uns jetzt hilft. Also nehme ich das Handy und sehe das Bild von vielleicht meinem Sohn an: „Mir ist das Kind nicht ein einziges Mal während dieser Woche begegnet. Kann es sein, dass es alle wissen, Franz, Liesa, ihr, und nur ich nicht? Und es war erst Ava, die auf diesem Bild zwischen den spielenden Kindern diesen Ben entdeckte."

Es ist mein Vater, der nun seinen Mund aufmacht: „Luca, ich bitte dich, jetzt ganz mit Vorsicht, weil wir Nachsicht nötig haben. Allein schon wegen des Besuches vor zwei Jahren und unserer Sturheit all die Jahre dir gegenüber. Und Yvonne auch: Abgesehen davon, dass sie in der Firma mittlerweile unentbehrlich ist und man dem Baby Ben eine Ähnlichkeit nur mit sehr viel Phantasie hätte abgewinnen können. Yvonne redete über den Vater von Ben seit diesen Gesprächen damals mit Traudel nicht mehr, bis heute nicht. Wir waren die letzten Monate mehrmals drauf und dran sie zu fragen und haben uns doch jedes Mal gescheut. Es ist ihre Angelegenheit. Wir kennen sie nun schon neun Jahre und haben sie immer gemocht. Ben ab und zu in unserer Nähe tat uns gut."

„Und nun?"

„Wie gesagt, von uns aus gesehen ist es ihre Angelegenheit, Traudel und ich stehen sozusagen in der zweiten Reihe, ob nun

Großeltern oder nicht, für uns wird sich im Umgang kaum etwas ändern."

„Meinst du, wenn ich die Frage hätte, läge es bei mir?"

„Eher schon."

„Aber ich hätte doch guten Grund nach dem, wie es damals gelaufen ist, ebenso mich hinzustellen: Es ist ihre Angelegenheit mir wenigstens zu sagen, wenn ich der Vater wäre."

„Wir verstehen es, wenn du Yvonne gegenüber nicht die Rede darauf bringen willst."

„Wieso ist sie so, als wäre sie ein anderer Mensch."

„Wenn es um sie selbst geht, steckt sie eher zurück, will niemanden zu nahetreten und Schwierigkeiten bereiten. Ihr hattet fünf Jahre ein unbeschwertes Leben und es hat euch nicht verleitet, nicht euren Job zu machen. In euer Studium habt ihr euch wirklich reingehangen. Dann kommt sie derart ins Schleudern und findet sich schließlich wieder, allein, schwanger, ohne jeden Beistand und in einer winzigen Mansardenwohnung im vierten Stock ohne Fahrstuhl."

Ich kann nichts mehr sagen, weil ich es erst einmal verdauen muss meinen Vater über solche Angelegenheiten reden zu hören, halbe Ewigkeiten reden zu hören und noch dazu mit mir. So etwas hätte ich nun wirklich nicht erwartet.

Meine Mutter ist nicht geneigt zu reden und scheint gar erleichtert, es nicht tun zu müssen. Was ist auch alles auf jeden von uns eingestürmt in dieser kurzen Zeit.

„Vielleicht sollte ich Yvonne dankbar sein, weil sie Ben nicht gleich auf alles noch obendrauf gepackt hat."

Jetzt sehen sie beide vor sich auf ihre Hände und schweigen.

Denken sie an Yvonne, die vielleicht in diesen Tagen die meisten Hoffnungen begraben musste und dabei so handelte, die anderen schonte, in dieser für alle so dichten Zeit den Druck nicht noch mehr erhöhte. Sie zog sich zurück, hütete die Kinder, ja, sie hat alle Last auf sich genommen und wer weiß, wie drückend schwer es für sie war. Und ja, ich bin ihr wirklich dankbar.

Nun sah ich aber Ben nicht, der jetzt am anderen Ende der Welt ist: „Wisst ihr was, das Bild von Ben hier vor uns ist sehr gut getroffen. Yvonne war daran gelegen von euch erzählt zu bekommen, also, wenn ihr es so wollt, schließt auch das in eure Erzählung ein, führt ihr vor, was durch dieses Bild geschehen ist und dann werden wir hoffentlich klarsehen."

„Ja, und dann?", fragt meine Mutter.

„Was sagtest du eben Papa: Ob nun Großeltern oder nicht, im Umgang wird sich groß nichts ändern. Das Gleiche trifft für mich zu, ob nun Vater oder nicht, im Umgang wird sich nichts ändern, schon der Entfernung geschuldet. Und wenn Yvonne Klarheit geschaffen hat, sehen wir weiter."

Allerdings änderte sich seit gestern sehr viel. Fast alle Zeit kreisen die Gedanken um dieses eine Bild, es setzt sich in meinem Gemüt fest und Ava hätte bestimmt nicht alles dies erwartet, als sie mich vor zweieinhalb Wochen am Terminal absetzte. Jetzt sind sogar meine Eltern hier und sie sind wirklich da und ich freue mich darüber. Sind nicht meine Eltern die mit dem größten Spagat, die alle um sich herum haben mit ihren Eigenheiten und Schicksalen und Umba sie dazu geführt hat einfach für alle da zu sein und sich nicht selbst dabei zu verlieren?

„Warum müssen wir es sein, die sich darum kümmern", spricht meine Mutter. „Wir sind die zweite Reihe."

„Ihr seid die Pendler zwischen den Welten, ich kann und will hier demnächst nicht weg und ich scheue mich mit Yvonne deswegen zu skypen."

„Für dich ist die Frage Ben noch frisch und nimmt dich verständlicherweise sehr ein", spricht mein Vater. „Die Entfernungen sind nun mal wie sie sind, und wir Väter sind sowieso in einer merkwürdigen Position. Yvonne ist zweifelsfrei die Mutter und der Vater hängt in der Luft."

„Machst du jetzt Witze."

„Nein Traudel, ich will mich eher beklagen, obwohl ich mir nicht vorstellen kann, ein Kind zu gebären."

„Zumindest würde dir in diesem Moment das Philosophieren vergehen."

„Also zeigen wir Yvonne das Bild und schildern die Situation, mehr nicht. - Und jetzt habe ich keine Lust mehr drüber zu reden."

„Ihr wisst, ich war kurz vor der Abreise nach Amerika jeden Tag bei meinem Großvater. Er erzählte mir und ich schrieb es auf. Wenn ihr wollt, könnt ihr es lesen. Also, das meiste ist Originalton Opa."

Nun macht es mir nichts mehr aus, wenn meine Eltern auch dadurch mehr von mir erfahren, ich will diesen ersten Teil in dem grauen Buch nicht herausreißen und meine Mutter hat mit meiner Schrift keine Mühe.

„Edmund, was meinst du?"

„Luca, es ist sicher sehr vertraulich."

„Sicher ist es das, aber Opa hat sich ausdrücklich nur für seine Lebzeiten Vertraulichkeit ausbedungen. Es gibt allerdings nur dieses eine Exemplar und das sollte hierbleiben."

„Dann wechseln wir die letzten Tage die Lektüre. Oder Traudel?"

Ich bringe ihnen das Buch gleich, auch weil Maggie wegen des Essens die Frage hatte. Es wäre zwar nicht so erlesen wie die letzten Tage, aber es würde für alle reichen.

Meine Mutter schlägt es auf und hat während dieser Minute sicher die erste Seite schon durch, verwahrt es behutsam im Bootshaus und die beiden kommen zum Essen mit.

Ava sitzt neben meinem Vater und wenn mir vorher jemand gesagt hätte, wie die beiden aufeinander abfahren, hätte ich verwundert den Kopf geschüttelt.

Und als Jon und Tad aufstehen und wieder an die Arbeit wollen, mein Vater schon folgen wollte, sagt ihm Tad, er hätte nichts dagegen, wenn er gleich dableiben wolle, aber er solle die Kirche mal im Dorf lassen und lieber noch ein wenig ausbaumeln, bei dem, was zu Hause wieder auf ihn warten würde. Das sind Tads Worte etwas frei ins Deutsche übersetzt.

Meine Mutter, die die Tage oft in endlosem Reden mit Maggie war, scheint es heute kurz aber ebenso herzlich zu machen und war bald mit ihrem Mann Richtung Bootshaus unterwegs, so schwer ihr es war, das graue Buch nach der ersten Seite wieder weglegen zu müssen.

Am letzten Tag bringt meine Mutter ein letztes Mal frischen Fisch in die Küche, der sich unter den Händen der beiden Frauen wieder in ein köstliches Mahl verwandelt. Und der letzte Abend im Bootshaus ist mit etwas Wehmut durchzogen wie die Nebel auf dem See in der Dämmerung, die sich über Nacht ausbreiten und aus denen sich vor Sonnenaufgang die Lichter des Autos meiner Eltern vom Bootshaus kommend herausschälen. Nach herzlichem Umarmen verschwinden sie Richtung Minneapolis.

Das Frühstück ist recht schweigsam und jeder hing wohl seinen Erinnerungen an diese zwei Wochen nach. Die nächsten Tage gibt es auch einige Skypes, aber nach zwei Wochen kommt ein Brief meiner Mutter:

Liebe Ava, lieber Luca!

Ich nehme die Feder aus Sorge, am Telefon nicht die richtigen Worte zu finden. Es ergab sich nach unserer Heimkehr nach einigen Tagen genau so. Ben spielte in unserem Wohnzimmer mit seinen Autos, während wir von der Reise erzählten. Yvonne schien froh zu sein, endlich drüber zu reden, aber bevor sie das tun könne, wolle sie auch Bilder zeigen, die sie erst heraussuchen müsse. Sie lud uns für den Samstagabend ein, wenn Ben schon schlafen würde.

Also holte Edmund einen Wein aus dem Keller und wir gingen zu ihr.

Der Korken blieb lange in der Flasche. Wir saßen auf ihrer Couch und sie legte drei Bilder vor uns hin, in der Mitte Ben, dann eines von dir Luca und ein drittes, von dem sie sagte, es sei Fernando. Es hat uns sehr verwirrt, weil die beiden Männer sich nicht unbedingt ähnlich sahen, aber wir uns eingestehen mussten bei Ben Ähnlichkeiten von beiden zu bemerken.

Yvonne saß uns auf einem Hocker gegenüber, die Hände auf ihren Beinen gefaltet, sah versonnen und doch wach auf diese Bilder und schwieg.

Wisst ihr, an dieser Stelle des Briefes zögerte ich lange, was ich weiter-

schreiben soll, vor allem wie. Das Zögern hielt mehr als einen Tag an, bis ich sogar mit Yvonne darüber redete, sie mir vertraute das Richtige zu tun und es auch nicht lesen wollte.

Also, sie sagte lange nichts und wir wussten auch nichts zu sagen.

Ich sollte mich schämen für damals, begann sie, und lange tat ich das auch. Dann war ich allein mit nur wenig Zeit für Scham. Ben, der in meinem Wirrwarr sich auf den Weg machte und schließlich geboren war, drängte die Scham in den Hintergrund. Jetzt wäre die Scham zur Verwunderung geworden.

Sie sagte: Für mich war klar, Fernando ist der Vater und so deutlich sagte ich es auch Traudel. An dieser Überzeugung änderte sich lange nichts, auch als ich schon hier wohnte und arbeitete. Ihr werdet euch auch an mein Zögern erinnern, euer Angebot der Wohnung zusammen mit der Arbeit anzunehmen. Ich trennte mich von eurem Sohn, ich war schuld an seiner Flucht.

Hier unterbrach Edmund Yvonne: Er wäre einem plötzlichen Angebot seiner Firma gefolgt und wir beide als seine Eltern hätten auch unseren Anteil daran, weil wir gelinde gesagt recht ungehalten waren, als er nicht in die Firma einstieg.

Sie antwortete: Ich weiß das schon, aber das täte jetzt nichts zur Sache. Ich fühlte mich von Anfang an sehr von euch angenommen und es waren fünf Jahre und ich bin auch gern allein zu euch gekommen. Trotzdem zögerte ich, ob ihr mit diesem Angebot nicht mehr euren Sohn meint. Aber es gab schon Liesa, zu der ich mich hingezogen fühlte und der ich es erzählte. Liesa sah das alles erfrischend praktisch. Sie wisse von ihrem Mann, dass ihr wirklich jemand sucht und es wäre ein Job und es wäre eine normale Mietwohnung, alles glücklicherweise nahe beieinander und wenn ich eine Tagesmutter brauchte, würde sie sich gerne bewerben.

So erzählte sie es uns und wir sagten dazu, auch von unserer Seite hatte das Angebot eine praktische Seite, weil wir natürlich wüssten, sie ist für diesen Job überqualifiziert und wir nur durch die Umstände eine Chance hätten, sie dafür zu bekommen.

Und dann war wieder Stille in den Polstern von Yvonnes Wohnung und alles bis dahin Gesagte waren nur Teile eines großen Puzzles.

Mein Blick blieb bei den beiden Männern auf dem Tisch und Ben dazwischen.

Edmund fragte in die ratlose Ruhe, wer denn nun der Vater wäre.

Sie antwortete: Ich weiß es nicht, ich weiß es schon lange nicht mehr, denn ich sah natürlich auch, als Ben heranwuchs, diese Ähnlichkeiten, natürlich bemerkte ich es. Der Arzt, der uns von Anfang an betreute, der den ersten Ultraschall machte, bei der Geburt Dienst hatte und auch danach uns betreute, dem erzählte ich kurzerhand meine Geschichte und meine Fragen und es machte auch ihn stutzig. Er holte sich die Bilder vom Ultraschall wieder auf den Schirm, verglich die Daten, und dann sagte er, zu unbedacht meine Aussagen übernommen zu haben und es schon sein könne, dass die Geburt keine zu frühe war, aber mit Mutter und Kind wäre alles bestens gewesen, nicht die geringsten Anlässe für Sorgen und es ihm wohl durchgerutscht sei. Wie stand ich jetzt da, was sollte ich tun, wer war der Vater von Ben, beide weit oder sehr weit weg. Fernando verschwand, als er von der Schwangerschaft erfuhr, gab seine Handelsvertretung ab, war nie wieder da und sträubte sich gegen das Kind. Ich erfuhr erst dadurch von seiner Familie, seinen zwei halbwüchsigen Kindern.

Dann fehlte meine Geburtsurkunde, aber diese Geschichte kennt ihr. Schließlich fand ich mich bei euch geborgen zusammen mit Ben, es gab Liesa, ich stand finanziell auf eigenen Füßen und kümmerte mich nicht um Fernando, behelligte ihn nicht, weder wegen Geld noch sonst. Und als der Arzt schließlich meine aufkommenden Zweifel bestätigte, wart ihr gerade zwei Monate aus Minneapolis zurück und ich spürte natürlich die Eiszeit, Luca gab es nicht mehr und ich scheute mich zu fragen. Wie sollte ich darüber reden, selbst mit Liesa tat ich es nicht. Aber Liesa konnte ich auf die Dauer nichts vormachen. Aber auch sie wusste keinen Rat, sie fragte mich allerdings, was ich meinem Sohn denn später erzählen wolle. Und ich hatte Gewissensbisse euch gegenüber. Ihr habt vielleicht euern Enkel um euch und wisst es nicht, aber ich wusste es ja auch nicht, bis heute weiß ich es nicht. Das einzige, was ich euch damals fragte, war, ob Luca von meinem Hiersein weiß, und bekam ein knappes und bestimmtes Nein.

Und dann kam meine Achterbahnfahrt der Beerdigung. Es war für mich selbstverständlich, dass ich als nicht Verwandte zur Beerdigung die Kinder nehme, und danach wollte ich schon wissen, wie sich das anfühlt

Luca wiederzusehen, ja, und wenn ich den Mut aufbrächte, wollte ich ihn um das Einverständnis für einen Vaterschaftstest bitten. Aber noch in der Nacht erfuhr ich durch Liesa von Lucas Familie, und wenn Ava auch dagewesen wäre, hätte ich Ben nicht hinterm Berg halten können. Mich hier vorzufinden hatte bestimmt schon genug Irritationen ausgelöst. Nein, Ben musste warten.

Bis dahin hörten Edmund und ich ihr zu und da Yvonne nicht gleich weiterredete, bestätigte ich ihr vorsichtig die Vermutung mit den Irritationen. Und ich entschuldigte mich, weil diese geballte Verwirrung auf unserem Mist gewachsen sei, wir wären es gewesen, die das Verhältnis zu unserem Sohn über Jahre zum Abkühlen gebracht haben, bis es schließlich ganz einfror. Wir wären ihr sehr, sehr dankbar, dass sie diese Mail an Luca schickte.

Und dann weinte sie, noch nie sah ich diese Frau weinen. Yvonne stand auf, zwischen den Tränen kamen Worte hervor, als wolle sie sich entschuldigen, ging auf eine Tür zu und ich hoffte so sehr, hinter dieser Tür ist nicht nur das Badezimmer, sondern hinter dieser Tür schläft Ben.

Auch diese Zeilen von den Tränen flossen nicht einfach so in diesen Brief an euch. Ich fragte mich sehr, ob ich ein Recht besitze, es hier zu schreiben. Mir war in diesem Moment selbst wie weinen, es wollte auch aus mir wieder heftig hervorbrechen, und es hätte auch die Dämme hemmungslos durchspült, wenn ich mich nicht an Umbas Totenbett wiedergefunden hätte. So wurde daraus neuer Wille, diesen beiden beizustehen, wann und wie sie es immer annehmen wollen und Umba wird mir helfen das rechte Maß zu finden.

Wir Frauen sind schon in einer speziellen Lage. Es benutzt uns jemand als Gefäß, sich einen Körper zu schaffen, macht sich neun Monate immer breiter, dann hängt er an unserer Brust, ist uns ausgeliefert in allen irdischen Belangen. Zum Glück haben wir den Mutterinstinkt, der sein Lager, seinen Grund in diesem engen körperlichen Verbundensein hat.

Die Männer finden, befinden sich in einer ganz anderen Lage, und ich bin mir nicht sicher, ob man sie dafür beneiden sollte. Eine Lage, die dazu führen kann, nicht zu wissen, ob die eigene körperliche Beteiligung vom Kind benutzt wird. Also das Vater-sein-wollen wird vom Zeugen zur ständigen Bezeugung.

Ich wäre nie auf die Idee gekommen, solche Sätze zu schreiben, wenn Edmund und ich nicht mit Yvonne in ihrem Wohnzimmer gesessen hätten.

Jedenfalls kam Yvonne wieder und hatte sich gefasst: Fernando war da. Er hat sich durchgefragt und stand plötzlich in meinem Büro. Er wolle seinen Sohn sehen. Nicht zu fassen, er stand nach all der langen Zeit, in der er sich nicht ein einziges Mal gerührt hatte, vor mir und wollte seinen Sohn sehen. Also hatte er meine Mail bekommen, in der ich ihm von seinem Sohn und nicht von einer Tochter schrieb, eine Wohnadresse hatte ich nicht. Also hat er sie gelesen und auch darauf sich nicht gemeldet, nichts. Mir war wie ihn anschreien und rausschmeißen. Stattdessen gab ich ihm einen Kaffee, er solle sich doch erst einmal setzen und brachte ihn eher zum Plaudern. Er würde wieder hier arbeiten, die Scheidung wäre am Laufen. Und als ich ihn so sah und reden hörte, wollte ich nichts weiter, als ihn wieder los sein. Diese meine Freundlichkeit verstand er offenbar falsch und lud mich zum Essen ein, seinen Sohn hatte er offenbar eben vergessen.

Ich erklärte ihm nach dem zweiten Kaffee, warum er neuerdings keineswegs sicher der Vater wäre und falls er wirklich ein Interesse hätte, es zu wissen, müsse er eine amtlich autorisierte Probe bei einem ebenfalls autorisierten Labor sich abnehmen lassen, der Einfachheit halber möglichst hier in der Stadt, zu dem ich dann auch mit meinem Sohn hinkommen würde. Ich schrieb ihm noch eine Erklärung, auch mit allen nötigen Daten, zweifach, unterschrieb beide Exemplare, ließ mir auf meinem von Fernando den Empfang bestätigen und sagte, wir würden uns erst dann wiedersehen, wenn der Test ihn als leiblichen Vater bestätigt. Das ist jetzt zwei Wochen her, es ist noch nichts passiert und ich habe keine Adresse und keine Telefonnummer.

Nun wisst ihr, wie es war. Wie würde das Leben anders sein, wenn es diese Tests nicht gäbe. Wie gesagt, Yvonne weiß von diesem Brief. Damit wissen es nun beide. Sie selbst würde nichts erwarten. Ob sie allerdings immer noch dieser Meinung wäre, wenn Ben einmal soweit ist, selbst zu fragen, müsse sie offenlassen.

Ich selbst denke, sie würde es schon gerne wissen, wer nun der Vater ihres Sohnes ist, aber sie will niemanden behelligen, so ist sie.

Yvonne sagte behelligen und wenn ich mir dieses Wort auf der Zunge zergehen lasse, würde es heißen, sie will niemand die Helligkeit eintrichtern, jeder ist für seine Erhellung selbst zuständig, anders ausgedrückt: Jeder ist selbst zuständig seinen Boden zu beackern, und wenn die Helle meint, dieser Boden ist gut, kann vielleicht etwas wachsen.

Ja, unser Alltag hat uns wieder, und doch ist bisher nicht ein einziger Tag vergangen ohne mindestens eine Zeit, in der wir uns über die zwei Wochen bei euch, mit euch unterhalten haben. Jedes Mal, wenn ich zu Edmund ins Büro komme und an seinen Schreibtisch trete, leuchtet mir ein anderes Bild aus dieser Zeit von seinem Bildschirm entgegen. Und wie ich ihn kenne, wird das solange gehen, bis nächstes Jahr neue hinzukommen.

Herzliche Grüße an euch drei und auch für Maggie und Tad

Traudel und Edmund

Ja, auch auf der Ranch kehrte der Alltag wieder ein, nur wunderten sich alle, warum das Bootshaus die vielen Jahre derart eingesponnen zubrachte. Die Ernte war vorbei, Ava wollte die Pferde nehmen, solange es mit dem dicken Bauch noch ginge, aber Bo scheint es zu wissen und benimmt sich verhalten. Wir landen schließlich am See und bleiben über Nacht im Bootshaus. Als das Feuer im Kamin knistert, zieht Ava den Brief aus ihrer Jacke und bittet mich, ihn ihr ein weiteres Mal zu übersetzten. Es ist wie beim grauen Buch, sie hakt an vielen Stellen nach, schlägt selbst andere Worte und Wendungen vor bis sie es für sich gegessen hat. Ich will schon meinen, es wäre langsam nervig, stattdessen sehne ich die Zeit herbei, mit unserem Kind meine Muttersprache zu sprechen und ich bin mir sicher, Ava wird sich wirklich dranhängen.

Nach einer Zeit des Sinnens sagt sie: „Wir besuchen Edward, Taylor und Jennifer. Als du weg warst, hab ich telefoniert. Sie hätten vieles für das Baby, weil Jennifer schon zu groß dafür ist. Und wir haben die drei wirklich schon lange nicht gesehen."

„Da hast du recht."

„Nebenher hilft uns das Genlabor in Minneapolis deine DNA über den Atlantik zu bekommen, ich glaube nicht, das ein Büschel Haar von dir in einem Luftpostbrief angemessen ist."

Unser freier Tag beginnt. Im Osten glüht der Himmel über dem Wald hinter dem See und dringt durch das große Fenster in unser Schlafzimmer. Gleich wird die Herbstsonne aufgehen. Neben mir liegt Ava, sie schläft und ich kann die Augen nicht von ihr wenden, sehe sie am Wickeltisch über Jennifer gebeugt und Taylor schaut ihr zu. Zurück nahmen wir den Weg, den ich einst mit Edward fuhr und sehe uns am Wegrand stehen, meine Linke und ihre Rechte ineinander und alles in uns taucht in die roten Tupfer des glühenden Rotahorns mitten im bunten Treiben des Herbstwaldes unter blauem Himmel mit lauter Wolkenschafen...

Zeitfracht Medien GmbH
Ferdinand-Jühlke-Straße 7
99095 Erfurt, Deutschland
produktsicherheit@kolibri360.de